Die Krimi-Cops
Teufelshaken

Vom Autoren-Team bisher bei KBV erschienen:

Stückwerk
Teufelshaken
Umgelegt
Bluthunde
Knock Out
Goldrausch
Böse Falle
Zahltag

Die Krimi-Cops sind:
Ingo »Inge« Hoffmann, Jahrgang 1978, aus Neuss, Carsten »Rösbert« Rösler, Jahrgang 1977, aus Düsseldorf, Martin Niedergesähs, Jahrgang 1977, aus Herongen an der niederländischen Grenze und Klaus »Stickel« Stickelbroeck, Jahrgang 1963, aus Kerken am Niederrhein.

In ihren Büchern verarbeiten die Polizisten nach Feierabend mal komische, mal härtere Einsätze der zurückliegenden Schichten. Mit *Zahltag* haben sie nun bereits den achten witzig-spannenden Kriminalroman um den Düsseldorfer Kriminalhauptkommissar Pit »Struller« Struhlmann und seinen ehemaligen Praktikanten Jensen verfasst. www.krimi-cops.de

Die Krimi-Cops

Teufelshaken

Ein Struller- und Jensen-Krimi

1. Auflage 2009
2. Auflage 2011
3. Auflage 2012
4. Auflage 2013
5. Auflage 2016
6. Auflage 2018
7. Auflage 2022
8. Auflage 2025

© KBV Verlags- und Mediengesellschaft mbH
Am Markt 7 · DE-54576 Hillesheim · Tel. +49 65 93 - 998 96-0
info@kbv-verlag.de · www.kbv-verlag.de

Bei Fragen zur Produktsicherheit wenden Sie sich bitte
an unsere Herstellung: info@kbv-verlag.de · Tel. 0 65 93 / 998 960

Umschlaggestaltung: Ralf Kramp
Lektorat: Volker Maria Neumann, Köln
Druck: Druckhaus Nord GmbH, Bremen
Printed in Germany
ISBN 978-3-940077-49-3 (Taschenbuch)
ISBN 978-3-95441-073-6 (eBook)

»Wat kütt, dat kütt«

*Karnevalsmotto des Comitee Düsseldorfer Carneval
von 2004*

Prolog

»Hallo?« Franz Althoff fuhr herum.

Der dünne, milchige Lichtkegel seiner Taschenlampe strich über die mit weißem Kalk getünchten Wände des Kellers. Lange Schatten hetzten die abblätternde Farbe bis an die hohe, gewölbte Decke hinauf. Eine fette, schwarze Spinne verschwand vom Licht aufgeschreckt in einer Mauerspalte.

Althoff strich sich nervös über seine dunkelblaue Köbesschürze. »Ist da jemand?« Er lauschte in die Dunkelheit.

Nichts. Keine Schritte, kein Knacken, kein Atmen. Zu hören waren nur das monotone Brummen der Kühlanlage und durch die geschlossenen Oberlichter das gleichmäßige Stimmengewirr der Gäste draußen auf der Straße vor dem Lokal.

Er entspannte sich. Warum sollte ihm auch jemand hier in den hinteren der beiden Gewölbekeller nachschleichen? Und das dazu noch im Dunkeln? Oh ja, er selbst hatte seinen Grund, den Lichtschalter nicht zu betätigen. Er war nicht scharf darauf, dass man ihn hier unten erwischte.

Er fuhr sich mit der Zunge über die Lippen, die mit einem Mal noch trockener waren als sonst, und brachte den Lichtkegel der Lampe wieder in die richtige Richtung. Ganz nach hinten in den Keller musste er, dorthin, wo die großen 200-Liter-Fässer gestapelt waren.

Das gute Uerige.

»Eigentlich eine Schande«, murmelte Althoff leise vor sich hin. Seit ein paar Jahren war er gegen den leckeren Gerstensaft fürchterlich allergisch. Ärztlich bestätigt: zu viel Hopfen. Er spürte, wie ihm eine unangenehme Gänsehaut den Rücken hinaufkroch. Schon der Gedanke an einen kräftigen Schluck vom leckeren Dröppke erzeugte inzwischen in seinem Körper die ersten allergischen Reaktionen.

Und das, wo er ja praktisch an der Quelle saß. »Echt eine Schande«, grummelte er düster.

Da! Da war wieder etwas!

Er wirbelte herum. Der Kegel huschte über die kleineren Fässchen, die an den Seiten halbhoch gestapelt waren. Vorne die alte Schrotmühle, daneben die Maischepfanne, dahinter der Läuterbottich. »Hallo? Ist da wer? Verdammt. Was soll das?«

Zügig schritt er bis an den Lichtschalter heran, hob eine Hand, spreizte einen Finger. Dann zögerte er. Durch die schmalen Fenster unter der Decke würde das Licht der Leuchtstoffröhren grell nach draußen auf die Rheinstraße fallen. Seine Kollegen würden vielleicht aufmerksam. Und er hatte um diese Uhrzeit natürlich nichts im Braukeller zu suchen.

Offiziell.

Und was er wirklich hier wollte ...

Er lauschte angestrengt ins Dunkle. Gleichmäßig ließ er seine Taschenlampe langsam über die braunen Holzfässer und die großen Biertanks gleiten. Keine Schatten, keine Bewegung ... nichts. Hier war keiner!

»Verdammt«, murmelte er. Vielleicht hatte er einen guten Schluck dringender nötig, als er es sich eingestehen wollte.

Er drückte seinen hageren Körper durch, durchquerte entschlossen den kühlen Raum und erreichte die dicken, alten Fässer ganz am Ende an der Rückseite des Raums. Dorthin hatte der Chef sie stapeln lassen. Uerige Bier, Weizen und Sticke. Aber das Bier interessierte ihn nicht. Überhaupt nicht. Er bückte sich und griff hinter das am Boden stehende Holzfass. Ein gezielter Griff, dann hielt er sie in der Hand. Die edle, dunkelbraune Flasche. Hochprozentiger Weinbrand. Er hatte vom Altbier auf Weinbrand ausweichen müssen. Aus medizinischen Gründen, wenn man so wollte.

Er grinste zufrieden. Endlich.

Mit zittrigen, gierigen Fingern umfasste er den roten Verschluss. Zwei Mal schon hatten sie ihn mit einer Flasche erwischt. Der Chef hatte Klartext gesprochen.

»Beim nächsten Mal schmeiße ich dich raus, Althoff!«, hatte er vor versammelter Belegschaft gedroht.

Deshalb musste selbst er, der dienstälteste Köbes der alten Traditionsbrauerei, vorsichtig sein. Der Alte würde ihn auf die Straße setzen, wenn er noch einmal erwischt wurde, da kannte der kein Pardon. Drei oder vier schnelle, kräftige Schlucke mussten deshalb bis zum Feierabend reichen.

Mit einem Plopp öffnete er die Flasche. Er setzte den staubigen Flaschenhals an seine trockenen Lippen.

Da! Da war doch schon wieder was!

Diesmal war er sich absolut sicher. Da war auch ein Schatten. An dem Fass ganz hinten in der Ecke. Hastig wollte er die verräterische Flasche verschwinden lassen.

Irgendetwas surrte. Direkt neben ihm. Der Schatten. Über ihm knirschte es.

»Verdammt …«

Der Fluch erstarb auf seinen Lippen. Die dunkelbraune Flasche noch in der einen Hand, riss er mit der anderen die Taschenlampe hoch und hielt seinem Gegenüber den schalen Lichtkegel ins Gesicht.

»Was soll das?« Dann erkannte Franz Althoff dreierlei:

Von oben geriet eines der schweren Bierfässer ins Rutschen. Es wackelte und rollte langsam über die stählerne Borde auf ihn zu.

Er entdeckte das böse Grinsen im Gesicht seines Gegenübers und fragte sich: Warum?

Die dritte Feststellung aber war die schmerzvollste, was ihn in Anbetracht eines auf ihn zustürzenden Fasses wunderte. Die Erkenntnis traf ihn mit ihrer ganzen, unausweichlichen Bitterkeit mitten in der Magengrube, unmittelbar bevor das schwere Fass ihn unter sich begrub.

Es wird wie ein Unfall aussehen, dachte er. Aber es war keiner.

1. Tag

Die Sonne lächelte breit und unschuldig vom Himmel, als Pit Struhlmann, genannt Struller, schwitzend mit seinem fünfzehn Jahre alten Opel Vectra ohne Klimaanlage die Münsterstraße runterkachelte und nach links in den Vogelsanger Weg abbog. Er friemelte während der Fahrt ein schickes, blau-weiß gestreiftes Stofftaschentuch aus seiner Jeans und wischte den Schweiß von der Stirn.

Eigentlich war heute sein freier Tag, aber der gesichtslose Sensenmann machte ihm mal wieder, grinsend sein Werkzeug schwingend, einen dicken Strich durch die Freizeitplanung, bei der er sich gänzlich auf seine Stammkneipe in Unterrath hatte konzentrieren wollen. Krake, ein bisschen Elvis Presley und eine ganz Menge Altbier – so hatte sein freier Tag eigentlich aussehen sollen.

Der Kriminalhauptkommissar der Düsseldorfer Mordkommission warf einen Blick in den Rückspiegel.

Na ja.

Den gestrigen Abend hatte Struller im Aquarium verbracht, und das hatte nachhaltige Spuren in seinem Gesicht hinterlassen. Das markante Kinn schimmerte unrasiert bläulich, seine blauen Augen waren leicht rötlich unterlegt. Mit sechsundvierzig verpackte man einen fröhlichen Abend mit

Krake nicht mehr ganz so unbeschadet wie mit – zum Beispiel – fünfundvierzig.

Struller strich sich durch die schwarzen Haare. Die waren zwar noch alle da, aber er musste feststellen, dass sie sich ganz oben auf dem Kopf mit dem Wachsen ein wenig schwer taten. Um sie zu schonen, hatte er sich ein feines, grau-blau kariertes Pepitahütchen zugelegt.

Struller seufzte.

Krake hatte ihm gar nicht gefallen. Sein einarmiger Lieblingswirt war zwar allgemein nicht der Typ, der ständig ausschweifend auf dem Tisch tanzte, aber er hatte sich gestern eindeutig grüblerischer, ernster und stiller als sonst gegeben. Darum musste er sich kümmern. Es gab nichts Schrecklicheres als einen depressiven Wirt.

Aber:

»Alles zu seiner Zeit«, murmelte Struller, quetschte seinen Oberkörper halb aus dem geöffneten Seitenfenster und suchte nach der verschisselten, kleinen Seitenstraße, die angeblich fast am Ende des Vogelsanger Wegs links abging, und wo uniformierte Kollegen mit Streifenwagen und Blaulicht auf ihn warteten. Hierbei geriet er allerdings ein wenig auf den Fahrstreifen des Gegenverkehrs, worauf ihn ein entgegenkommender Fahrer wild gestikulierend und heftig hupend aufmerksam machte.

»Blödmann«, fluchte Struller und entdeckte plötzlich auf der linken Seite hinter einer hohen Hecke, die die Kleingartenanlage vom Rest der Welt abtrennte, ein Blaulicht. Da war sie ja endlich, die Seitenstraße.

Struller bremste hastig. Die Reifen eines Pkw hinter ihm quietschten, dann ertönte schon wieder ein lautes Hupen. Der Typ im 3er BMW zeigte Struller einen Vogel.

Die waren aber auch alle nervös heute ...

»War doch genug Platz«, murmelte Struller mit einem gelangweilten Blick in den Rückspiegel. Er schaute wieder nach vorne und machte geistesgegenwärtig einen wilden Schlenker nach rechts. Gerade noch rechtzeitig, um im allerletzten Moment einem Fahrradfahrer auszuweichen, der ihm in der engen Einfahrt aus dem Gartenbereich kommend mit seinem Rennrad entgegenstrampelte.

»Hier ist ja mehr Betrieb als zu Weihnachten auf der Schadowstraße«, knurrte Struller und beobachtete, wie der Radfahrer Strullers Fahrkünsten Tribut zollte, sich überschlug und in einem riesigen Brennnesselhaufen landete.

Aber Struller ließ sich nicht aus der Ruhe bringen und fuhr ungerührt weiter. Ein Brennnesselbad sollte ja sehr gesund sein.

Er huggelte durch mehrere, fiese Schlaglöcher an einigen Feuerwehrfahrzeugen vorbei, bis er schließlich den Streifenwagen mit den wartenden Kollegen erreichte.

Struller stieg aus dem Opel und ging geradewegs auf eine den Kopf schüttelnde, uniformierte Kollegin zu, die direkt an den Gleisen der in Düsseldorf größtenteils oberirdisch fahrenden U-Bahn stand.

»Hallo, Kollegin. Struhlmann, vom KK 11. Schieß los, was versaut mir meinen freien Tag und zwingt mich hierhin ans Ende der Welt?«

»Eine Leiche«, grinste die Kollegin. »Bei der könntest du dich beschweren. Die liegt da unter dem Baum in einer kleinen Höhle. Da, wo die von der Feuerwehr alle stehen.«

Struller schaute verdutzt drein und entgegnete: »Wie, Höhle?«

»Höhle. Umschlossene Räumlichkeit unter der Erdoberfläche. Eine Höhle eben. Und da liegt die böse Leiche drin.«

»Das sehe ich mir mal an.«

»Deshalb hatten wir dich über die Leitstelle angefordert, du erinnerst dich? Das mit dem Angucken ist allerdings im Moment noch etwas schwierig.«

Struller runzelte die Stirn. Ganz schön frech, die Kleine! Er zog die linke Augenbraue hoch und fragte: »Wieso schwierig?«

»Unser eigentlicher Einsatzgrund war, dass ein dicker Ast auf die Hochspannungsleitung der Bahn gefallen ist. Den hat die Feuerwehr ganz schnell runtergesägt. Dann meinte der Einsatzleiter aber, dass der ganze Baum morsch sei. Darum musste er gefällt werden«, erklärte die Kollegin, die bei ihren Ausführungen mit den Fingern in ihrem blonden Pferdeschwanz spielte. »Also haben die Feuerwehrleute ein dickes Seil um den großen Baum gelegt und ihn mit einem ihrer schönen, roten Autos samt Wurzeln aus dem Erdreich gezogen. Das hat ein bisschen gedauert, wahrscheinlich war der Baum kerngesund, aber wenn die Feuerwehrleute einmal angefangen haben ... Schließlich kippte der Baum, aber unglücklicherweise krachte die Baumkrone wieder auf die Hochspannungsleitung und verhedderte sich jetzt so richtig in den Kabeln. Da liegt er jetzt ganz schlecht, weil noch Strom drauf ist. Mit dem kleinen Ast wurden die fertig, das ließ sich überbrücken, aber gleich der ganze Baum: Da muss sicherheitshalber geerdet werden! Die Feuerwehr hat aber kein Werkzeug zum Erden der Leitung dabei. Sie haben ein Spezialfahrzeug nachgefordert. Das kann aber noch was dauern.«

»Puh«, keuchte Struller, den Redefluss der Kollegin unterbrechend. »Ich guck mir das Ganze mal aus der Nähe an.« Das lief ja spitze. Er zündete sich eine Zigarette an und schlenderte langsam in Richtung Tatort.

Neben den Bahngleisen am Rande der Kleingartenanlage ragten riesige, alte, meist blattlose Bäume in den Sommerhimmel. Einer von ihnen lag schräg. Mehrere trockene Äste seiner Baumkrone hatten sich in die Stromleitungen geschoben und hielten die dicken Leitungen mit knochigem Griff auf Spannung.

Am anderen Ende des Baums ragte dichtes, mit Lehm, Mörtel und dunkelbraunen Steinresten durchsetztes Wurzelwerk aus dem Boden. Dort, wo die Feuerwehr die Wurzeln des Baums aus dem Erdreich gehebelt hatte, klaffte ein dunkles Loch.

Einen weiten Bogen schlagend tastete sich Struller vorsichtig an den ausgefransten Grubenrand und lugte hinunter. Viel war nicht zu erkennen, aber offensichtlich hatten die Feuerwehrleute bei ihrer Arbeit zufällig eine alte, mit Backsteinen von Menschenhand gemauerte, unterirdische Höhle entdeckt. Schemenhaft erkannte er außerdem im Halbdunkel einen leblosen Körper, der auf einem Steinblock lag. Da hatten Kollege Zufall und die Jungs von der Feuerwehr echt einen Volltreffer gelandet. Struller kniff die Augen zusammen. Augenscheinlich trug die Leiche einen braunen Leinensack. Ein Gesicht konnte er nicht erkennen.

»Sieht aus wie aufgebahrt«, kam es von der Seite.

Struller drehte sich um und erkannte den Polizisten mit dem lustigen Nachnamen, den er vor ein paar Monaten bei einem Tötungsdelikt in Ludenberg kennen gelernt hatte. Einer, der immer ewig viele Berichte, Anzeigen und Zusatzvermerke für die Sachbearbeitung schrieb.

»Hm. Was treibt dich denn in den Norden Düsseldorfs?«, fragte Struller, der den Kollegen in eine andere Polizeiwache eingeordnet hatte. Zeit für einen kleinen Plausch hatte er ja ...

»Ist doch alles umstrukturiert worden. Der Osten gehört jetzt zum Norden, der Westen zum Süden, die Mitte bleibt Mitte.«

»Ach ja, die Umstrukturierung, ich hab davon im Intranet gelesen«, murmelte Struller, der der größten Umorganisation der Düsseldorfer Polizei im vergangenen Jahr allerdings keine größere Aufmerksamkeit geschenkt hatte. Die Toten blieben immer gleich tot. Da konnte man umstrukturieren, wie man wollte. »Das mit der Hochspannungsleitung haben die Jungs von der Feuerwehr aber toll hinbekommen.«

Der Kollege grinste. »Das ist die Freiwillige Feuerwehr aus dem dörflichen Norden. Die kamen direkt vom Schützenfest in Wittlaer und haben, wenn du mich fragst, alle prima einen im Tee.«

»Das erklärt einiges.«

»Ich geh mal wieder rüber. Bis gleich«, verabschiedete sich der Uniformierte, ließ Struller am Grubenrand stehen und ging zurück zum grün-weißen Wagen, wo seine hübsche Kollegin mit flinken Fingern Kurznachrichten verschickte.

Struller zündete sich eine weitere Zigarette an, beugte sich über den zerbröselten Erdrand und versuchte genauer zu erkennen, was dort in der Höhle auf ihn wartete.

Klar, eine Leiche.

Ob er mal runterklettern sollte? Von hier oben sah es so aus, als hätte jemand den leblosen Körper wie auf einem Präsentierteller abgelegt. Und dann noch dieses merkwürdige Gewand. Karneval war schon etwas länger her, und für Halloween war es noch zu früh. Ein bisschen sah das aus wie in *Der Name der Rose*. »Bloß kein Ritualmord oder so eine Scheiße«, zischte Struller missmutig und blies einen Rauchkringel ins Loch. So was war immer ganz schlecht!

»Hey, Struller, das ist ein Tatort, hier darfst du nicht rauchen«, erklang es vorwurfsvoll von hinten.

»Na endlich«, begrüßte Struller Faserspuren-Harald, den Chef der Spurensicherung. »Ich dachte, ihr kommt nie mehr hier an.« Struller schnipste die Kippe in einem weiten Bogen Richtung Straße.

Ein Feuerwehrmann hastete hinter der Kippe her und trat sie aufgeregt aus.

»Spinnst du? Hier ist alles furztrocken. Das kann doch kokeln. Dann brennt bald der ganze Kleingartenverein, und uns fliegt eine Propangasflasche nach der anderen um die Ohren! So blöd kann man doch gar nicht sein!«

Struller überlegte kurz, dem Blaumann ins Knie zu schießen, ließ es aber bleiben. Das war hier ein Tatort, und eine Leiche reichte fürs Erste. »Sei doch froh, dass ich ein Feuerchen mache, dann braucht ihr es nicht wie sonst immer selbst zu legen!« Er drehte sich zu Harald. »Nirgendwo darf man rauchen. Ich sag es dir: Irgendwann kommt so ein Idiot auf die Idee und fordert ein Rauchverbot für Kneipen!«

Sein Kollege blinzelte irritiert. »Äh, gibt es schon, seit dem 1. Juli.«

»Was? Hier in Deutschland?«, fragte Struller entsetzt.

Faserspuren-Harald schüttelte wortlos den Kopf und ersparte sich eine Bemerkung, weil in diesem Moment mit großem Getöse und Blaulicht ein weiterer Einsatzwagen der Feuerwehr eintraf, wahrscheinlich der mit dem Erdungswerkzeug. Drei Feuerwehrleute luden einen Apparat ab, schlossen ein paar Kabel an und gaben einem vierten Kollegen ein Zeichen. Der startete den Feuerwehrwagen und zog den Baum von der Hochspannungsleitung.

Harald und ein weiterer Kollege nutzten die Zeit, sich in einen weißen Spurensicherungsanzug zu zwängen. Struller ließ sich nötigen, wenigstens ein Paar Einweghandschuhe über die Finger und zwei Plastiksäckchen über die Schuhe zu streifen.

»Alles andere ist mir zu heiß«, meinte Struller trotzig.

Harald drückte ihm wortlos eine schwere Taschenlampe in die Finger und winkte einen Kollegen heran. »Mike Giesler. Er macht Fotos.«

Die Höhle war etwa zwei Meter tief, schätzte Struller. Das Loch befand sich in Reichweite einer gemauerten Seitenwand, und mit ein paar weit gespreizten Tritten kam man ganz gut zu recht. Vorsichtig kletterten die drei nacheinander das Gemäuer hinab.

Giesler knipste jeden ihrer Schritte, um genau festzuhalten, wie sie durch ihr Einschreiten den Tatort veränderten. Struller nervte das Geknipse, aber er hielt sich zurück. Faserspuren-Harald war der Beste seines Fachs, und wenn irgendein Mike pausenlos Fotos machte, dann hatte das mit Sicherheit seinen Sinn und Zweck.

Unten angekommen wischte Struller einen Haufen Spinnweben aus seinem Gesicht und rümpfte die Nase. »Es stinkt hier.«

»Es wird ja jetzt gelüftet«, sagte Giesler und machte ein Foto.

Harald machte sich als Erstes über die Leiche her und stellte fest, dass es tatsächlich eine war. »Kalt, tot, keine Leichenstarre mehr. Sieht noch recht frisch aus. Todeszeit vor circa acht bis zwölf Stunden. Männlich, so um die dreißig Jahre alt. Aber genauer kann das natürlich erst Doc Stich nach der Obduktion sagen.«

»Das ist mir schon klar. Kannst du sonst noch was Ungewöhnliches sehen?«

»Hab ich eine Glaskugel? Ich bin ja kaum hier«, knurrte Harald und beugte sich über die Leiche, die auf einem etwa einen Meter hohen Steinblock lag, der quaderförmig geschnitten war und die Mitte des Raums einnahm.

»Wie ein Altar.«

»Oder eine Schlachtbank.«

Klick.

Harald ließ seine Taschenlampe über die Leiche gleiten. »Merkwürdiges Gewand. Leinen, würde ich sagen.« Er hob vorsichtig den im rechten Winkel vom Körper abstehenden, linken Arm an. »Guck dir mal die Handinnenfläche an. Eingeblutet. Merkwürdiger Blutaustritt. Mach mal ein Foto hier, Mike.«

Aber Mike hatte schon mindestens ein halbes Dutzend Mal geklickt und leckte sich erregt mit der Zunge über die Lippen, wie Struller irritiert feststellte.

»Hm.«

»Was ist?«

»Keine normale Einblutung, das ist mal klar.« Harald bog die Finger der Hand auseinander.

Klick.

»Mehrere strichförmige Ritze. Das ist nicht gut. Bin gespannt, wie das aussieht, wenn ich mit einem feuchten Tuch drübergegangen bin. Sieht aus wie ein Muster.«

Klick, Klick.

»Ein Kreuz mit Bommel dran.«

»Ein T und ein S, ineinander übergehend.«

Klick.

»Und irgendwas schlängelt sich drum herum«, stellte Struller fest. »Das wird eine Schlange sein. Es ist immer eine Schlange.«

»Oder ein Wurm«, schlug Giesler vor.

Struller verzog das Gesicht. »Würmer sind es nie.«

Harald legte die Hand zurück, hob den Toten am Rücken hoch, öffnete die geschnürten Schlaufen, die das Gewand hinten zusammenhielten, und legte so den Rücken des Toten frei. »Der Tote hat keine weiteren, offen sichtbaren Wunden.«

»Das ist nicht gut«, erklärte Struller, der seine üble Vorahnung hinsichtlich eines Ritualmordes bestätigt sah. Ritualmord ... Presse! Struller ahnte Schlimmes! Das hatte ihm noch gefehlt! Und das Ganze bei der Hitze. »Vielleicht ja doch ein natürlicher Tod ...«, murmelte er.

Harald verdrehte die Augen. »Nimm mal den Arm und zieh ihn zu dir rüber, damit wir den Bauchbereich sehen können.«

»Na prima. Meine Lieblingsübung.« Struller nahm den Arm der Leiche, der sich nicht so richtig bewegen ließ, und überstreckte ihn nach hinten, sodass sich der ganze Oberkörper in seine Richtung drehte. Er musste vorsichtig sein, damit er ihm nicht post mortem den Arm brach. Ohne große Kraftanstrengung ließ sich die Leiche jetzt drehen. Auch, weil sie auffallend leicht war.

»Sieht insgesamt ein bisschen blass aus der Bursche, meinst du nicht auch?«, versuchte Faserspuren-Harald die Situation etwas aufzulockern.

»Das wundert mich jetzt nicht, wo er doch tot ist.«

»Was wundert dich überhaupt?«, entgegnete Harald.

»Dienstwagen mit Klimaanlage würden mich wundern.«

Giesler klickte. Aber auf der Vorderseite war nicht viel zu klicken. Eine blasse, flache Brust, das war alles. Scheinbar nur schwach ausgebildete Muskulatur, dunkel gekräuselte Brustbehaarung, kein Sixpack. Der Tote war auf keinen Fall Brad Pitt.

»Hier müsste wesentlich mehr Blut sein. Selbst wenn die merkwürdigen Einschnitte in seiner linken Hand nicht tief sind, muss das ganz gut geblutet haben.«

»Er wurde nicht hier geritzt. Oder sie sind angebracht worden, als er schon tot war«, schlug Struller vor.

»Schon möglich. Der Typ wurde umgebracht. Man ließ ihn vorsichtig ausbluten, und sein Blut wurde in einer Schale aufgefangen. Und ...«

»Und was?«, fragte Mike Giesler sensationslüstern.

»Und für ein Opferritual genutzt. Okkultismus. Grausam. Ich habe so etwas schon einmal gehört. Oder gesehen? Im Kino? Ich bin mir nicht ganz sicher ...«

Struller stöhnte. »Du hast definitiv einen Thriller zu viel gesehen! Ausgeblutet ... Ein Mordfall mit lauter verstrahlten Verdächtigen. Alle bekloppt! Bloß das nicht!«

»Dafür spräche allerdings auch diese komische, braune Kutte«, blieb Harald hartnäckig.

Struller verdrehte die Augen. »Such du die Spuren, Harald, und überlass den Rest mir!«

Was der auch grummelnd tat und in einer Nische einen kleinen, blauen Samtsack vom Boden pflückte. Drei schwarze Kerzen, die unmittelbar daneben lagen, versenkte er kommentarlos in einen zweiten Plastikbeutel.

Klick.

»Harald, ich hau ab«, erklärte Struller und drückte sich reckend sein Kreuz durch. »Doc Stich wird jeden Moment hier eintreffen, die Leiche muss zur Gerichtsmedizin in die Uni. Ihr macht das schon. Den Bericht und die Fotos brauche ich so schnell wie möglich und natürlich Fingerabdrücke, mit deren Hilfe wir den schweigsamen Gast möglicherweise ohne Ausweispapiere identifizieren können.«

Struller ließ die beiden im Halbdunkel zurück, verließ die Höhle auf dem gleichen Weg, wie er sie betreten hatte, und war sich sicher, dass er eine entscheidende Frage zu stellen vergessen hatte. Aber es war sehr warm, und es war ihm egal. Die ganze Sache stank zum Himmel, und an die zweifellos anstehende Pressekonferenz mochte er überhaupt nicht denken.

Ritualmord ... So eine Scheiße! Spinner, die sich irgendwelchen okkulten oder anderen merkwürdigen Gesellschaften anschlossen, weil sie sich in der realen Welt nicht mehr zurecht fanden. Oder sich eigene Realitäten schufen. Im Internet zum Beispiel. Mit Religion hatte das meist wenig zu tun.

Automatische Schluckreflexe setzten ein, und es drängte ihn ganz erheblich an Krakes wohlbehüteten Tresen.

Er hatte es im Urin, welchen er, wieder in der Oberwelt angekommen, an einem Beerenstrauch ließ. Hier lag vielleicht nicht gerade ein in Vergessenheit geratener Tempelritter, der seit Hunderten von Jahren untot den heiligen Gral bewacht hatte, aber Struller rechnete fest damit, dass da eine ganz miese, üble Geschichte mit großen Schritten auf ihn zukam.

Schritte ... Schuhe hatte die Leiche auch keine angehabt, fiel ihm auf. Oder Unterwäsche.

Er schloss den Reißverschluss seiner Jeans, ging um die Ecke und unterbrach die beiden im Streifenwagen angeregt miteinander plaudernden Uniformierten.

»Einzelheiten zu erklären, würde zu lang dauern. Der Tatort muss bis morgen früh bewacht und abgesperrt bleiben. Ich muss mir das morgen noch mal ansehen, wenn die ersten Spurenberichte vorliegen. Bis dahin darf hier keiner rumlatschen.«

»Toller Job«, knurrte die Kollegin.

»Das ist eine ganz dicke Sache, und ihr seid live dabei. Da könnt ihr demnächst euren gemeinsamen Kindern von erzählen.«

Struller schob sich im Dienstwagen sein neues Pepitahütchen über die Haare und warf den Motor an. Sein Hemd war durchgeschwitzt. Er entschied sich für ein frisches, kühles Alt und machte sich auf in Richtung Krake.

* * *

Krake war nicht nur Strullers Lieblingswirt, er war einer seiner besten Freunde, sie kannten sich schon ewig. Für Krake hätte Struller sein letztes Hemd hergegeben. Keine Frage. Umgekehrt galt dasselbe. Auch wenn Krakes Hemden nach einem Verkehrsunfall am Schillerplatz vor einigen Jahren keine linken Ärmel mehr nötig hatten. Die linken Ärmel schnitt Krake immer sofort ab, weil sie ihm bei der Arbeit ständig im Weg herumhingen. Er brauchte keine linken Ärmel, mit nur einem Ärmel, dem rechten, kam er sehr gut zurecht.

Krake wischte gerade über den Tresen, als Struller ins Aquarium stürzte und sich mit Schwung in einen Barhocker schwang.

»'n Abend, Struller, haben sie dich ans Arbeiten bekommen?«

»Arbeit? Wie kommst du denn darauf?«, entgegnete Struller leicht verwirrt.

»Na, ist doch logisch. Wir haben Samstag, es ist später Nachmittag, und du hast mir gestern gesagt, dass du vorbeikommen willst. Wenn du nichts zu tun gehabt hättest, stünde schon ein ganzer Meter leerer Biergläser auf dem Tresen.«

»Genau, weil du nämlich unheimlich langsam mit dem Spülen bist. Aber du hast tatsächlich Recht. Ich komme direkt von einer Leiche und hatte noch nichts zu essen. Mach mir zügig ein Alt und gib mir zwei von deinen ranzigen Frikadellen!«

»Jawohl, der Herr, stets zu Diensten, der Herr! Kommt sofort!«, flötete ihm Krake entgegen und schob zwei braune Bremsklötze in die Mikrowelle. Dann stellte er ein frisch gezapftes Alt auf die Theke. Allerdings nicht vor Struller, sondern ihm direkt gegenüber auf die andere Seite des Tresens.

Struller räusperte sich leicht entrüstet: »Sag mal, seit wann bekommen Leute, die bei dir auf dem Scheißhaus sitzen, ihr Bier schneller als dein Lieblingsgast?«

Krake blickte sich hektisch um. »Lieblingsgast? Ich kann meinen Lieblingsgast gar nicht sehen. Ist der gerade heimlich reingekommen? Auf'm Pott ist keiner, aber ich erwarte jede Sekunde einen treuen Stammgast und habe vorgearbeitet. Just in time. Der Typ mit der Frisur aus den Achtzigern, der sich seine Post hierhin bringen lässt. Vokuhila, kennst du doch.«

»Aha. So einen Service kann man hier kriegen? Bekomme ich jetzt endlich die Frikos und das Alt? Oder soll ich die Kneipe wechseln, wo das Bier dann auch schon für mich auf dem Tresen steht, wenn ich reinkomme und ich nicht wie ein Mensch zweiter Klasse behandelt werde?«, maulte Struller.

»Schlecht drauf oder was?«

»Das ›oder was‹ kannste weglassen. Mach hin!«

Exakt drei Minuten und siebenundvierzig Sekunden später hatte Struller die Frikadellen verschlungen, sein Alt geleert und ein neues bestellt. »Aber gib mir bloß nicht das abgestandene von da drüben!«

»Ich versteh das gar nicht. Der ist jetzt seit bestimmt einem halben Jahr immer gegen fünf hier aufgetaucht. Gestern war er nicht da, und heute scheint er auch nicht zu kommen. Ob dem was passiert ist?«, murmelte Krake mit besorgtem Gesichtsausdruck.

»Also, wenn er deine Büffelfürze nicht probiert hat, dürfte es ihm noch ganz gut gehen.«

»Jetzt mal im Ernst, auch wenn es dir schwer fällt. Ich mache mir ein bisschen Sorgen um Vokuhila.«

Krakes sparsamer Gesichtsausdruck sprach Bände. Aha, dachte Struller, daher rührte gestern Abend dessen nachdenkliche Stimmung.

Krake beugte sich über die Theke: »Kannst du bei euch nicht mal nachforschen, ob was passiert ist?«.

»Nun mach dir mal nicht gleich ins einärmelige Hemd, Alter, und versuch dich zu beruhigen. Das ist ein erwachsener Mensch. Er redet nicht viel, wippt bei Elvis Presley mit dem Fuß im Takt und trinkt Altbier. So jemand kann auf sich selbst aufpassen!«

Krake klebte ein neues Bier auf die Theke. »Ich weiß nicht …«, murmelte er, nahm Vokuhilas abgestandenes Bier und kippte es seufzend in die Spüle. »Ich hab da so ein ganz unangenehmes Gefühl.«

Struller nippte am Glas. Mit so einem kummervollen Gesicht auf der anderen Seite des Tresens machte das Trinken selbst in der allerbesten Kneipe keinen Spaß. Er gab sich einen Ruck. »Ich hatte zwar einen echt beschissenen Tag, und eigentlich solltest du mein Kummerkasten sein und nicht umgekehrt, aber wir können das ja so machen: Sollte er bis morgen nicht wieder hier gewesen sein, werde ich mich umhören, versprochen!« Er leerte das zweite Glas. »Bekomme ich jetzt noch mein drittes Alt oder muss ich zur Konkurrenz wechseln?«

Erleichtert widmete sich Krake seiner Zapfanlage, als aus Strullers Handy eine Mundharmonika mit *Spiel mir das Lied vom Tod* ein Telefonat ankündigte.

»Struhlmann? ... Wer hat gesagt, ich sei am Tatort fertig und auf dem Weg ins Präsidium? ... Der? Der ist doch besoffen, ehrlich, der hatte eine Fahne, mit der hätte man eine Tür aufhebeln können. ... Ja, sicher. Was? Ich bin in einer Vermisstensache tätig. ... Ja, so ein Typ mit einer ziemlich altmodischen Frisur, das Ding ist quasi geklärt. ... Ja, natürlich. Ich bin in ungefähr zwanzig Minuten da. ... Okay, bis gleich.«

Struller drückte auf Off, schnappte sich das nächste Gläschen und wühlte gleichzeitig in seiner Hemdtasche einen Zehner ans Tageslicht, den er Krake hinhielt. »Halt mal ab, ich muss ins Präsidium. Mein neuer Boss will was von mir.«

»Am Samstagnachmittag? An deinem freien Tag?«

»Ein deutscher Polizist ist immer im Dienst!«, erklärte Struller. »Bei uns läuft rund um die Uhr eine Sonderkommission. Wahrscheinlich kommen die alleine nicht klar und brauchen mich.«

Krake nahm das mal so hin. »Aha, und wie is der Neue so?«

»Er ist Kriminaloberrat, heißt Ferdinand Hengstmann und war vorher Chef der Reiterstaffel. Noch Fragen?«

Krake grinste. »Wie passend. Macht für dich sechs Euro achtzig.«

»Mach sieben.«

»Mensch, so großzügig mit dem Trinkgeld heute? Tatsächlich zwanzig Cent? Was ein Glückstag! Was kaufe ich mir davon bloß?«, knurrte Krake.

»Vielleicht ein Akkordeon«, schlug Struller im Gehen vor und ignorierte den nassen Wischlappen, den Krake ihm hinterhergeschleudert hatte und der mit einem lauten Flatschen direkt neben der Eingangstür an der Wand landete.

* * *

Zwei Kippen später parkte Struller seinen Nobeldienstwagen auf dem Innenhof des Präsidiums und latschte die ausgetretenen Steinstufen hoch ins Rondell.

Drinnen kamen ihm zwei heftig kichernde Frauen entgegen, die aussahen wie Mutter und Tochter. Beide trugen ein Polizei-T-Shirt. Die jüngere von ihnen schwang grinsend eine Kelle, die ältere trug ein Polizeimützchen. Ganz dicht waren sie wohl beide nicht.

Struller ging hastig weiter. Sein Büro befand sich in der dritten Etage. Den Paternoster konnte er nicht nehmen, der hatte am Wochenende Pause und war ausgeschaltet. Es gab Überlegungen, das altersschwache Gerät ganz abzuschaffen, aber Struller fand, dass das gute Stück ins Präsidium gehörte wie der Präsident. Oder der Cola-Automat in der Kantine. Hier in diesem Bau waren ganz andere Sachen deutlich überflüssiger als das nostalgische Holzteil.

Struller legte im Büro nur kurz die drei Kerzen und das Säckchen vom Leichenfundort ab und ging gleich weiter in den Besprechungsraum am Ende des Flurs. Es war stickig, die Fenster geschlossen, und nur der neue Leiter der Mordkommission und eine junge Frau in einem dunklen Kostüm und mit hochgesteckten, blonden Haaren saßen am runden Besprechungstisch.

»Kollege Struhlmann«, begrüßte ihn Ferdinand Hengstmann. »Das ist ...«

»Yvette de Baron, die Neue bei der Staatsanwaltschaft«, stellte sich die junge Frau selbst vor. »Ich habe schon viel von Ihnen gehört«,

»Die meisten Vorwürfe haben sich als vollkommen haltlos herausgestellt. Der gemeine Bürger neigt dazu, Dinge zu dramatisieren. Gewalt gehört eben manchmal dazu«, erklärte Struller.

»Wo gehobelt wird, da fallen Späne«, stimmte die neue Staatsanwältin augenzwinkernd zu.

»Äh, ja ...« stammelte Hengstmann irritiert.

Struller grinste seinen neuen Chef schief an. Seinen Vorgänger, Kriminaldirektor Brenner, hatte der Ruf des Innenministers ereilt, der quasi über Nacht eine Landesleitstelle ins Leben gerufen hatte. Warum genau, wusste Struller nicht. Auf jeden Fall trieb Brenner jetzt dort sein Unwesen.

Hengstmann war nach einem bösen Reitunfall von der Reiterstaffel zum Kriminalkommissariat 11 versetzt worden. Der eigentliche neue Chef war noch nicht auserkoren, und so führte der ehemalige Reiter das Dezernat für Tötungsdelikte. Er hatte in der kurzen Zeit allerdings schon mehrmals unter Beweis gestellt, dass er mehr von Warmblütern, Hufeisen und vom Tränken trächtiger Stuten verstand als vom Mörderfangen. Aber es hieß ja, dass man mit seinen Aufgaben wächst.

Struller sah sich suchend um. »Sonst keiner mehr da?«

Hengstmann strich sich über die blaue Krawatte und schüttelte den Kopf.

»Alle Kollegen sind in Sachen Soko *Black Jack* unterwegs.«

»Aha«, knurrte Struller, der genau das befürchtet hatte.

In der vergangenen Nacht hatten sich mehrere Zocker in einem illegalen Spielclub auf der Corneliusstraße auf finale Art mittels Messer und Blei die Spielsucht abgewöhnt. Bis auf ihn steckten alle Kollegen des Dezernats in dieser Soko. Struller hatte man bei der Alarmierung nicht erreicht, weil sein Telefon ... nun ja, es war eben kein Telefonat zustande gekommen.

»Dann fassen Sie mal kurz zusammen, Kollege«, forderte Hengstmann Struller auf.

Das tat Struller dann auch. Hengstmann wechselte dabei mehrmals die Gesichtsfarbe, und auch die wirklich nette, neue Staatsanwältin blinzelte, als Struller die bisher nicht zu deutenden, tiefen Einkerbungen in der Handinnenfläche des Opfers erwähnte.

»Die Presse ...«, murmelte Hengstmann.

»Um die kümmere ich mich«, erklärte die Baronin mit entschlossener Stimme. »Mir fällt schon was Brauchbares ein.«

Struller unterdrückte ein anerkennendes Augenzwinkern. Immerhin, die schien keine Muffen zu haben! Allerdings: eine Frau als leitende Staatsanwältin ... Ging das überhaupt? Gut sah sie zweifellos aus. Das festzustellen musste erlaubt sein! Schließlich hatte sie mit dem Hobeln angefangen.

Leider verabschiedete sich die neue Staatsanwältin recht zügig. »Halten Sie mich bitte auf dem Laufenden. Hier ist meine Visitenkarte mit Adresse und Handynummer. Scheuen Sie sich nicht, mich anzurufen, wenn es neue Entwicklungen gibt. Ich bin jederzeit zu erreichen! Danke. Und viel Erfolg!«

Sie glitt vom Stuhl und schwebte aus dem Raum. Sie schwebte natürlich nicht wirklich, aber Struller blickte ihr anerkennend hinterher. Eine astreine Figur, stellte er fest und verfiel kurzfristig in lüsterne Fantasien. Dann versenkte er ihre Visitenkarte im Hemd.

Hengstmann räusperte sich. »Hallo, zur Sache, Kollege. Wir beide sind für den Fall übrig. Mehr ist leider nicht zu machen.«

Struller nickte. »Okay, ich komme klar. Ich habe jahrelang alleine gearbeitet, und es ist ja noch gar nicht raus, ob die Sache so heiß gegessen werden muss, wie sie irgendein Teufelsanbeter gekocht hat.«

Hengstmann blinzelte und schüttelte den Kopf. »Nein, nein. Sie verstehen mich falsch. Den Fall übernehmen wir beide. Sie und ich, als Team. Also genauer gesagt, natürlich ich und Sie. Das wird mein erster Mordfall. Leute befragen, Tatverdächtige vernehmen, andere festnehmen und so weiter, herrlich«, schwärmte Hengstmann.

Struller dachte, er sei im falschen Film, und spürte, wie ihn eine neuerliche Schweißattacke heimsuchte und wie sein gerade leicht angetrocknetes Hemd unter den Armen wieder feucht wurde. Ein Team, mit Häuptling Crazy Horse ...

Alles sträubte sich in ihm, mit diesem äußerlich und offensichtlich auch innerlich verunfallten Reitersmann zusammenzuarbeiten. Hobbyreiter waren ihm schon immer suspekt gewesen. Alles irgendwie Einzelgänger, komische Leute. Und jemand, der das dann auch noch zum Beruf machte? Nee, das konnte nix werden.

Doch Hengstmann träumte mit funkelnden Augen von künftigen Heldentaten. »Kollege Struhlmann, ich muss sofort meine Frau anrufen und sagen, dass ich später nach Hause komme. Vielleicht die nächsten paar Tage und Nächte überhaupt nicht mehr. Ich habe noch nie im Büro übernachtet ... Wir beide haben einen Mörder zu fangen.«

»Äh, für heute war es das erst mal. Wir müssen die Obduktion abwarten. Die Berichte der Spurensicherung sind noch nicht da und die Fotos vom Tatort noch nicht entwickelt«, stammelte Struller hilflos.

»Oh ja, Obduktion, ja natürlich, hm, hm, Kollege Struhlmann. Das wäre dann schon was für Sie alleine, Leiche aufschneiden und so ...«, brummte Hengstmann beim Verlassen des Raums. Dann drehte er sich noch mal um, legte einen Finger an die Stirn und sagte: »Eine Frage habe ich aber noch, Kollege Struhlmann.«

»Das machen Sie schon sehr gut«, erklärte Struller.

»Was?«

»Schon gut. Ja, bitte«, knurrte Struller mit leicht genervtem Tonfall und lehnte sich müde gegen den Türrahmen.

Hengstmann wollte es Struller gleichtun und stützte sich lässig auf den Feuerlöscher an der Wand ab. Oh je, dachte Struller noch ... Aber noch ehe er seinen Chef warnen konnte, gab das rote Löschgerät ob der ungewohnten Last nach und krachte nach einem kurzen Knacken aus der Halterung. Er rauschte abwärts und landete mitten auf dem rechten Fuß des Rittmeisters. Struller hörte förmlich den Fuß brechen, der nur in einer modischen Sandalette steckte. Er zog unschuldig seine linke Augenbraue hoch. »Was wollten Sie doch gleich fragen?«

Die Antwort war ein tonloses Schreien und Jaulen. Der Löscher kullerte ein paar Meter weit und blieb liegen. Der war hin, aber er war eh seit zwei Jahren nicht mehr überprüft worden und hätte längst ausgetauscht werden müssen. Hengstmann krümmte sich.

»Haben Sie starke Schmerzen?«

Hengstmann war nicht in der Lage, die offensichtliche Ignoranz seines Gegenübers wahrzunehmen. Mit geschlossenen Augen glitt er zu Boden und wimmerte.

Struller forderte einen Rettungswagen an und saß eine halbe Stunde später alleine im großen Besprechungsraum. Er ignorierte das Rauchverbot, das im Präsidium herrschte, steckte sich eine Ernte an und machte sich mit seiner Situation vertraut.

Er hatte einen unangenehmen Fall am Bein. Er ermittelte alleine. Ohne Hengstmann, denn wie es aussah, hatte der sich den Mittelfußknochen gebrochen. Mindestens sechs Wochen Ausfall. Das war niemandem zu gönnen, würde aber die anstehenden Ermittlungen wesentlich erleichtern. Das war mal sicher.

Genau genommen war er, Kriminalhauptkommissar Struhlmann, als dienstältester Beamter des KK 11 jetzt automatisch der neue Leiter des Kommissariats. Er nahm zufrieden einen tiefen Lungenzug. In seine Mundwinkel legte sich ein diabolisches Grinsen, denn das eröffnete natürlich zahlreiche Möglichkeiten …

Als Erstes würde er sich einen zweiten Mann an seine Seite holen. Nicht, dass er das Ding nicht alleine schaukeln könnte. Aber für die unangenehmen Laufarbeiten könnte er ganz gut jemanden gebrauchen. Er lachte und hatte auch schon eine Idee, wer das sein würde …

2. Tag

Struller warf einen Blick auf die GdP-Uhr an der Wand. 10.45 Uhr. Er hatte eine mehr als bescheidene Nacht und einen nicht minder doofen Sonntagvormittag hinter sich gebracht. Irgendetwas nagte hartnäckig in seinem Kopf. Er hatte etwas vergessen. Aber was?

Nach dem Wälzen zahlreicher Akten über vermisste Personen gab Struller entnervt auf. Auf diese Weise war der unbekannte Tote aus der Höhle in Mörsenbroich nicht zu identifizieren. Es gab keinen Vermissten, auf den die Beschreibung auch nur annähernd passte. Ihm blieb nur die Hoffnung, dass Faserspuren-Harald in der Fingerabdruck-Datei fündig wurde.

Struller lehnte sich im altertümlichen Schreibtischstuhl zurück, legte die Beine auf den Holztisch und griff zur durchsichtigen Plastiktüte mit den drei pechschwarzen Kerzen. Als Kind hatte er ganz gut jonglieren können. Er pulte die Kerzen aus der Tüte und wirbelte eine davon durch die staubige Büroluft. Sicher fing er sie wieder auf. Das ging ja noch ganz gut. Es gab einfach Dinge, die verlernte man nie. Jetzt mit zwei Kerzen, in jeder Hand eine.

Na also …

Erst mit der dritten ging es schief. Die Kerzen fielen zu Boden und rollten über den Teppich. Struller krabbelte hinterher, stutzte und erkannte in noch gebückter Haltung die im Boden der einen Kerze eingestanzten Buchstaben.

»SVS. Was soll das denn heißen? Spielvereinigung Sülzbach?«

Viel Zeit zu überlegen hatte Struller allerdings nicht. Heute Nachmittag stand die Obduktion einer vor zwei Tagen unglücklich verunfallten männlichen Person an. Franz Althoff. Ausgerechnet dem dienstältesten Köbes einer Düsseldorfer Traditionsbrauerei war im Kellergewölbe ein gefülltes 200-Liter-Fass Altbier auf den Schädel gefallen. Nichts war so zynisch wie das Leben!

Außerdem wollte er sich den unterirdischen Gruseltatort in Mörsenbroich, der noch immer von den Kollegen der Schutzpolizei gesichert wurde, die darüber sicherlich begeistert waren, unbedingt noch mal angucken. Er war sicher, etwas übersehen beziehungsweise eine Frage nicht gestellt zu haben.

Sein Blick fiel auf das Telefon und wieder schlich sich das diabolische Grinsen in seine Mundwinkel. Er legte die Kerzen zurück in die Schublade, kramte sein altes Handy aus der Brusttasche des Hemdes, schaute ins Adressbuch und fand tatsächlich noch den Namen und die Telefonnummer, die er gesucht hatte.

Er griff zum Hörer.

* * *

Christian Jensen schubberte sich wohlig ins warme Daunenkissen. Oh, er liebte diese Wochenenden bei Oma. Nachts war hier auf dem platten, niederrheinischen Land die Hölle los, und morgens konnte man in Ruhe auspennen. Wenn er so richtig wach würde, ging es nach unten zu Oma, und die würde ihm eine schicke, hübsch fettige Hühnersuppe zubereiten.

Herrlich.

Seine Gedanken wanderten zurück zur letzten Nacht. Erst spät in der Nacht hatte ihn ein letztes Altbier vom Fass beim Herongener Marktfest nach Hause ins Bettchen befohlen. *Honky Tonk Woman* war das letzte Lied gewesen, das die tolle Band als gefühlte achtundzwanzigste Zugabe zum Besten gegeben hatte. Oh, sie waren klasse gewesen. Fast besser als das englische Original!

Okay, das natürlich nicht ...

In der ersten Reihe hatte er mit seinen Kumpels gestanden und glatt den Ärger darüber vergessen, dass man ihm tags zuvor eröffnet hatte, sein neues Praktikum im Verkehrskommissariat einer kleinen, usseligen Landdienststelle antreten zu müssen, wo man ihm die Bedeutung der Unfallsteckkarte mit all ihren dunkelblauen und orangefarbenen, mittelgroßen Stecknadelköpfen nahe bringen wollte. Nach seinem doch recht erfolgreichen Auftritt in einem verzwickten Mordfall bei der Düsseldorfer Mordkommission hatte er auf etwas ähnlich Spannendes gehofft. Aber vermutlich meinten die Verantwortlichen, ihm etwas Gutes zu tun, indem sie ihn in seiner alten Heimat einsetzten.

Aber jetzt genoss er den anbrechenden Morgen. Das gleichmäßige Zwitschern der Vögel unter seinem Fenster. Die ersten Sonnenstrahlen. Die frische Luft, die durch das geöffnete Fenster in sein Schlafzimmer strömte. Und das gleichmäßige Zwitschern der ...

Er schreckte auf.

Das war gar kein Vogelgezwitscher. Und schon gar nicht gleichmäßig! Und welcher Vogel zwitschert *I wear my sunglasses at night*? Verdammt, das Handy.

»Zur Hölle! Wer ...?«

Jensen rollte aus dem Bett, ertastete seine Jeans, kramte das Handy heraus und murmelte: »Jensen?«

»Struller hier, zieh dich an, und sei um 12.30 Uhr in der Kleingartenanlage Vogelsanger Weg. Das ist in der Nähe vom Nördlichen Zubringer. Kurz vor der Bahnlinie geht eine schmale Stichstraße links ab, die ins Gartengelände hineinführt, da treffen wir uns an einem umgestürzten Baum mit Loch davor. Du kannst mich nicht verfehlen.«

Jensen rieb sich die Augen und hielt alles für einen Traum. Sicherheitshalber sagte er mal nichts.

»Hast du mich verstanden, Jensen, halb eins, in der Kleingartenanlage!«

»Struller, bist du das? Ich versteh nicht, was …«

»Es gibt viel zu tun, bis gleich und tschüss«, beendete Struller am anderen Ende das Telefonat und ließ einen vollkommen verdutzten Jensen in seinem Bettchen in Herongen zurück.

Struller? Vogelsanger Weg? Umgestürzter Baum? Ein Loch? Er fragte sich noch das eine und das andere und war erst richtig wach, als er geduscht und mit frisch geputzten Zähnchen in den Badezimmerspiegel guckte.

Okay, siebenundzwanzig, hellblaue Augen, mittellange, blonde Haare und eine unbestreitbare Ähnlichkeit mit Liam Gallagher von Oasis. Da konnte man zufrieden sein.

Ein Lied pfeifend schlug er unten in der Küche auf. Den Autoschlüssel hatte er schon in der Hand, als ihn seine Oma stellte.

»Christian, wo willst du denn schon hin?«

»Äh, arbeiten.«

»Sonntags?«, fragte Oma Jensen und strich über ihre geblümte Schürze.

»Ein Notfall.«

»Und da brauchen die dich? Du hast noch gar nichts gegessen.«

»Der Kollege aus Düsseldorf meint, es sei dringend und ich …«

Sie packte ihren Enkel am Ärmel und zog ihn an den Tisch.

»Nix da, Junge. Ohne was im Magen gehst du nicht aus dem Haus!«

»Aber Oma …«

»Auf keinen Fall. Mit nix im Magen … Nachher kippst du um! Und dann musst du mit einem Gangster raufen und zack, bist du nicht vorbereitet! Warte, ich mach dir schnell ein leckeres Schnittchen mit Nutella. Ist schon fast fertig.«

»Okay«, seufzte Jensen. Da war sowieso nichts zu machen.

»Und zwischendurch kannst du mir ja erklären, was du in Düsseldorf tun sollst. Kommen die ohne dich nicht klar, na guck mal an. Ich hab ja immer gesagt, dass aus dir noch was werden kann.« Sie schob Jensen ein dick beschmiertes Nutellabrötchen in die Finger. »Vorsichtig, Junge, kleckere nicht. Düsseldorf … Das hört sich spannend an. Da komm ich dich auf jeden Fall mal besuchen.«

Jensen verschluckte sich. »Alles reine Routine, Oma, alles reine Routine.«

»Stell dein Licht mal nicht unter den Scheffel, Christian. Eine Trantüte hätten die sicher nicht am Sonntagmorgen angefordert. Kriegst du das eigentlich extra bezahlt? Das kannst du ruhig bei deinem Chef mal ansprechen! Die besten Männer müssen auch am besten bezahlt werden!« Oma Jensen stockte. »Hast du da eine Pistole im Gürtel?«

»Das ist meine Dienstwaffe, Oma.«

Sie schüttelte den Kopf. »Pass bloß mit dem fiesen Ding auf! Wenn es gefährlich wird, lass ruhig erst mal die anderen vorgehen! Man muss nicht immer direkt vorne dabei sein, hörst du?!«

Jensen versenkte hastig den Rest der Schnitte, drückte seiner Oma einen Kuss auf die Wange und sprang zehn Sekunden später in seinen selbst restaurierten 68er Ford Mustang.

»Es geht schon wieder los«, pfiff er gut gelaunt, unterbrach sich erschreckt, rief sich zur Ordnung und schob die CD in den Player. Aus den Boxen dröhnte *Highway To Hell*.

Wie passend seine Musikauswahl war, konnte er zu diesem Zeitpunkt noch nicht wissen.

* * *

Mit Strullers einfacher Wegbeschreibung im Kopf verfuhr er sich nur kurz, bog dann vom Zubringer in den kürzeren Teil des Vogelsanger Wegs ein und parkte den Wagen vor einem alten, baufälligen Gebäude, das – wie Jensen wusste – einmal eine alte Lackfabrik gewesen war.

Den Rest lief er zu Fuß, und nach einer ersten Biegung stieß er auf einen geparkten Streifenwagen, in dem es sich zwei uniformierte Kollegen gemütlich gemacht hatten. Zunächst versuchte er, die Beamten mit einem leisen »Guten Morgen« zu wecken. Nach dem dritten, lautstarken »Guten Morgen!«, und kurz bevor Jensen gegen den VW treten wollte, räkelte sich der Beifahrer den Sitz hinauf. An seiner Unterlippe klebte ein angetrockneter Klumpen Kautabak.

Der Mann kurbelte das Fenster runter. »Wer bist du denn? Hier ist abgesperrt, hier kann keiner hin.«

»Ich bin Jensen, der Kollege von Kriminalhauptkommissar Struhlmann.«

Jetzt grunzte er ungehemmt. »Ich bin Sam Bobeck, und Struller ist ein Sack! Wegen dem sitzen wir uns hier die ganze Zeit den Hintern platt. Der hat vielleicht Nerven! Der soll sich bloß nicht hier blicken lassen!«

»Äh, ja. Aber was ist denn hier eigentlich los?«

»Den Baum da hinten hat die Feuerwehr aus der Erde gerupft. Unter den Wurzeln haben sie eine Höhle gefunden, in der Höhle einen Toten. Ganz geheimnisvoll, da dürfen wir nicht rein. Wichtig, wichtig«, erklärte Bobeck und zog die Nase hoch. Gleichzeitig räumte seine lange, breite Zunge mit kräftigem Schlecken den Klumpen Tabak zurück ins Mundinnere.

»Aha«, murmelte Jensen.

Bobeck öffnete die Tür des Streifenwagens und schälte seinen Körper ächzend ins Freie. »Warte, ich zeig es dir, mein Söhnchen.«

Er führte Jensen einige Meter weiter um eine Ecke herum und deutete neben einem umgestürzten und teilweise zersägten Baum in ein von rot-weißem Flatterband eingegrenztes, dunkles Loch zu ihren Füßen.

»Also, kleiner Schwede, das ist der Fundort der Leiche. Und jetzt wo *du* da bist, hauen *wir* hier ab! Tschüss!«

Bobeck verschwand mit breitem Schritt. Sekunden später entfernte sich der Streifenwagen mit Vollgas.

Jensen lugte über den Erdrand. Niemand zu sehen. Auch kein Kriminalhauptkommissar Struhlmann, wie er leicht angesäuert feststellte. Wehe, wenn das hier eine groß angelegte Verarsche war!

Richtig erkennen konnte er von hier oben nichts. Es sah so aus, als hätte Wurzelwerk grob ein Loch in eine Decke gehebelt, die zu Boden gerieselt war.

Hm, interessant. Sollte er Struller anrufen? Oder mal kurz einen genaueren Blick hineinwerfen? Neugierig war er ja schon. Jensen stieg über das Flatterband und ging in die Hocke. Tief war es nicht. Etwas über zwei Meter vielleicht. Okay, könnte gehen. Er streckte einen Fuß ins Loch und berührte einen Spalt in der bröseligen Seitenwand. So ging es. War ja schließlich nicht die Eiger-Nordwand. Vorsichtig glitt er runter und wischte sich den Dreck von den Fingern.

Das Erste, was er feststellte, war, dass doch deutlich weniger Licht durch die Öffnung ins Innere der Höhle fiel und es hier unten dunkler war, als er angenommen hatte.

Er sah nach oben. Bröckelig hingen Steinstücke der Decke lose im Gemäuer. Sicherheitshalber trat er fix einen Schritt zur Seite. Lange würde die Decke nicht halten und sicher bald einstürzen. Es war kalt, feucht, und es roch muffig. Nicht wirklich muffig ... Eher nach ...

Nach was roch das hier?

Er sah sich um. Er stand an der Kopfseite eines rundum mit dunklen Steinen zugemauerten Raums ohne Fenster und Türen. Die Höhle war circa vier mal fünf Meter groß. Zur Mitte hin wölbte die Decke sich bis auf eine Höhe von fast zweieinhalb Metern. Er konnte problemlos stehen. Fast genau in der Mitte des Raums stand ein rechteckiger, zwei mal einen Meter großer Stein, der aussah wie ein Tisch, schon fast altarähnlich. Darauf lag nichts.

Es war totenstill.

Eine Gänsehaut krabbelte ihm den Rücken hinauf. Jensen hatte schon häufiger in ähnlichen Kellern oder Gewölben gestanden, die alle eine geringere Kopfhöhe gehabt hatten.

»Merkwürdig.«

Das war kein normaler Keller. Und dann dieser Geruch, den Jensen plötzlich erkannte. Es roch nach Blut. Metallisch. Hier roch es nach einer Unmenge Blut! Er schüttelte sich. Hier stimmte etwas nicht. Hier stimmte etwas ganz und gar nicht!

Jensen drehte sich herum, wollte lieber draußen an der frischen Luft auf Struller warten, als er ein Geräusch hörte. Er wirbelte herum. Am Stein!

Hastig drückte er sich einen Schritt nach hinten in den Schatten. Der Tisch bewegte sich! Nein, nicht der Tisch. Dieser bestand aus zwei Stücken. Unten der Stumpf und eine Art Platte. Und diese wurde gerade zur Seite geruckelt. Von unten.

Instinktiv fuhr Jensens Hand an das Holster an seinem Gürtel. Er öffnete die Sicherheitsschlaufe und umfasste das Griffstück seiner Waffe. Das fing ja gut an! Oma hatte es gleich geahnt ...

Ein dunkler Spalt wurde sichtbar, der langsam immer größer wurde. Jensen hob die Waffe und zielte auf die Stelle, an der gleich ... was auch immer erscheinen würde.

Ein Kopf erschien.

»Tag, Jensen«, sagte Struller lakonisch. Strullers Blick fand Jensen und dann die Mündung seiner Waffe, die er auf Strullers Kopf gerichtet hielt. »Mann, nimm die Waffe runter! Du sollst mir helfen und mich nicht erschießen!«

Jensen versenkte die Waffe und blies eine Menge Luft durch seine Backen. »Mann, Struller, mich so zu erschrecken!«

Struller zog die Augenbrauen hoch. »*Du* hast *mich* erschreckt, Kollege! Ich zeig das nur nicht so, weil ich cooler bin als du. Du hast da Nutella im Mundwinkel.« Mit einem Ruck glitt Struller durch die Öffnung in den Raum und klopfte sich mit wilder Geste den Staub von den Klamotten.

Jensen wischte hastig die Nuss-Nugat-Creme von der Lippe.

»Mann, sind da unten viele Spinnen. Und so dicke.« Struller tätschelte das Steindings. »Hier lag übrigens die Leiche drauf. In einem braunen Gewand. Sehr merkwürdig.«

Jensen entspannte sich. Da stand er also seinem alten Ausbilder wieder gegenüber. Drei Monate waren seit ihrem letzten gemeinsamen Einsatz, als sie es mit einer ganzen Menge Stückwerk zu tun gehabt hatten, vergangen. Das Wiedersehen hatte er sich irgendwie ... normaler vorgestellt.

Aber was war schon bei Struller und seinen Fällen normal?

Sein alter Chef trug sein dunkles Haar immer noch eine Spur zu lang. Er war ungekämmt, und ein schattiger Dreitagebart gab seinem Gesicht mit den tiefblauen, wässrigen Augen ein leicht verwegenes Aussehen. Er trug eine braune Cordhose. Aus einer Tasche lugte ein blau-weiß gestreiftes Stofftaschentuch hervor. Dazu ein hellgrünes Hemd. Es war offensichtlich seit einigen Generationen nicht mehr gebügelt worden.

Immerhin, und dafür war Jensen dankbar, trug er keine braune Häkelkrawatte. Wahrscheinlich hatte er keinen baugleichen Ersatz für das schäbige Teil bekommen, nachdem ihm zwei Kolleginnen das hässliche Ding auf einer Abschlussparty zum letzten Fall abgeschnitten hatten.

Gut so!

Jensen wunderte sich allerdings darüber, dass Struller schon in der Höhle war. »Wie kommst du in dieses Steindings?«

»Hab mich an den Kollegen im Streifenwagen vorbeigeschlichen. Die sind bestimmt sauer auf mich, weil sie draußen Posten stehen müssen. Manchen Kollegen fehlt der Blick über den Tellerrand, um die Erforderlichkeit einer Maßnahme zu erfassen«, erklärte Struller, und Jensen war sich sicher, dass Struller diesen Satz irgendwo auswendig gelernt hatte.

»Okay. Aber was ist hier los? Was soll ich hier? Ich mache mein zweites Praktikum jetzt in Kleve. Da bin ich hier gar nicht zuständig.«

Struller hustete Staub aus der Lunge.

»Zuständig bin hier nur noch ich. Alle anderen hängen in einer Mörder-Soko ab. Ich brauche einen für die nervige Laufarbeit und in Kleve lernst du sowieso nichts. Da kannst du besser mir hier ein bisschen zur Hand gehen. Natürlich nur im Rahmen deiner beschränkten Möglichkeiten«, grinste Struller und zündete sich eine Kippe an. »Der alte Chef macht Urlaub in irgendeiner Leitstelle, der vorübergehende Stellvertreter ist fußlahm, und in meiner Eigenschaft als kommissarischer Leiter der Mordkommission habe ich dich rekrutiert. Ich hätte gerne andere gehabt, aber du warst schließlich der Einzige, den ich kriegen konnte, weil du sonst nirgendwo richtig gebraucht wirst. Und du warst immerhin ja auch schon mal dabei, als ich einen komplizierten Fall gelöst habe.«

»Ja, kann sein, ich erinnere mich dunkel«, grinste Jensen zurück und zwinkerte mit einem Auge.

Struller gab einen kurzen Überblick über den Sachverhalt und erklärte: »Also, Jensen, es wartet eine Menge Arbeit auf mich, na ja, sagen wir: auf uns. Die erste Frage lautet?«

»Wo sind wir hier?«

»Genau. Keine Ahnung. Wie eine Krypta oder so was sieht das nicht aus.«

»Wie ein Kartoffelkeller auch nicht.«

»Ich komme nicht vom Land. Wie sieht ein Kartoffelkeller aus?«

»Oft sind Kartoffeln drin. Und außerdem ist die Decke nicht so hoch.«

Struller nahm einen tiefen Zug. »Ein Bunker ist es auch nicht. Das da über uns ist eine Steindecke. Die beim Bunker sind aus Beton. Das Ding hier ist älter. Gewohnt hat hier keiner. Keine Fenster, keine Tür, und der normale Bewohner klettert üblicherweise nicht durch den Wohnzimmertisch nach draußen.«

Jensen tippte auf das Steingebilde in der Mitte des Raums. »Ist es denn ein Tisch? Vielleicht ein Opfertisch.«

Struller wedelte heftig mit der Zigarette. »Komm mir nicht mit Opfertisch, Ritualen, schwarzen Messen oder Satanskult. Da kann ich überhaupt nicht drauf! Macht nur die Presse wild!«

Jensen sah sich noch mal um und wollte gerade *das* nicht ausschließen, hielt sich aber zurück. »Und die Leiche? Lag sie hier aufgebahrt? Jetzt sag doch schon.«

Struller schniefte. »Auch so ein verbotenes Wort: aufgebahrt. Die lag halt da. Auf dem Rücken. Und da hab ich mir gedacht, ich guck mal nach, wie die hier – tot oder vielleicht ja noch als lebendiger Mensch – in diesen Raum gekommen ist. Die Platte vom Tisch lässt sich relativ problemlos zur Seite schieben und legt einen Gang frei. Guck hier!« Struller zog eine Taschenlampe aus dem Gürtel und schwenkte das Teil in die kleine Öffnung neben der zur Seite geschobenen Steinplatte. Im Kegel wurde eine schmale Steintreppe sichtbar, die nach einem Knick im Dunklen endete.

»Ein Lima-Kw wäre hilfreich.«

»Den Lichtmast-Kraftwagen gibt es seit den Achtzigern nicht mehr, Pit. In welchem Jahrhundert lebst du eigentlich?«

»Nicht frech werden, Grünschnabel! Jugend vor Schönheit«, sagte Struller zu Jensen und schob ihn zur Treppe.

Die Treppe führte ungefähr zwei Meter in die Tiefe. Von dort ging der düstere Gang ziemlich verwinkelt weiter. Mehrere Male bebte die Erde um sie herum leicht. Staub und Dreck krümelte von der Betondecke.

»Die S-Bahn nach Essen«, erklärte Struller und wischte ein Spinnennetz zur Seite.

»Bis hier war ich schon«, murmelte Struller nach einer knappen Minute.

»Das ist ja ein Mordsgang. Wo führt der hin?«

Nach einer weiteren Minute spürte Jensen einen Luftzug. Gedimmtes Licht schien um eine Ecke, der Gang endete vor einer alten Gittertür aus Eisen. Auf der anderen Seite verdeckten dichte Sträucher den Eingang. Jensen ruckelte an der Klinke, die sich problemlos bewegen ließ.

»Kein Quietschen. Frisch geölt.«

»Das ist eine Sache für Faserspuren-Harald und seine Pinseltruppe. Los, wir gehen zurück. Die Tür lassen wir durch die Techniker öffnen. Wer weiß, was die an Spuren finden.«

Hintereinander schlurften beide den schmutzigen Gang zurück. Am Ausstieg deutete Struller auf eine Hebekonstruktion. »Die hab ich eben übersehen«, murmelte er und drückte einen Eisenhebel herunter, woraufhin sich die Steinplatte über ihren Köpfen knirschend schloss. Hastig drückte er den Hebel in die andere Richtung, woraufhin der Spalt wieder größer wurde. »Aha, so funktioniert das Ding.«

»Auch frisch geölt«, fügte Jensen hinzu, nachdem er mit einem Finger über eine Eisenschiene geglitten war.

Beide standen wieder schweigend im Raum. Plötzlich klackte ein Stein aus der Decke auf den Boden.

Jensen sah hoch und erkannte gerade noch einen Kopf, der hastig aus der Öffnung gezogen wurde.

»He, da ist einer! Räuberleiter!«, schrie er.

Struller reagierte sofort, legte die Hände ineinander und wuchtete Jensen nach oben an den Deckenrand. Es krümelte, aber Jensen hangelte sich nach oben und zog sich aus der Höhle heraus.

»He! Stehen bleiben! Polizei!«, schrie Jensen.

Ungefähr zwanzig Meter vor ihm hastete ein kleiner Mann die Anhöhe hinauf. Jensen hinterher. Und er war schneller. Noch bevor der Mann in einen kleinen Opel Corsa springen konnte, hatte Jensen ihn am Kragen. »Moment!«

Der Mann fuhr herum. »Ich habe nichts getan. Ist ja gut!«

»Wer nichts zu verbergen hat, der rennt nicht weg!« Jensen riss eine Brieftasche aus der Hosentasche des Mannes.

Hinter ihnen kletterte auch Struller aus dem Loch.

»Hanno von Wurzelen«, las Jensen vor.

»Das bin ich. Ich komme hier zufällig vorbei.«

Jensen ruckelte am Kragen des Mannes. »Hier kommt keiner zufällig vorbei.«

Der Mann schnaufte. Er war um die sechzig Jahre alt, knapp einssiebzig groß. Sein blasses, gründlich rasiertes Gesicht zierte eine kleine Stupsnase, auf der eine rahmenlose Brille wippte. Seine strähnigen Haare waren einen Tick zu lang, und seine Klamotten glichen denen Strullers, waren also die ein oder andere Saison über der Zeit.

»Nun lassen Sie mich doch los!«

Jensen gab den Kragen frei. »Dann lassen Sie mal hören. Was machen Sie hier?«

Struller trat dazu.

Von Wurzelen senkte den Blick. »Ich bin ganz harmlos. Ich lebe allein und habe viel Zeit. Da habe ich gestern den Polizeifunk mitgehört. Auch den Einsatz der Feuerwehr und das Auffinden der Höhle habe ich mitgehört. Da musste ich hierhin.« Er kramte in seiner Jackeninnentasche und zog eine Visitenkarte hervor.

Jensen las: »Freier Archäologie- und Kulturbausachverständiger.«

Er blinzelte heftig. »Ich muss doch wissen, was das für eine Höhle ist.«

»Sie ist unterirdisch«, knurrte Struller. »Und baufällig. Lebensgefahr! Und für Sie außerdem verboten! Lassen Sie sich im Umkreis von einem Kilometer hier nicht mehr sehen, sonst sperre ich Sie in eine ganz andere Höhle, auch Polizeigewahrsam genannt, verstanden?«

Der Mann senkte wieder den Blick und stolperte hastig davon, ehe Jensen ihm die Visitenkarte zurückgeben konnte.

Struller fluchte. »Gaffer und Katastrophentouristen. Fast so schlimm wie Satanisten. Ich rufe Harald an, damit er zügig vorbeikommt, bevor Souvenirjäger die Höhle abgetragen und Altmetallsammler die Eisentür ausgebaut haben.«

Jensen deutete Richtung Westen. »Das alte Daimler Lenkrad-Werk.«

»Hä?«

»Der Gang. Er endet auf dem alten Daimler Brachstück.«

* * *

Jensen war klatschnass, sein T-Shirt klebte, ebenso die Hose. In Strullers Büro lief – genau wie vor drei Monaten – die defekte Heizung wieder auf Hochtouren. Ja klar, es war ja auch Sommer.

Struller hatte Jensen vor dem Präsidium abgesetzt und war gleich durchgestartet in die Gerichtsmedizin der Uni-Kliniken, wo ein Arzt und eine Leiche zwecks Obduktion mehr oder weniger freudig auf ihn warteten.

Jensen war glücklich, dass er sich diesen Termin klemmen konnte.

Obduktionen ... Da wären ihm sogar dunkelblaue, mittelgroße Stecknadelköpfe für die Unfallsteckkarten lieber gewesen.

Er kämpfte sich durch die bisherigen Akten, die Struller ohne erkennbares System auf seinem Schreibtisch gestapelt hatte und die sich von Geisterhand wild vermischt hatten. Auf der letzten Seite der Höhlenakte stolperte er über die geschwungene, runde Unterschrift der ermittelnden Staatsanwältin, die für die Altstadtleiche eine Obduktion anberaumt hatte.

»Yvette de Baron«, flüsterte Jensen und grinste. »Wenn die so aussieht, wie sie heißt ...

Dann öffnete er eine Fototasche, in der sich die Bilder vom Tatort befanden, die ein Polizeioberkommissar Giesler gemacht hatte. Ihm waren ganz brauchbare Bilder gelungen. Gut belichtet und schön chronologisch fotografiert.

Er hoffte, dass sie den Toten bis morgen identifiziert bekommen würden, denn sonst müssten sie sich an die Presse wenden, und das gab stets eine ganze Menge Arbeit, weil sich immer unendlich viele Trittbrettfahrer zu melden pflegten. Jensen seufzte, denn bisher hatte niemand den in der Hand geritzten, blassen Toten wiederhaben wollen.

Er musterte ein besonders gutes Bild der Leiche. Der Mann war um die dreißig Jahre alt, vermutlich deutsch und eher mager. Er hatte einen kurzrasierten, pflegeleichten Haarschnitt und einen Dreitagebart. Der Typ war blass. Okay, er war tot ... aber auch blass. So ein PC-Typ, schätzte Jensen. Einer, der nächtelang im Internet surft und seine Gesundheit dabei ein wenig vernachlässigt. Vielleicht ungebunden. Alleinstehend.

»Trotzdem muss den doch jemand vermissen.«

Jensen pulte in der Fototasche und fand die Original-CD, von der Giesler die Fotos hatte ausdrucken lassen, schob sie in seinen PC und lud die Fotos hoch. Er hatte gerade erst in der Fortbildungsstelle Brühl einen Kurs in Sachen Computertechnik und Öffentlichkeitsfahndung mitgemacht. Also: mal direkt das neu Erlernte anwenden. Es gab bei der Polizei in Düsseldorf ein Intranet, auf dem man zum Beispiel unbekannte Tote mit Foto einstellen konnte. Irgendwer kannte immer irgendwen, und vielleicht hatte irgendein Kollege mit dem Unbekannten schon mal zu tun gehabt und erkannte ihn wieder.

Schon einige Minuten später war die Arbeit getan. Jensen hackte ein paar erklärende Sätze in den PC und setzte Strullers Namen und seine Telefonnummer daneben.

Sein Blick fiel auf ein Foto, das die Hand des Opfers mit den Einschnitten zeigte. Die verschmierte Hand selbst war niemandem zuzumuten und das Muster auch nur schwer auszumachen. Jensen schnappte sich ein leeres Blatt Papier und zeichnete die Figur nach. Tatsächlich entstand ein zusammenhängendes Gebilde, das in etwa so aussah wie …

»Ein Kreuz mit unten was dran.«

Jensen kniff ein Auge zu und begutachtete sein Werk.

»Doch, ordentlich geworden.«

Er scannte das Bild ein und fügte es dem unbekannten Gesicht hinzu. Ein paar Zeilen Text, worum es ging. Dann schickte er das Ding auf die Reise ins polizeiinterne Informationssystem.

Ha, das hätte Struller alleine nie hingekriegt. Der hatte ja schon Probleme, den PC überhaupt anzuschalten!

Zufrieden fuhr er nun nach Hause. Jensen freute sich auf sein Bett. Die Nächte am Niederrhein waren zwar immer klasse, aber der Schlaf in Oma Jensens Gästezimmer kam natürlich zu kurz. Den musste er jetzt unbedingt in seinem kleinen, schicken Loft auf der Stresemannstraße nachholen.

* * *

Zur gleichen Zeit betrat Struller das Aquarium. Er stutzte. Ein rot-weißes Flatterband trennte auf der linken Seite einen etwa einen Meter breiten Streifen vom Rest der Kneipe ab. Davor stand Krake mit einer Maurerkelle in der Hand.

»Was machst du denn da?«

»Ich schraube ein IKEA-Regal zusammen. Wonach sieht es denn aus, du Schlaukopf?«

»Jemand hat deine Frikadellen gegessen, ist tot vom Hocker gekippt, und du mauerst jetzt die Leiche ein.«

»Hörst du dich eigentlich manchmal selber reden? Muss fürchterlich wehtun, tagein, tagaus der gleiche Stuss.«

»Einfach nur tapezieren wäre auf jeden Fall einfacher gewesen, als eine Mauer einzuziehen. Gibt es eigentlich Kellen für Einarmige?«

Krake verdrehte die Augen. »Wo du gerade einmauern sagst, bringst du mich auf eine Idee«, murmelte er und wirbelte drohend mit dem Handwerkszeug.

»Wie dem auch sei, Bob, mein Baumeister, brauche ich in deiner Kneipe jetzt einen Schutzhelm, und muss ich mir das Bier selbst zapfen?«

Krake legte die Kelle aus der Hand und wechselte hinter die Theke.

Struller setzte nach: »Was soll das denn jetzt? Muss ich dir alles aus der Nase ziehen?«.

Krake seufzte tief. »Die spinnen doch alle! Heute Vormittag tauchte einer vom Ordnungsamt hier auf und fing an, die Kneipe auszumessen. Die haben sich ja dieses schöne Nichtraucher-Gesetz einfallen lassen. Muss ich ja mitmachen, egal ob ich und alle meine Gäste rauchen! Auch wenn sich genau genommen seit bestimmt über einem Jahr kein Nichtraucher mehr hier reingetraut hat! Das interessiert die feinen Herren ja alle nicht! Ist ja auch scheißegal, was mit mir und meiner Kneipe passiert! Ich kann ja ruhig den Bach runtergehen!«

Struller stellte erstaunt fest, dass der brave Krake sich so richtig heiß geredet hatte und die Ausrufezeichen an jedem Satzende mit einem Wischlappen in die Luft zeichnete.

»So, hier ist dein Alt«, knurrte Krake und pflanzte es vor Struller auf die Theke.

»Aha.«

»Genau. Aha. Der Schlaumeier hat festgestellt, dass meine kleine Kneipe vier Quadratmeter zu groß ist, um als so genannte Eckkneipe um das Rauchverbot herumzukommen. Warum ich jetzt eine neue Mauer einziehe? Natürlich um die Kneipe um exakt vier Quadratmeter zu verkleinern! Was denkst du denn? So schlau wie die bin ich schon lange!«

Struller nippte am Glas.

»Das hat Sinn, mein Freund. Sehr konstruktiv. Aber das ist doch kein Grund, sich so aufzuregen. Irgendwann werden sie kommen und verlangen, dass du ein Namensschild draußen dran machst, damit du auch nachts für Notfälle zu erreichen bist. So sind die eben. Locker bleiben!«

Krake blinzelte irritiert. Er seufzte.

»Und das machst du jetzt ganz alleine, das Mauern? Du? Mit einer Hand? Stein, Kelle und Mörtel? Das geht ja wohl schlecht!«

»Du würdest dich wundern, was ich mit einer Hand und einer Kelle alles anfangen kann. Dir eine runterhauen zum Beispiel.«

»Das kann ich mir gerade noch ganz gut vorstellen. Also doch demnächst mit Schutzhelm. Aber im Ernst, was macht dich so sauer? Doch nicht so ein Bauheini und ein kleines Mäuerchen!«

Krake gurgelte unartikuliert.

»Mensch, Krake«, bohrte Struller nach. »Ich komme gerade von einer vollkommen überflüssigen Obduktion und bin eigentlich derjenige, der ein wenig Dampf ablassen sollte. Da wurde einer vom Bierfass erschlagen, der ein paar Monate später sowieso an Leberzirrhose gestorben wäre. Geht es unnötiger? Die Leber hättest du übrigens mal sehen sollen. Brrr. Tu mir noch mal schnell ein Altes!« Struller schüttelte den Kopf und fasste sich. »Egal. Was liegt an, Kumpel? Wozu hat man Freunde?«

Krake musterte sein Gegenüber misstrauisch und versuchte, wie Struller bemerkte, seine Arme zu verschränken, was ja nicht ging. Auch ein untrügliches Zeichen dafür, wie angespannt er war. »Also, pass auf! Vokuhila war wieder nicht da, ich mache mir langsam echt Sorgen um ihn!«

»Das ist der Grund für deine schlechte Laune?«

»Es kommt einiges zusammen, aber ja, ich mache mir sehr große Sorgen um meinen Stammgast.«

Struller sah zwar keine Notwendigkeit, sich um einen über sechzigjährigen Mann Sorgen zu machen, den er kaum kannte und der wahrscheinlich in Urlaub gefahren war oder einfach ein paar Straßen weiter eine gemütlichere Kneipe gefunden hatte, aber trotzdem sagte er: »Okay, ich werde mich der Sache annehmen, und du weißt, dass sie bei mir in guten Händen sein wird. Du versuchst, in den nächsten beiden Tagen so viel wie möglich über ihn rauszubekommen und schreibst alles auf, was dir einfällt. Wann er immer kam. Wie er komplett heißt. Wo er wohnt und so was. Hat er mal gesagt, dass er verheiratet ist? Hat er eine Familie? Was macht er beruflich? Hat er überhaupt einen Job? Alles, was er mal gesagt hat, schreibst du mir auf. Versuch es ein wenig zu ordnen, damit ich es kapiere. Wenn du das alles fertig hast, kümmere ich mich um den Rest. In der Zwischenzeit quäle ich ein bisschen den Computer und kontaktiere meine Verbindungsmänner beim Einwohnermeldeamt.«

»Das ist echt klasse von dir. Wenn du es schaffst, ihn wiederzufinden, spendiere ich ein kühles Zehner-Fässchen für die nächste Party. Ich hab mich irgendwie an ihn gewöhnt. Der war ja jeden Tag hier. Mir reicht es eigentlich zu wissen, dass es ihm gut geht.«

Wie bei einem entflogenen Wellensittich, dachte Struller, verkniff sich aber eine Bemerkung und nippte am Altbierglas.

»Wenn er eine neue Kneipe gefunden hat, in der es ihm besser gefällt ...«, murmelte Krake nachdenklich.

»Damit musst du rechnen.«

»Ist es mir auch egal. Hauptsache, er ist okay.«

Struller kniff die Augen zusammen. »Du bist nicht ein bisschen in Vokuhila verliebt?«

»Blödmann! Ich bin nur nicht so ein Soziopath wie du. Ich interessiere mich für meine Mitmenschen.«

»Das tue ich auch«, wehrte sich Struller. »Ich suche Mörder!«

Krake grinste schräg, nickte aber versöhnlich. »Echt in Ordnung von dir, Struller. Mir fällt ein Stein vom Herzen.«

»Apropos Stein: Mach mir mal schnell eine Frikadelle!«

3. Tag

Jensen hatte in seinem Loft auf der Stresemannstraße unruhig geschlafen, wild von einer ihm in Jamaika auf den Waschbrettbauch knallenden Sonne geträumt und war so verkatert aufgewacht, dass er annehmen musste, die cremige, fruchtige Piña Colada aus seinem Traum wirklich getrunken zu haben.

Jamaika ...

Da musste er unbedingt mal hin!

Eine ausgiebige Dusche später war er fit genug, seinen Mustang Richtung Präsidium zu steuern und ihn gleich neben dem Parkplatz des Polizeipräsidenten in eine Parkbox zu setzen.

Vorsichtig schlich er an der Kantine vorbei, denn er hatte dort an der Kasse die flotte Speedy gesehen, die er bei seinem letzten Fall hier in Düsseldorf näher kennen gelernt, aber bei der er sich in den letzten drei Monaten nicht gemeldet hatte und die ihrerseits mehrmals versucht hatte, ihn anzurufen. Ihre letzten Anrufe bestanden allerdings in der Hauptsache aus wüsten Beschimpfungen auf seinem Anrufbeantworter.

Jensen mied das kreisende, klapprige Fahrstuhldings und kletterte die Stufen hoch bis in die dritte Etage. Hastig schloss er die Tür zu Strullers Büro auf. Drinnen hatte das Telefon schon klingelnd auf ihn gewartet.

»Jensen«, keuchte er außer Puste in den Hörer. Seinen Atem hatte er irgendwo in der zweiten Etage verloren.

»Jensen? Nicht Struller?«

»Nee, Jensen, ich bin Strullers Praktikant.«

»Hallo Kollege, macht doch nichts. Ich bin Hans Graben. Ich melde mich auf das Bild hin, das ihr im Intranet eingestellt habt.«

»Cool. Schieß los!«

»Losschießen ist schon nah dran. Interessierst du dich für Karneval?«

»Karneval?«

»Helau, Kamelle, Rumtata und so was.«

Jensen verdrehte die Augen. »Ich bin Praktikant, war aber nicht im Keller weggesperrt. Natürlich weiß ich, was Karneval ist.«

»Na prima. Was du da aufgemalt und ins Netz gestellt hast, das ist der Teufelshaken, das Vereinszeichen der Bösen Jungs Bilk.«

Jensen klappte den Mund auf. Teufelshaken, Karneval. »Du verscheißerst mich?«

»Wenn du möchtest, gerne. Aber *das* ist definitiv der Teufelshaken.«

Jensen sammelte sich. »Und wo kann ich mehr über diesen Haken erfahren?«

»Schau bei den Bösen Jungs vorbei. Deren Vereinsheim ist irgendwo auf der Burghofstraße, nicht weit weg vom Präsidium, da kannst du hinspucken.«

»Äh ... Karneval, ich meine, wir haben jetzt September. Da gibt es doch gar keinen Karneval.«

Am anderen Ende lachte der Teilnehmer laut auf. »Wenn nicht gerade Fortuna ab- oder Köln aufsteigt, ist immer Karneval in Düsseldorf. Aber das lernst du noch!«

Jensen legte auf, und im selben Moment wurde die Bürotür geöffnet.

Struller lugte hinein. »Hallo!«

»Helau!«

Struller erschnüffelte die Luft. »Helau? Hast du getrunken?«

»Äh, nein, stehe nur noch unter dem Eindruck des Telefonats gerade. Eine Spur führt uns in den Düsseldorfer Karneval.«

»Na, der Spur gehst du mal schön alleine nach.«

»Du bist kein Karnevalist?«

»Für mich sind die alle bekloppt. Erwachsene Menschen, die sich bunte Kostüme anziehen, sich volllaufen lassen bis zum kollektiven Hirntod, doofe Lieder singen über eine Wurst, die zwei Enden hat, und hässliche Männer im Cowboykostüm, die allen Frauen in den Hinten kneifen. Und umgekehrt. Total bekloppt!«

»Ein Karnevalshasser.«

»Nein, ein Mensch mit gesundem Menschenverstand. Wird in der Karnevalszeit nur selten angetroffen!«

»Also, ich finde Karneval toll.«

»Das wundert mich nicht. Du stehst ja auch auf lange Haare, Musiker mit nacktem Oberkörper, bist sehr weich, deine Lieblingsfarbe ist vermutlich Pink und an Karneval verkleidest du dich als Matrose.«

Jensen seufzte und fasste in knappen Sätzen sein Telefonat zusammen.

Struller schlug sich eine Kippe aus der zerbeulten Schachtel. »Eine verunstaltete Leiche in einem alten Bunker ist nicht schön, aber jetzt diese Karnevalssache ... das wird richtig übel. Schlimm. Karneval ist eine verdammt ernste Sache, das gibt Ärger.«

»Ernste Sache? Ich denke, da sind alle gut drauf, tolerant und so.«

Struller jagte einen Kringel unter die Decke. »Du hast keine Ahnung, Jensen, keine Ahnung! Düsseldorf und Karneval, das ist ganz übel, ganz übel, ganz ... übel.«

»Okay«, wechselte Jensen möglichst schnell das Thema, bevor Struller in ein tiefes, depressives Vormittagsloch stürzen konnte. »Gab es etwas Interessantes in der Frühbesprechung?«

Die große Frühbesprechung war eine uralte Tradition. Alle Abteilungsleiter trafen sich morgens im so genannten Frühbesprechungsraum unter dem Dach und erklärten, was gerade in ihrem Bereich los war. Meistens war es grottenlangweilig, aber im Laufe der Jahre hatte es bei diesen Besprechungen immer wieder Hinweise und Spuren gegeben, die schließlich den einen oder anderen Fall zur Aufklärung brachten. Eine gute Sache.

Struller holte tief Luft. »Die vom Glücksspiel sind noch keinen Schritt weiter. Der Banküberfall vom letzten Montag ist aufgeklärt, es war der Schwager einer Angestellten. Für die große Bambi-Verleihung am Mittwoch haben sich Dutzende von VIPs angekündigt, und für die Veranstaltung werden aus allen Dezernaten Leute zusammengesucht. Alle drehen durch! Beim Bestatter Salm in der Altstadt hat man einen Sarg im Wert von 12.000 Euro entwendet, am Wochenende gab es zwei tödliche Verkehrsunfälle und ein kleines Kind hat am Rheinufer in Flehe einen Kapuzenmann gesehen. Da aber in der Nähe keine Kreuze gebrannt haben, gehen wir nicht davon aus, dass der Ku-Klux-Klan in Düsseldorf Jagd auf anders pigmentierte Mitbürger macht«, grunzte Struller das Ergebnis zusammen.

Das Telefon läutete, Struller ging ran. »Struhlmann ... ja ... tot, das ist gut. Wieso? Na, auf jeden Fall eindeutig in der Gänze seiner Botschaft, was noch? Aha ... ja ... Faserspuren-Harald wartet schon, prima. Okay, wir fahren sofort los!«

Jensen blickte ihn an: »Und? Wer war es?«

»Der Hopeditz.«

»Kollege!«

»Es gibt zur Abwechselung eine neue Leiche. Was Übersichtliches. Ein Quickie für zwischendurch! Einen toten Junkie. Pack dein Matrosenkostüm ein und komm mit!«

* * *

Struller kratzte sich ausgiebig am Hinterkopf. Ganz kurz rutschte der Finger ins Öhrchen. »Tja, irgendwann ist jeder Schuss der letzte.«

Faserspuren-Harald hielt inne. »Was für Schüsse meinst du?«

»Alle, Kollege, alle. In unserem Fall war es wohl der goldene, oder?«

Strullers Kollege nickte. »Sieht zumindest ganz so aus.« Er machte eine weit ausholende Geste, die den Fleher Deich samt Brücke im Hintergrund und das saftig-grüne Rheinufer mit einschloss. »Unser Klient hat sich zumindest eine schöne Ecke für seinen Abgang ausgesucht. Nette Aussicht. Mit so einem Blick geht es sich doch direkt viel leichter über den Jordan.«

Struller knurrte und musterte noch mal die Örtlichkeit. Auf der Bank vor ihnen saß ein knapp dreißigjähriger Junkie mit aufgekrempeltem Hemdsärmel und einem abgebundenen

Oberarm. In seiner Ellenbogenbeuge hatte sich ein angetrockneter Blutstreifen verklebt. Der andere Arm hing schlapp herunter. Dessen Fingern war eine Einwegspritze entglitten, die jetzt im grünen Gras zu seinen Füßen in der Erde steckte.

»Es ist ein Jammer«, murmelte Harald und zog die durchsichtigen Einweghandschuhe über seine Finger.

Struller brummte. Das sollte Zustimmung bedeuten, aber wer brauchte die schon, wenn es um Offensichtliches ging.

Ein uniformierter Kollege mit frech nach oben gestylten Haaren und einem osteuropäisch klingenden Namen, der mit dem Buchstaben G anfing und ansonsten nur aus cz und sz bestand, hatte Jensen die Auffindesituation in dessen Notizblock diktiert und räusperte sich. »Brauchst du uns noch? Sonst wären wir nämlich wieder weg.«

Jensen überflog kurz seinen Text. »Nee, ich müsste alles haben. Eine Joggerin mit Hund hat die Leiche gegen 8.30 Uhr entdeckt und die Leitstelle angerufen, die euch hierhin entsandt hat. Ihr seid sofort losgeheizt, seid knapp drei Minuten später hier eingetroffen, habt den Typen gecheckt, und der gleichzeitig eingetroffene Notarzt hat den Tod bescheinigt. Ihr habt uns angerufen, wir haben unsere Tasse Kaffee noch ganz in Ruhe ausgetrunken und sind dann auch gleich los. Nee, alles klar«, grinste Jensen, »ihr könnt abrücken.«

G. und seine blonde Kollegin grüßten zum Abschied und gingen.

Struller warf den beiden einen verstohlenen Blick hinterher. Verdammt, die Kolleginnen wurden aber auch immer jünger. Und hübscher. Gerade die Kolleginnen, die nicht in seinem Kommissariat bei der Düsseldorfer Mordkommission arbeiteten. Von ein, zwei Ausnahmen abgesehen waren die nämlich alle ... na ja. Ihre Klienten störte das ja eh nicht, besann er sich mit Blick auf die Parkbankleiche. Struller seufzte. »Gibt es irgendwas, was auffällig ist und gegen einen ganz normalen Drogentod spricht?«

Harald überlegte kurz. »Von mir aus nicht. Ich kläre gleich ab, ob Doc Stich sich die Leiche genauer ansehen möchte, und wenn der auch nichts findet, haben wir nur wieder jemanden für die Statistik.«

»Okay«, fasste Struller zusammen und friemelte sein Handy aus der Jackeninnentasche. Die Melodie aus *Spiel mir das Lied vom Tod* kündigte wieder einen eingehenden Anruf an. »Ja?«, bellte Struller ins Gerät und verdrehte die Augen. »Natürlich bin ich das! Wer sollte denn sonst an mein Handy gehen? Von Heidi Klum habe ich mich getrennt ... Ja, ist klar, Kollege. Wo soll das sein, Dorotheenstraße? Immer diese kleinen Nebenstraßen ... Natürlich war das ein Scherz, du Amateur! Klar fahre ich da sofort hin!«

Struller drückte auf Aus, bevor der Kollege am anderen Ende weitere Weisheiten zum Besten geben konnte, auf die er montagmorgens um zehn bei wärmenden 22 Grad im Schatten gerne verzichten konnte. »Harald, ich muss weg, auf der Dorotheenstraße in Flingern haben sie noch 'ne Leiche gefunden. Ich muss vorher noch was erledigen. Wenn du hier fertig bist, fahr schon mal hin und fang an! Die Leitstelle ruft dich gleich an und erklärt dir Näheres. Jensen?«

Jensen meldete sich.

»Du kümmerst dich um diesen Karnevalsverein. Trag möglichst viele Fakten zusammen, mit denen wir die meisten Karnevalisten als Verdächtige ausschließen können. Das engt den Täterkreis ein und erleichtert uns die Arbeit. Einmal im Jahr Karneval reicht mir. Schlimm, dass ich mich jetzt auch noch mitten im Sommer mit diesem Volk rumschlagen muss!«

»Nur weil wir Partner sind: Was is das für 'ne Leiche?«

»Wir sind keine Partner. Ich bin der Boss, du mein Praktikant. Die Leiche ist männlich. Mach hin, Jensen! Ich fahr noch mal kurz ins Präsidium, dann bist du, Harald, hoffentlich in Flingern schon fast fertig, wenn ich da eintreffe, weil du dich ausnahmsweise mal beeilt hast.«

»Sicher«, murmelte Harald, der die Kleidung des Toten abgeklopft hatte und Struller einen Personalausweis überreichte, den er in einem Portemonnaie gefunden hatte. Er murmelte: »Rossi, Sandro, geboren in Düsseldorf, wohnhaft in Gerresheim. Da hat unser Toter also einen Namen.«

»Harald, sie haben immer einen Namen!«, erklärte Struller und klang ein bisschen so wie der Sonnenbrillenmann aus CSI Miami.

* * *

Das Vereinsheim der Bösen Jungs Bilk lag am Ende der Burghofstraße fast an der Bachstraße. Jensen presste sich an der Baustellenabsperrung vorbei, die zu den Düsseldorf Arcaden gehörte, und klopfte sich den Feinstaub aus der Kleidung.

Beim Letzten Trompeter handelte es sich um eine gutbürgerliche Kneipe. Nur wenige Gäste saßen jetzt, am späten Vormittag, vorm Tresen. Und richtig: mehrere Wimpel, gerahmte Bilder, Fahnen und Pokale deuteten darauf hin, dass es sich hier um das Vereinshaus der Bösen Jungs handelte. Die größte dieser Fahnen zierte der Teufelshaken und jagte Jensen einen Schauer über den Rücken.

»Hallo!«

»Tag!«

Jensen zückte seinen Dienstausweis.

»Aha«, murmelte der Wirt. »Braucht ihr Präsente für die Weihnachtsfeier? Is noch was früh! Kommt der Manni nicht mehr?«

Jensen schüttelte verwirrt den Kopf. »Keine Weihnachtsgeschenke. Es geht um Karneval, um die Bösen Jungs.«

Der Wirt verzog keine Mine. »Lose für die große Tombola gibt es noch nicht.«

»Nein, nein, ich ermittle in einem Mordfall und habe Fragen zu den Bösen Jungs.«

»Die leben noch alle.«

»Das ist gut. Wer kann mir denn trotzdem ein paar Fragen zum Verein beantworten?«

Der Wirt nickte ans andere Ende der Theke. »Da haste praktisch den Oberbösewicht.«

Jensen tippte sich dankend an die Stirn und ging zu einem stattlichen Kerl am anderen Ende des Raums, denn die Gaststätte bestand in der Hauptsache aus einer einzigen langen Theke. Den Mann zierte ein riesiger, gleichmäßiger, an den Enden spitz zulaufender Oberlippenbart. Seine Augenbrauen waren im gleichen Winkel nach oben gebürstet und gaben seinem roten Gesicht etwas Maskenhaftes.

Noch bevor Jensen ihn ansprechen konnte, fiel sein Blick auf die gegenüberliegende Wand, und die eiskalte Gänsehaut kroch ihm wieder den Rücken rauf. Auch dort hing eine Fahne mit dem mysteriösen Bommelkreuz. Jensen schluckte.

Der Typ drehte sich zu ihm hin. »Is was?«

»Äh, hallo, ja. Ich interessiere mich für den Karnevalsverein der Bösen Jungs.«

»Wir haben Aufnahmestopp bis 2011«, knurrte der Dicke und widmete sich wieder einer Zeitschrift, welche er vor sich auf dem Tresen aufgeblättert hatte.

Jensen zog seinen Dienstausweis aus der Hose und schob ihn zwischen Augen und Zeitschrift des Mannes. »Genau genommen will ich gar nicht in den Verein eintreten. Ich hab einen eigenen Verein, hier mein Mitgliedsausweis.«

Der Typ grunzte: »Komiker oder was?«

»Ich dachte, ein etwas humoriger Einstieg in unser Gespräch wäre eine gute Idee, wo es ja um einen Karnevalsverein geht.«

»Alles zu seiner Zeit, Junge.«

»Gerne können wir dieses Gespräch aber auch in absolut seriöser Atmosphäre führen, zum Beispiel in meinem Büro im Polizeipräsidium. Wie Sie wollen!«

Jetzt hatte Jensen endlich uneingeschränkte Aufmerksamkeit.

»Aha. Über den Verein wollen Sie mit mir sprechen, Herr ... Jensen. Dann mal los.«

»Wir ermitteln in einem Mordfall.«

»Unsere Mitglieder leben noch alle.«

»Dann ist, beziehungsweise war, dieser junge Mann kein Vereinsmitglied?« Jensen pulte das Foto des bisher unbekannten Toten aus dem Hemd und legte es vor dem Bartträger auf den Tresen.

Der musterte das Foto. »Der ist also tot?«

»Ja. Kennen Sie den?«

»Nein, ich frag nur. Und nein, es ist keiner aus unserem Verein. Das hätte ich aber auch gewusst.«

»Er ist noch ganz frisch in unserer Kartei.«

»Wie gesagt: keiner von uns. Ich bin der Vorsitzende, ich kenne sie alle.«

»Wie viele Mitglieder hat der Verein?«

»Sechsundsechzig.«

»Sechsundsechzig? Warum sechsundsechzig?«

»Sie kommen nicht aus Düsseldorf, sonst wüssten Sie das. Sechs mal elf.«
»Ah, närrische Zahl. Und warum nicht siebenundsiebzig?«
»Es sind halt sechsundsechzig.«
»Das Vereinswappen ist der so genannte Teufelshaken? Seit wann hat denn der Verein das Wappen?«
»Schon immer.«
»Hat der Verein da irgendwie ein Copyright drauf?«
»Nee. Wieso denn? Was hat der Zacken denn mit dem Mord zu tun?«
»Ich habe nicht gesagt, dass der Zacken was mit einem Mord zu tun hat.«
»Sie sind bei der Mordkommission. Halt mich nicht für blöd, Jungchen.«
Langsam ging Jensen dieser selbstgefällige Schnauzbartträger mächtig auf den Senkel. Außerdem fielen ihm keine weiteren Fragen mehr ein.
»Ich brauche eine Mitgliederliste für unsere Ermittlungen.«
»Ich kenne keine Ermittlungen. Darum gibt es auch keine Liste.«
»Aber Ihren Namen und Ihre Adresse kennen Sie schon, oder?«
»Rudolf Peter, Stromstraße 112. Wieso?«
»Dahin schicke ich die staatsanwaltliche Vorladung. Wir sehen uns im Präsidium. Suchen Sie schon mal eine aktuelle Mitgliederliste raus! Helau!«
Der Mund des Typen klappte auf und Jensen seinen Notizblock zu. Dann verließ er die Gaststätte und ließ den lustigen Karnevalisten zurück. Vielleicht hatte Struller ja doch recht ...

* * *

Die junge Frau mit den hochgesteckten, blondierten Haaren wischte sich über die tränenverschmierte Augenpartie. »So was habe ich noch nie gesehen«, flüsterte sie.

»Tja, manchmal ist das Leben wie Kino«, erklärte Struller und kratzte sich mit dem kleinen Finger der linken Hand im Ohr. In der rechten hielt er einen weißen Pappbecher mit einer braunen, lauwarmen Plörre, die hier in einem Automaten als Kaffee angeboten wurde. Er hatte die Angestellte des kleinen Spielsalons auf der Dorotheenstraße in einen kleinen, verglasten Seitenraum bugsiert. Kollegen in Uniform hielten draußen die Stellung und Faserspuren-Harald tat das, was er am besten konnte. Struller rührte mit einem Plastikstab durchs Getränk und musterte sein Gegenüber. Die Frau war knapp über zwanzig und trug ein rotes, bauchfreies, sehr enges Top. Um ihren Bauchnabel wand sich eine dunkelgrüne Schlange, deren vorderes Ende unten in ihrer kurzen Jeanshose verschwand. Was der kleine Schlangenkopf, den Struller dort vermutete, wohl alles ...

Er sammelte sich hastig und nippte am Kaffee. Das war definitiv nicht der beste Kaffee der Welt.

»Ich weiß, dass Sie alles schon meinen Kollegen erzählt haben, aber wenn Sie den Ablauf bitte noch mal kurz für mich zusammenfassen würden«, forderte Struller sie auf.

Sie schniefte und kramte in ihrer Jeans nach einem Tempotaschentuch. »Ich komme hier um halb zehn an und schließe auf. Um zehn machen wir auf, und ich geh vorher noch mal mit einem feuchten Tuch über die Geräte und räume den Müll weg, den ich gestern Abend am Ende der Schicht übersehen habe.« Sie faltete das Taschentuch umständlich auseinander. »Dann muss ich noch schnell die Toilette machen. Die Reinigungssachen liegen hinten in einer kleinen Kammer.

Ich mache die Tür auf und dann liegt da ...« Hastig drückte sie das Taschentuch in ihr Gesicht und schluchzte hinein.

»Dann haben Sie sofort die Polizei angerufen?«

Die Frau nickte. Eine Telefonanlage bimmelte. Die Frau schluckte und deutete auf das Display. »Das ist mein Chef. Darf ich?«

»Dürfen Sie. Ich bin für einen Moment bei meinen Kollegen, dann habe ich aber noch ein paar kurze Fragen.«

Sie nickte noch mal und hob den Hörer ab.

Struller ließ sie in ihrem Kabuff zurück und ging in den hinteren Bereich der Spielhalle. Er seufzte. Spielhallen machten ihn depressiv. Überall hing er in der Luft, der Geruch des trostlosen Verlierens. Vor jedem Gerät konnte er sie sehen, die blassen Typen, wie sie ein Gebet stammelnd ihre Stirn verzweifelt gegen die Glasscheibe ihres Daddelautomaten drückten, in der Hoffnung, ihre gesetzlich vorgeschriebene sechzigprozentige Gewinnchance würde Wirklichkeit werden. Sie ersehnten die Fanfare des Gewinns, grell blinkende Lämpchen, und hofften auf das ratternde Klirren der gewonnenen Geldstücke, die in den Schacht unten am Gerät prasselten. Nur um sie in den nächsten Minuten alle samt und sonders wieder im Eurograb zu versenken, damit die alte Spielerseele Ruhe hat.

Struller ging um eine Ecke und traf auf Faserspuren-Harald, der ihn grinsend grüßte.

»Morgen, Struller. Wir könnten uns bei den ganzen Leichen glatt eine Wohnung teilen. Spart das Spritgeld.«

»Gott bewahre«, knurrte Struller und entsorgte den halbvollen Kaffeebecher in einem Mülleimer, was ihm einen vorwurfsvollen Kommentar seines Kollegen einbrachte, der um seinen jungfräulichen Tatort besorgt war.

»Pass auf die Spuren auf, Pit!«

»Ich passe auf alles auf«, antwortete Struller, schob sich an Harald vorbei und warf einen Blick in die geöffnete Tür vor sich. In der kleinen Kammer zwischen Putzeimern, Wischern und Reinigungsmitteln starrte ihn ein toter Mann, Mitte zwanzig, mit blicklosen Augen an. Sein Kopf lehnte seitlich verdreht und nach hinten unnatürlich überspannt gegen einen Besen. Zu seinen Füßen hatte sich eine dunkelrote Lache gebildet.

»Georg Rossbach. Baujahr 1983. Er hatte einen Ausweis dabei.«

»Sehr ordentlich«, murmelte Struller und kroch fast in die Kammer.

Harald räusperte sich. »Nichts anfassen! Ich bin mit den Spuren noch nicht ganz fertig.«

»Wenn du die ganze Zeit nur rumstehst, wird das in diesem Jahrhundert auch nichts mehr, Kollege. Woran ist er gestorben?«

Harald seufzte. »Holz.« Er deutete auf einen Billardstock, der zwischen den Schrubbern steckte und dessen oberes Ende blutverschmiert war. »Der Täter hat ihm mit dem Ding den Kopf eingeschlagen. Wie es aussieht von hinten. Dann hat er ihm das Genick gebrochen, wahrscheinlich, indem er ihm einen zweiten Schlag verpasst hat. Vermutlich wollte er auf Nummer Sicher gehen. Einen Schlag mit dem Billardstock kann man nämlich zur Not noch überleben, ein gebrochenes Genick eher nicht. Dann hat der Täter ihn in die Abstellkammer geklemmt und die Tür zugemacht.«

Struller nickte. »Und der Stock?«

»Den hat der Täter nicht eigens mitbringen müssen. Das Teil gehört zum Laden. Die anderen Stöcke stehen um die

Ecke. Das sind alles baugleiche Modelle. So einen Stock nennt der Fachmann übrigens einen Queue.«

»Aha. Und wo ist das passiert?«

»Komm mit!« Harald führte Struller in eine Nische, die im hinteren Teil des Spielsalons lag und vom Rest des Raums durch spanische Wände abgetrennt war. Im Raum befanden sich drei Daddelautomaten, die dunkel und stromlos darauf warteten, gefüttert zu werden. Davor standen drei Hocker. Unter dem mittleren lagen einige wenige Bluttropfen. Nur zu erkennen, wenn man ganz genau hinsah. »Er hat auf dem mittleren Hocker gesessen. Wahrscheinlich spielte er an allen drei Automaten gleichzeitig, das machen sie oft, sonst dauert das einzelne Spiel zu lange. Deshalb dürfen in einem Raum auch nicht mehr als drei Geldautomaten hängen, denn sonst ...«

»Harald, ich brauche keinen langatmigen, suchtorientierten Abriss. Ich will wissen, was passiert ist!«

Harald knurrte. Seiner Meinung nach konnte Struller durchaus ein wenig mehr Allgemeinbildung vertragen. Aber das behielt er lieber für sich. Struller hatte eine Waffe dabei, er nicht. »Der Täter tritt von hinten an ihn heran, holt aus und schlägt ihm den Queue von oben auf den Schädel. Das Opfer fällt nach vorne. Wir haben da einen entsprechenden Abdruck auf dem oberen Rahmen des Automaten sichern können. Dann schlägt der Täter mindestens ein weiteres Mal zu, diesmal hinten ins Genick. Mindestens einmal, mehr muss die Obduktion zeigen. Spätestens jetzt ist das Opfer tot. Dann zieht der Täter das Opfer bis zum Putzkämmerchen.« Harald deutete auf den dunkelblauen Teppichboden. »Wir haben entsprechende Schleifspuren von hier bis an die Kammer gefunden.«

»Der Täter hat ihn nicht getragen?«

»Nein, wäre natürlich auch eine Möglichkeit gewesen, aber er hat ihn hinter sich hergezogen.«

Struller nickte.

»Seit wann machst du das?«, fragte Harald interessiert.

»Was?«

»Seit wann bohrst du dir mit dem kleinen Finger im Ohr?«

»Ich bohre mit meinem kleinen Finger nicht im Ohr, Blödmann. Wenn der Täter sein Opfer durch den Raum gezogen hat, dann kam es zur Spurenübertragung Kleidung – Kleidung. Stell die Klamotten des Opfers sicher, geh mit der großen Bürste drüber, ich will alle Fasern, die du finden kannst!«

»Soll ich auch mögliche Fingerabdrücke sichern?«, fragte Harald gallig, der es nicht leiden konnte, wenn man ihm vorschrieb, wie er seine Arbeit zu machen hatte.

»Sei so gut«, murmelte Struller, warf einen zweiten Blick auf den Toten in der Besenkammer und tippte ihn vorsichtig mit der Fingerspitze an. »Tja, die Frage: Wann war die Tatzeit?«

»Oh, der Mann ist schon länger tot. Bestimmt seit über acht Stunden. Die Leichenstarre hat schon wieder nachgelassen.« Harald beugte sich an Struller vorbei über die Leiche und griff nach einem Arm. »Er kann schon wieder winken ... wink mal!«

»Harald!«

»Is ja gut. Sei doch nicht so empfindlich! Was bist du denn so schlecht drauf?«

Struller schniefte. »Ich habe es nur mit blöden Leichen zu tun. Aufgebahrte Tote in Höhlen, totgespritzte Junkies, Hinweise auf Verbindungen zum Karnevalsverein, eine alte Sache mit einem Toten, der vom Bierfass erschlagen wurde, und jetzt wird einer in einer muffigen Spielhalle erschlagen!

Ich wünsch mir, dass im vornehmen Teil Düsseldorfs mal wieder eine eifersüchtige Ehefrau ihren fremdgehenden Millionärsgatten mit einer feinen Prise Arsen vergiftet. So einen richtig schicken, gepflegten Tatort mit einer intelligenten, kultivierten Mörderin.«

Faserspuren-Harald seufzte. »Ich weiß genau, was du meinst. Erst neulich habe ich zu meiner Frau gesagt, Heidi, hab ich gesagt, es ist einfach nicht mehr die Zeit ...«

»Genau«, kürzte Struller Haralds Ausführungen ab. Er wusste, dass es immer mehr als langatmig wurde, wenn Heidi ins Spiel kam. »Schreib einen Bericht und fax ihn mir rüber. Versuch mal die ganzen Tippfehler wegzulassen.«

»Wenn du Tippfehler findest, kannst du sie behalten«, knurrte Harald und drehte sich weg.

Auf dem Weg zur Angestellten warf Struller einen Blick durch die riesigen Schaufensterscheiben des Ladens nach draußen. Rausgucken konnte man, aber eine Folie verhinderte, dass man hineinsehen konnte. Abhängige Spieler ließen sich beim Ausleben ihrer Sucht ungern zugucken. Das hatte hier natürlich zur Folge, dass niemand von draußen die Tat hatte beobachten können. Insofern war der Tatort clever gewählt. Von draußen hätte niemand zufällig was mitbekommen können. Aber hier drinnen?

Die blonde Frau, die Rita Gerburg hieß, hatte sich in der Zwischenzeit von überflüssiger Augenschminke befreit und gönnte sich unter einem riesigen Nichtraucherschild eine Zigarette. Struller nahm die Aufforderung an und schlug ebenfalls eine Ernte aus der Schachtel. »Kannten Sie den Toten? Er heißt Georg Rossbach.«

Die Dame nickte. »Schorsch war hier Stammgast. Er kam fast jeden Tag. Ein ganz lieber Typ.«

Auch liebe Typen wurden ab und an mit einem Stock erschlagen, dachte Struller. »Wie war das gestern Abend, als Sie den Laden zugemacht haben? Erzählen Sie mal!«

Sie nahm einen tiefen Zug. »Wir schließen um eins. Um zwölf fange ich langsam an, aufzuräumen. Ab viertel vor spreche ich die Leute an. Gestern waren vier oder fünf Stammkunden hier, nichts Besonderes. Georg saß hinten in einer Nische. Das sind seine Stammautomaten. Er sagt, die bringen ihm Glück.«

Glück? Na ja. Struller nickte ihr aufmunternd zu.

»Die Leute sind dann alle rausgegangen. Entweder hier vorne durch den Haupteingang oder hinten durch, da gibt es einen zweiten Eingang. Den Schorsch habe ich nicht rausgehen sehen, aber er geht meistens irgendwann hinten raus, ohne sich zu verabschieden. Er ist ein eher stiller Geselle …«

Das würde sich nicht mehr ändern, dachte Struller.

»Um eins schließe ich zuerst hinten, dann vorne ab. Ich geh durch den Laden, gucke, ob alle weg sind, kontrolliere, ob einer heimlich geraucht und die Kippe im Mülleimer weggeschmissen hat. Toilettenbereich und alles. Da ist mir nichts aufgefallen.«

»In die Besenkammer haben Sie nicht geguckt?«

Sie senkte den Blick. »Sollte ich natürlich. Genau wie in die Toiletten. Habe ich aber nicht. Das vergesse ich ständig. Muss das mein Chef erfahren?«

»Na ja, das lässt sich wohl nicht vermeiden, weil eine Leiche in der Besenkammer lag, die Sie sonst natürlich schon gestern Abend gefunden hätten …«

Sie schlug ihre Hände vors Gesicht. »Sie meinen, der Schorsch lag gestern schon in der Kammer? Und ist ermordet worden, als ich noch hier gearbeitet habe? Das ist ja furchtbar! Ich dachte, den hat diese Nacht einer in die Kammer gelegt?«

Struller dachte kurz nach. Tatort war vor den Automaten, die Schleifspuren zur Kammer, dann die bereits nicht mehr vorhandene Leichenstarre. Wenn die blonde Frau Gerburg keine Mittäterin war und jetzt Scheiße erzählte, dann lag der liebe Schorsch schon tot in der Kammer, als sie den Laden abschloss. »Irgendwas Verdächtiges gesehen oder gehört haben Sie nicht? Immerhin ist der Schorsch da hinten mit einem Billardstab erschlagen worden.«

»Mit einem Queue? Mein Gott, nein, ich habe nichts gehört. Es läuft üblicherweise ein bisschen Musik im Hintergrund, gegen Feierabend auch ein bisschen lauter. Ich habe nichts gehört.«

»Hat der Schorsch in der letzten Zeit irgendwelchen Ärger gehabt?«

Sie blinzelte kurz mit den Augen. »Was meinen Sie mit Ärger?«

»Streit, Spielschulden oder so was.«

»Schorsch hat eine ganze Menge Geld hier gelassen. Also, er war schon manchmal knapp bei Kasse. Glücksautomat hin oder her: Richtig reich wird hier keiner. Aber so richtigen Streit gab es nur ein oder zwei Mal.«

»Haben Sie Namen für mich?«

»Einmal hatte er Streit mit dem Jacko. Das ist der Besitzer, da soll Schorsch angeblich an einem Automaten manipuliert haben, aber ich weiß nicht, ob da was dran war. Der Schorsch ist ...«, sie stockte, »war ja ein Lieber.«

»Hm. Und dann?«

»Da war mal einer hier. Aber ich hab das nicht richtig mitgekriegt. So ein Typ in schwarzer Lederjacke. Sah eigentlich ganz gut aus. So ein Tom Cruise-Typ, nur ein bisschen größer. Also, normal groß.«

»Aber da haben Sie keinen Namen?«

»Nein, das war hinten beim Schorsch in der Nische. Die waren laut. Ich wollte gerade hingehen, kam aber aus der Aufsichtsbude nicht weg. Darf ich ja auch gar nicht. Dann ging der Typ wieder, und es war Ruhe.«

»Den würden Sie wiedererkennen?«

Rita Gerburg nickte.

»Gut. Schreiben Sie mir bitte die Personalien von diesem Jacko hier ins Buch, mit dem muss ich mich auch noch unterhalten.«

Sie wischte sich eine Träne von ihrer Wange.

Struller verdrehte die Augen. Jetzt nicht schon wieder Tränen! »Wir werden alles tun, um den Täter zu kriegen.«

»Na ja. Dann mehr Erfolg als damals.«

»Damals?«

»Die Sache mit den Graffiti auf der Schaufensterscheibe. Da hat die Polizei auch keinen gekriegt.«

Struller schluckte eine Bemerkung runter. Graffiti und Mord: Das waren schon zwei völlig verschiedene Baustellen.

Dann deutete sie durch die Eingangstür nach draußen, wo mehrere blasse Männer mit hochgeklappten Jackenkrägen und gierigen Blicken hektisch auf und ab wippten. »Wann kann ich die denn wieder reinlassen? Ein paar von denen werden sicher gleich durchdrehen.«

Struller runzelte die Stirn. »Also ein paar Stunden wird das hier noch dauern.«

»Oh je.«

»Warum gehen die denn nicht in einen anderen Spielsalon? Da ist doch jeder Automat gleich.«

»Die haben alle ihr System.«

»Das ist doch Quatsch.«

»Stimmt, aber erklären sie das denen mal! Ich kann Ihnen übrigens eine gute Creme empfehlen.«

»Creme?«

»Für die Ohren. Sie kratzen mit Ihrem kleinen Finger immer drin rum. Das soll man nicht tun. Da gibt es eine gute Creme.«

Struller zerquetschte seine Kippe im Ascher und vergrub seufzend sein Notizbuch im grünen Hemd. Spielhallen machten ihn einfach depressiv. Und schon wieder lärmte sein Handy.

* * *

Jensens Ärger über den blasierten Karnevalisten verflog, als er bei herrlichstem Septemberwetter wieder vor die Kneipe trat. Auf dem Weg zurück zum Polizeipräsidium grüßte er mehrere seiner Kollegen beim Lorettieren, wie man das kurze, schnelle Einkaufen in der Lorettostraße bei den Polizisten nannte. Schließlich hastete er die ausgetretenen Steinstufen der Treppe im Präsidium hinauf, stieß die Tür zu Strullers Büro auf und dort fast mit selbigem zusammen.

»Hallo.«

»Endlich.«

»Was is?«, stammelte Jensen, den Struller zurück in den Gang hinausdrückte.

»Jochen Kleinfeld.«

»Hä?«

»So heißt der Tote aus dem Bunker. Die vom Erkennungsdienst haben Fingerabdrücke abgeglichen, eine Übereinstimmung gefunden und mich gerade auf dem Handy angerufen«, erklärte Struller und wedelte mit einer roten Ermittlungsakte.

»Todesursache ist Ersticken. Außerdem hat der Doc Rückstände von Chloroform in seinem Körper gefunden.«

»Der Mann ist also betäubt worden.«

»Genau. Bleibt zu klären, ob er betäubt und dann in die Höhle geschafft wurde, oder ob er in der Höhle war und dort betäubt und erstickt worden ist. Wir können es also durchaus mit einem Einzeltäter zu tun haben, was gegen die Sektentheorie spricht und mir natürlich recht ist.«

»Vielleicht passierte alles im Rahmen einer okkulten Zeremonie«, blieb Jensen auf seiner Satansspur. »Mir ist aufgefallen, dass es in der Höhle intensiv nach Blut gerochen hat.«

»Was du gerochen hast, war kein Blut, sondern Eisen. Das kann sich im Blut befinden, aber auch im Wasser oder als Baumaterial verwendet worden sein. Keine Zeremonie, keine schwarzen Messen, keine Opferrituale!«

Jensen hielt es für falsch, dieser Satansspur nicht nachzugehen. Teufelshaken blieb Teufelshaken! Es sagte aber nichts. Würde er eben selbstständig ein wenig in diese dunkle Richtung ermitteln. »Wo gehen wir jetzt hin?«

»Zu den Kleinfelds. Jochens Tod werden wir in schöne Sätze kleiden und seinen Eltern verklickern. Vielleicht finden wir im Kühlschrank noch Chloroformreste, und schwupp, haben wir den fiesen Fall gelöst.«

»Das glaubst du doch selbst nicht?«, fragte Jensen, den gesunden Ermittlerverstand seines Kollegen anzweifelnd.

Struller sah seinem Praktikanten in dessen strahlend blaue Augen. »Natürlich nicht.«

* * *

Eine Todesbenachrichtigung zu überbringen, war nichts für schwache Nerven, aber letztlich hatten sich Mutter Kleinfeld und Jochens Bruder, Peter Kleinfeld, gesammelt. Vater Kleinfeld brauchte sich nicht zu sammeln. Er war seit über zehn Jahren tot.

»Es ist unbegreiflich. Jochen hat niemandem etwas zuleide getan«, klagte Mutter Kleinfeld, in einem riesigen, geblümten Ohrensessel sitzend.

Peter Kleinfeld verdrehte hinter seiner Mutter stehend die Augen und murmelte: »Mein Bruder hat überhaupt nichts getan.«

»Wie meinen Sie das?«, fragte Struller, dem der sportliche, junge Mann mit der Kurzhaarfrisur unsympathisch war.

Jochens Mutter drehte sich um und warf ihrem Sohn einen verärgerten Blick zu, aber der schüttelte trotzig den Kopf.

»Faul war er und er hat den ganzen Tag hier abgehangen. Er hat so gut wie nie das Haus verlassen und ewig vor dem PC gesessen.«

»Hatte er Arbeit?«

»Er brauchte nicht zu arbeiten. Hartz IV und das ganze Geld, das Mutter ihm von ihrer Rente in den Hintern schob, reichten ihm völlig.«

»Peter!«

»Ist doch wahr, Mutter.«

Struller wollte dem Gespräch eine andere Richtung geben, bevor sich die beiden in ihrer Trauer noch in die Haare bekamen und er gar nichts mehr erfuhr. »Haben Sie eine Idee, was Ihren Bruder nach Mörsenbroich geführt hat und was er womöglich in dieser Art Höhle gesucht haben könnte?«

»Ich habe keine Ahnung.«

»Interessierte sich Ihr Bruder für Archäologie? Städtekunde, Altertum oder so was?«

»Das wäre mir neu. Ich kann es mir auch nicht vorstellen.«

»Vielleicht hat er irgendwas im Internet gefunden«, mutmaßte Jochens Mutter mit rot unterlaufenen Augen vorsichtig.

»Ich guck mir mal den PC an«, flüsterte Jensen Struller zu und verließ das Zimmer.

Struller stellte noch einige Fragen, aber die beiden konnten nicht wirklich weiterhelfen. Sie wussten noch nicht mal so recht, wann sie Jochen das letzte Mal gesehen hatten. Tatsächlich hatte der unfreiwillig Verstorbene sein Leben wohl vor dem PC verbracht, und der Einzige, der ihn wirklich vermissen dürfte, war der Mann vom Pizzadienst um die Ecke, der ihm regelmäßig die Thunfischscheibe gebracht hatte.

»Und Sie?«

»Wie bitte?«, fragte der Bruder.

»Was machen Sie beruflich?«

»Ich bin bei der Stadt Düsseldorf angestellt. Amt 63. Büro.«

Peter Kleinfeld stand auf, um sich in der Küche ein Glas Wasser einzuschenken. Struller nutzte die Gelegenheit und beugte sich rüber zur Mutter.

»Ihr Sohn, also der Peter, der ist, was seinen Bruder angeht, ein wenig ... ungehalten.«

Mutter Kleinfeld machte eine wegwerfende Handbewegung. Die Lesebrille in ihrem Haar wackelte.

»Er liebt seinen jüngeren Bruder natürlich, klar. Und es ist natürlich ... schrecklich. Peter fühlte sich ein wenig vernachlässigt, weil ich Jochen finanziell unterstützt habe. Brauche ich beim Peter natürlich nicht, weil der gut verdient. Das hat ihn aber trotzdem geärgert. Und manchmal gab es Streit, aber der Peter liebt seinen Bruder. Es ist furchtbar. Ich bin doch die Mutter. Und jetzt. Erst mein Mann und nun mein Jüngster ...«

Peter Kleinfeld kam aus der Küche zurück, und Jensen wuchtete einen PC in den Raum. »Ist passwortgeschützt. Den müssen sich unsere Kollegen vom Landeskriminalamt anschauen. Ich schreibe Ihnen eine Quittung.«

»Die brauchen wir nicht«, flüsterte Jochens Mutter.

* * *

Struller betätigte den Blinker rechts und stoppte den Dienstwagen auf dem Fürstenwall direkt vor dem Polizeipräsidium. »Die Obduktion vom Rossbach liegt an. Ich fahre da alleine hin, das ist noch nichts für dich. Wir treffen uns nachher im Büro.«

Ein Taxi hupte sich an ihnen vorbei.

»Klar, Chef.«

»So ist gut. Klopf Faserspuren-Harald auf die Finger. Die Junkie-Geschichte möchte ich schnell vom Tisch haben. Drogentote machen mich depressiv.«

»Mach ich.« Jensen warf hinter sich die Autotür zu, schaffte es ins Präsidium, sogar bis ins Büro. Er ließ sich in den Bürostuhl fallen und fuhr nachdenklich den PC hoch.

Wie konnte Struller eine solch offensichtliche Spur wie die Okkultismusfährte einfach ignorieren? So ein erfolgreicher, erfahrener Ermittler? Oder war das wirklich nur Instinkt?

Mit ein paar Klicks wechselte er ins Internet und gab den Teufelshaken als Suchbegriff ein.

Teufelshaken. Aha. Auch Satansgabel genannt. Eigentlich das astrologische Zeichen für Saturn, von Satanisten auf den Kopf gestellt. Saturn, der Gott des Ackerbaus. Das Symbol stellte nunmehr ein Kreuz dar, das über dem Boden von einer Sichel abgeschlagen wurde. Und je länger er sich das Symbol anschaute und es mit der Handverletzung Jochen Kleinfelds verglich, desto mehr war er sich sicher, dass sie es hier wirklich mit diesem Symbol zu tun hatten. Dieser Hans Graben hatte sie auf die richtige Spur gebracht. Schon interessant, was die Kollegen so alles wissen. Blieb die Frage, ob der folgende Schritt, nämlich dieses Zeichen einem Karnevalsverein zuzuordnen, auch der richtige war ...

Sicherheitshalber druckte Jensen das Zeichen aus. Visualisieren!

In diesem Moment klopfte es. Die Tür ging auf, und eine auffallend hübsche, etwa vierzig Jahre alte Frau kam herein. Holla, dachte Jensen, das war aber mal nette Kundschaft!

»Hallo, bitteschön?«

»Hallo, mein Name ist Yvette de Baron, und Sie müssen Christian Jensen sein?«

Jensen stand eilig auf und wünschte, er hätte vorher gelüftet. Im Büro stand die schwülwarme Luft nämlich mal wieder, es roch muffig, und er fragte sich plötzlich, was in Strullers Schreibtisch an organischen Beweisstücken der letzten zehn bis fünfzehn Jahre alles so vor sich hingammelte. Mit einer entschuldigenden Geste öffnete er eines der beiden Bürofenster und ließ zischend Luft nach draußen.

»Ja, bin ich, hallo. Darf ich Ihnen einen Kaffee anbieten?«

»Danke, aber wenn Sie was Kaltes hätten, würde ich das vorziehen.«

Jensen zuckte entschuldigend mit den Achseln.

»Oh, momentan haben wir nichts da.«

»Macht überhaupt nichts, ich will Sie nämlich nicht aufhalten, nur einen kurzen Eindruck über die Ermittlungen einholen und mir den Praktikanten aus Kleve ansehen.«

Jensen wurde rot. »Das war Strullers Idee, also Kollege Struhlmann ...«

Sie lachte. »Struller. Ja, so nennt man den Kollegen hier, ich hörte davon. Witzig, dass er das Büro gleich gegenüber der Toilette hat.«

Sie glitt auf einen freien Bürostuhl und schlug zwei makellose Beine übereinander. Das tat sie genauso schwungvoll, wie ihre Unterschriften unter den Berichten in der Ermittlungsakte ausgesehen hatten.

Jensen schluckte. So flott hatte er sich eine leitende Staatsanwältin nicht vorgestellt.

»Außerdem habe ich mit der Ausbildungsleitung in Duisburg telefoniert und quasi eine dienstlich dringend erforderliche Einzelfallabordnung bis maximal zum Ende des jetzigen Praktikumszeitraums geltend gemacht. Ich habe mich auf die erfolgreiche Zusammenarbeit zwischen Ihnen und Herrn Struhlmann vor drei Monaten bezogen und auf unsere erhebliche Belastung durch die SOKO *Black Jack* abgestellt. Der Ausbildungsleiter war einverstanden.«

»Puh, das ist gut.«

»Ja, finde ich auch. Unser Polizeipräsident war sehr zugänglich und ebenfalls sofort einverstanden. Wir haben Kleve im Austausch einige Einsatzkontingente unserer Reiterstaffel angeboten, das geht von dort aus auch klar. Die Polizei arbeitet augenscheinlich erheblich effizienter zusammen, als man es mancherorts wahrhaben will.«

»Sehr gut. Ein paar Stunden Arbeit, und schwupp ist man schon mitten im Fall. Ich hätte jetzt ungern wieder wechseln wollen.«

»Das passt ja. Und wie stellt er sich dar, der Fall?«, fragte de Baron mit einem Blick auf den ausgedruckten Teufelshaken.

»Der Tote aus der Höhle in Mörsenbroich ist identifiziert, er heißt Jochen Kleinfeld. Angehörige haben Kenntnis ...«, begann Jensen und fasste den derzeitigen Ermittlungsstand mit wenigen Sätzen zusammen. Er erwähnte den Toten aus der Altstadt, den toten Junkie und gab einen kurzen Überblick zur Sache mit dem Toten aus der Spielhalle. »Leichen haben wir jetzt erst mal genug«, fasste er grinsend zusammen.

»Das sehe ich genauso. Wo ist eigentlich Kollege Struhlmann?«

»Der Tote aus der Spielhalle wird in der Uni-Klinik obduziert.«

»Hm. Und wie ist er so, ich meine, als Kollege? Es ist bestimmt spannend mit diesem Mann zusammenzuarbeiten. Er hat eine ganz beeindruckende Personalakte. Unkonventionell, ein bisschen schräg, aber außerordentlich erfolgreich.«

Jensen blinzelte. Auf was zielte diese Frage denn jetzt ab? Ausweichend antwortete er: »Auf jeden Fall kann ich hier eine ganze Menge lernen. Er bestimmt natürlich, wo es langgeht, aber er lässt mich machen. Mehr kann ich mir als Praktikant kaum wünschen.«

»Na prima. Dann grüßen Sie Ihren Kollegen von mir, ich springe mal wieder rein.«

Sie stand auf, Jensen tat es ihr nach. »Ich begleite Sie ein Stück. Ich werde mir in der Kantine ein paar kalte Getränke kaufen, damit ich der nächsten Staatsanwältin, die sich ins Büro verirrt, was anbieten kann.«

Sie lächelte ihn an. »Das ist eine sehr gute Idee. Immer flexibel reagieren, prima. Mit der Heizung scheint übrigens irgendwas nicht zu stimmen.«

Sie trennten sich in der ersten Etage. Jensen winkte ihr noch mal zu, als sie in eines der Büros verschwand.

Meine Herren, was für eine Marke! Das wäre aber wirklich eine Frau ganz nach seinem Geschmack. Wenn ihn das nicht sogar ein wenig überfordern würde, verlor er sich in verbotenen, unangebrachten Fantasien. Obwohl, träumen durfte man ja wohl ... Wahrscheinlich hormonell noch eingespannt, merkte er erst beim Betreten der Kantine, dass er eine Dummheit gemacht hatte.

»Hallo Christian!«

Hinter dem Tresen stand Speedy. Verdammt! Gleich würde sie furiengleich über die Theke springen und ihm die blauen Augen auskratzen.

»Das ist ja eine Überraschung!«

Jensen brach der Schweiß aus. Er blickte sich um. Flucht?

»Lass dich drücken, Süßer!«, gurrte Speedy und breitete die Arme aus.

Okay, das sah nicht nach Augenauskratzen aus.

»Mensch, ich dachte du arbeitest jetzt irgendwo in Holland.«

»Äh, ich war in Kleve. Woher weißt du das denn?«

»Kontakte. Kleve, aha. Lass dich erst mal herzen, Süßer.«

Sie fiel Jensen um den Hals und drückte ihm ihre Brüste kräftig gegen seinen Oberkörper. Jensen blinzelte irritiert. Er hatte sich ein Wiedersehen deutlich gewalttätiger vorgestellt. Aber es war natürlich angenehmer, ihre strammen Brüste *an*, als ein Messer *in* seiner Brust zu spüren. »Ähm, schön, dass ich dich sehe.«

»Ja, find ich auch.«

»Ich hatte irgendwie befürchtet, nachdem du mich in den E-Mails so heftig beschimpft und beleidigt hast, dass du sauer auf mich bist.«

Sie machte eine wegwerfende Bewegung. »Schnee von gestern. Du weißt doch, wie wir wilden Frauen so sind ...«

Wusste Jensen nicht, aber er schwieg mal lieber. Die Entwicklung war gar nicht schlecht. Eine gute Speedy ist besser als eine böse Speedy. Von wegen ins Essen spucken und so.

»Was kann ich für dich tun?«, gurrte Speedy und kniff ihm ein Auge zu.

»Essen wäre nicht schlecht«, stotterte Jensen.

»Na prima«, lachte Speedy und herzte ihn wieder.

Hatte sie ihm an den Po gepackt? Nein, das konnte doch nicht sein. Obwohl ... die beiden am Tisch vor ihnen rissen überrascht die Augen auf, wie Jensen hinter Speedys Rücken feststellte.

»Super. Morgen Abend habe ich Zeit, du kannst mich um 20 Uhr abholen. Ich kenne ein ganz schönes Restaurant am Hermannsplatz in Flingern. Leckere Sachen gibt es da. Mal was ganz anderes. Ich freue mich. Ich habe ein neues Tattoo, das muss ich dir unbedingt zeigen.« Sie drückte Jensen wieder von sich weg, drehte sich halb um, deutete auf ihren Po und blinzelte Jensen verheißungsvoll an. »Da! Aber jetzt muss ich wieder arbeiten. Dass du mich zum Essen einlädst ... Das ist eine schöne Überraschung.«

»Finde ich auch«, murmelte Jensen überwältigt. Kalte Getränke zog er sich am Colaautomaten. Das wäre insgesamt betrachtet überhaupt die einfachere, unkompliziertere Art gewesen, den Getränkebedarf zu regeln, stellte er nachdenklich und ein bisschen zu spät fest.

* * *

Jensen schlich ins Büro zurück und übersah die Folgen seines spontanen Arrangements. Sie konnten fatal sein. Das neue Tattoo ... Er schloss die Augen und legte den Kopf müde auf die Schreibtischplatte. Die Tür wurde aufgerissen.

»Hallo Jensen, aufwachen, ich bin es, dein Chef!«

»Tag Struller!«

»Was macht der Drogentote?«

»Ist immer noch tot.«

»Gut, ich liebe diese berechenbaren Typen«, knurrte Struller. »Was gibt es sonst Neues?«

»Ich habe noch ein paar Termine gemacht, die Kontingente der Reiterstaffel in Kleve werden aufgestockt.«

»Aha.«

»Außerdem war ich auf das Ergebnis der Obduktion gespannt. Hat man ihm einen Teufelshaken in die Hand geritzt?«

Struller hielt inne. »Teufelshaken? Red keinen Scheiß! Nenn das niemals so, wenn jemand in der Nähe ist. Wenn die von der Presse davon Wind bekommen, machen sie uns die Hölle heiß, um mal im Bild zu bleiben. Die Jungs sind schlau. Sehr schlau. Die wittern eine gute Story und einen reißerischen Aufmacher zehn Kilometer gegen den Wind.«

Wie dein Hemd, dachte Jensen, verkniff sich aber eine Bemerkung. So eine Obduktion blieb eben doch manchmal auch bei älteren Kollegen in den Kleidern stecken ...

Struller klatschte in die Hände, entzog seinem Holster die Knarre, legte sie in den Schreibtisch, schloss ihn ab und erklärte: »Genug gebuckelt! Ich hole beim LKA noch was ab und mach dann Schluss, ich hab noch was vor. Wenn du willst, kannst du noch das Fax von Harald abwarten, lesen, die Rechtschreibfehler korrigieren und den Bericht dann in die Akte heften.«

Jensen sprang auf und schlug die Hacken zusammen. »Jawohl, Chef!«

Struller verließ kopfschüttelnd das Büro und ließ Jensen zurück. Der sah sich um. Okay, der Bericht von Harald interessierte ihn schon. Überhaupt war es Zeit, sich so seine Gedanken zu machen über diesen ... Fall. Diesen merkwürdigen Fall.

Sein Blick fiel auf die kleine Skizze, die er sich vom Teufelshaken gemacht hatte, und auf den Computerausdruck. Er griff sich die Schreibtischunterlage aus Papier, drehte die unbeschriebene Rückseite nach oben und schnappte sich einen schwarzen Edding. Mit wenigen schnellen Zügen kopierte er den Haken als vielfache Vergrößerung. »Schönes Kunstwerk«, murmelte er und schmunzelte. Dann stieg er auf einen Stuhl und klebte das Papier mit Tesafilm neben dem Stadtplan von Düsseldorf genau an die gleiche Stelle, an die er vor ein paar Monaten das Poster der marokkanischen Heavy-Metal-Band Yülügül geklebt hatte.

Visualisieren! Sehr wichtig!

Er sprang vom Stuhl, trat einen Schritt zurück und war sehr zufrieden. »Hm. Teufelshaken ...«

Das brachte ihn zu der Frage, was das überhaupt für eine Höhle war. Ein Bunker? Was aus dem Mittelalter? Zweiter Weltkrieg? Er hatte heute Abend nichts vor. Sein Blick fiel durchs Fenster nach draußen. Hochsommer, es war noch hell. Er öffnete die Schreibtischschublade und entnahm ihr die

Visitenkarte. »Hanno von Wurzelen«, las er. Ja. Der würde weiterhelfen können.

* * *

Der Typ im teuren, italienischen Anzug zog die Augenbrauen hoch und krakeelte durch die Gaststätte: »Zwei Calvados noch. Aber der Gute!«

Zwei Businessmänner am Nebentisch rümpften kaum merklich die Nase. Das war selbst für einen neureichen Börsenguru einen Tick zu proletenhaft. Auch der Mann am Tisch dem unangenehmen Schreihals gegenüber versenkte seinen Blick offensichtlich peinlich berührt im leeren Cocktailglas.

Torsten Bach grinste. Sollte heute ruhig mal wieder jeder mitkriegen, dass er seine an der Börse erzockten Moneten im vornehmsten und teuersten Club der Königsallee Foxtrott tanzen ließ. »Was ist, Metin? Bleib geschmeidig!«

Metin blieb vor allem erst mal ruhig. Dass ihm der blasierte Schnösel in seinem protzigen weißen Anzug mehr als unangenehm war, konnte er kaum verhehlen, aber dieser kackreiche Typ war einer seiner besten Kunden. Und da durfte man nicht wählerisch sein. Auch, wenn er sich seinen Geschäftspartner wirklich eine ganze Nummer … normaler gewünscht hätte. »Zeig noch mal den Wecker!«

Metin arbeitete als Uhrmacher bei Hempel auf der Königsallee. Feiner Laden, erste Adresse. Hin und wieder legte er für Torsten Bach eines der neuesten Rolex-Modelle zur Seite und rief ihn sofort an, wenn er der Meinung war, dass der klobige Brummer dickes Geld wert war. Eine gute Rolex würde er immer noch jedem Aktienpaket vorziehen. Aber das war für Kenner nichts Neues!

Bach hatte schon ein gutes Dutzend der Dinger gekauft.

Metin schob die flatschneue Uhr noch mal über den Tisch. Mit raumgreifender Geste hob Bach sie auf und legte sie, den linken Arm demonstrativ in die Höhe gereckt, ums Handgelenk. So musste jeder im Raum mitbekommen, dass Herr Supermann Bach sich einen neuen Wecker gönnte.

Man, was für ein Angeber!

Bach drehte das Armgelenk in alle Richtungen und ließ das luxuriöse Stück im Licht der Deckenbeleuchtung funkeln. »Na, sieht doch klasse aus. Wie für Papa sein Sohn gemacht.«

Die Kellnerin brachte den Calvados.

»Oder was, Chrissie-Baby? Sieht doch heiß aus. Ist 'ne Rolex Daytona!«

Sie hatte nicht die längsten Beine von allen Kellnerinnen, auch nicht die größten Brüste, aber das war im Moment egal. Auf jeden Fall war sie schnell zu beeindrucken, und das zählte.

»Supergeiles Stück.«

Bach grinste. »Das bist du auch, Baby. Aber die Uhr würde ich jederzeit vorziehen!« Torsten Bach schüttelte sich.

Nasenrümpfen am Nachbartisch. Metin guckte angestrengt weg, Chrissie hatte verstanden und ließ die beiden Männer alleine.

Torsten Bach hatte den Deal für sich schon lange klargemacht. Die Uhr war schon die seine, keine Frage. In den nächsten zehn, zwölf Jahren würde sich ihr Wert verdoppeln. Aber er ließ den Uhrenverkäufer noch ein bisschen zappeln. Er brauchte immer seine kleine, feine Zeremonie, bevor er zuschlug. Ein paar Bierchen zum Anfang, nach den Tapas drei, vier Schnäpschen zur Verdauung, damit die Bullrich-Salz-Tabletten, die er vorher eingeworfen hatte, auch was zu tun bekamen. Dann noch ein paar Cocktails und zu guter Letzt den Calvados. Aber den guten! Am meisten Spaß machte es dabei zu wissen, dass Metin sich am liebsten auf seine Paddy mit Sprite beschränken würde. Vielleicht ein paar Erdnüsse dazu. Aber, aber, aber ... Der Gute wollte ja seine Uhr verticken. Dann musste er auch trinken, was der Meister trank.

Macht ... Herrlich.

Torsten Bach strich sich durch seine schulterlangen, nach hinten gegelten Haare und kippte den Calvados in einem Zug runter.

Metin tat es ihm nach.

»Weißt du, Metin, eine Panerai oder eine Breitling oder eine was weiß ich sind genauso gut wie dieser Stundenanzeiger da. Sehen vielleicht sogar besser aus. Aber darauf kommt es nicht an. Pass genau auf, was ich sage. Da kannste was lernen fürs Leben. Es kommt auf die Ausstrahlung an. Auf die Wirkung. So ein normaler Klunker kann das Doppelte kosten, aber so richtig nach Schotter ohne Ende riecht nur eine richtige, fette Rolex. Das ist so!« Bach grinste. »Deswegen lass ich mich in der Öffentlichkeit auch nur mit Blondinen sehen. Die Dunkelhaarigen ficken genauso gut, aber eine knackige, blonde Sau kommt einfach besser rüber. Und darauf kommt es an. Das ist der ganze Spaß!« Er drehte sich zur Theke hin: »Chrissie-Baby, zahlen!« Dann beugte er sich über den Tisch. »Warst du mit dem Service zufrieden, Metin? Hat die Kleine in ihrem süßen, schwarzen Röckchen sich genug Mühe gegeben mit uns? Was meinst du? War sie aufmerksam genug?« Er grinste böse. »Das sind genau die Fragen, die sie sich in diesem Moment stellt. Denn die dumme Tussi möchte Trinkgeld haben. Sie verdient hier in dem Laden nämlich nur ein Äpfelchen und ein Ei. Hätte in der Hauptschule halt besser aufpassen sollen! Deshalb können wir die kleine Dumpfbacke so hübsch fies behandeln. Das ist alles im Trinkgeld mit drin.«

Chrissie-Baby erreichte den Tisch und legte lächelnd ein Tellerchen mit Rechnung zwischen ihnen beiden auf den Tisch.

Torsten Bach checkte sie kurz. »Dreiundsiebzig Euro ... Ts ts ts, Chrissie-Baby. Und dabei habe ich dir noch gar nicht unter den Rock gefasst.«

Chrissie grinste spaßlos.

Metin sah so aus, als ob er gleich im Parkettboden versinken würde, denn Torsten Bachs rechte Hand glitt jetzt tatsächlich Richtung Rock. Hastig machte die Kellnerin einen Schritt zurück, ohne eine Miene zu verziehen.

»Hu, Baby.« Bach hielt ihr einen Zweihunderter entgegen. Sie griff danach, er zog ihn weg und hielt ihn ihr wieder hin. »Stimmt so, Chrissie-Baby, der Rest ist für dich!«

»Oh, danke!« Die Kellnerin nahm den Schein überrascht entgegen und verschwand Richtung Theke.

Bach beugte sich über den Tisch. »Und beim nächsten Mal wird sie sich noch mehr Mühe geben. Dann lässt sie sich unter den Rock packen, da kannst du drauf wetten! Weil die Schlampe wieder Trinkgeld haben möchte. Und weißt du was? Da kriegt sie keinen müden Cent von mir. Ha!«

Metin grinste müde. »Was ist mit der Uhr?«

»Nehme ich! Ich lass sie gleich an. Schick mir die Rechnung, wie immer!« Bach stand schwankend auf und rupfte seinen teuren Sommermantel vom Haken.

»Soll ich dir auch ein Taxi bestellen?«, fragte Metin, das Handy bereits in der Hand.

»Nee, lass mal. Ich komm schon klar! Und bestell deiner Frau schöne Grüße. Sie soll dir mal wieder einen leckeren Käsekuchen für mich mitgeben. Den mit Rum drin!«

Die Männer am Nebentisch atmeten auf. Chrissie-Baby auch. Das war heute mal wieder eine Torsten-Bach-Show der allerbesten Sorte gewesen.

Leicht wankend verließ Bach das Bistro und kratzte sich am Kopf. Die frische Luft draußen wirkte wie ein Vorschlaghammer. Er taumelte, fing sich aber gleich wieder. Mit einer Hand stützte er sich an der Häuserwand ab. Wo, verflucht noch mal, hatte er seinen 911er geparkt? »Ein Taxi nehmen kann jeder«, murmelte er. Und sein Auto hier auf der Kö stehen lassen? Damit ihm die dreckigen Tauben drauf scheißen? Nee, das kam nicht infrage! Vor dem Kaufhof waren die Bauarbeiten für die U-Bahn im vollen Gange. Staub auf dem Lack war tödlich.

Rechts runter musste der Wagen stehen. Trinkausstraße, neben dem Parkhaus, genau. Er rempelte im Gehen die Baustellenabsperrung an. Verdammt, nachts waren die Gehwege enger als tagsüber! Nachts war es schon richtig usselig. Er schlug den Mantelkragen hoch.

Bach blieb kurz stehen, holte eine Zigarette und sein teures Dupont-Feuerzeug aus der Jackentasche, schnippte und …

Er drehte sich um.

War da wer? Bullen in Zivil? Nichts zu sehen. Ein schlechtes Gewissen brauchte er nicht zu haben. Die paar Getränke … Schließlich hatte er ja gut gegessen. Etwas mehr als zwei Bier: Da konnte man noch fahren!

Endlich brannte die Zichte und Bach nahm einen tiefen Zug. Husten. Klar. Und noch ein Zug …

Verdammt. Da war doch wer. Einfach zügig weitergehen. Wenn es einer auf seine Geldbörse abgesehen hatte, auf seine goldene Clubkarte, dann sollte er ruhig kommen!

»Aha!«

Da stand ja sein 120.000 Euro teures, silberfarbenes, aufgemotztes Schätzchen. Er zog die Autoschlüssel klimpernd aus der Tasche.

Den schwarzen Schatten sah er nicht, den dumpfen Schlag auf dem Kopf spürte er kaum. Dass ihm der Unbekannte ein feuchtes Tuch unter die Nase drückte, er dem Unbekannten direkt in die Arme sank und sich gleichzeitig neben seinem Porsche die Seitentür eines Kastenwagens öffnete, bekam er überhaupt nicht mit.

Zurück blieb nur eine vor sich hinglimmende Kippe.

* * *

Hanno von Wurzelen öffnete vorsichtig die Beifahrertür des alten Ford, ließ sich bedächtig in den Sitz sinken und deponierte eine schlichte, braune Herrenhandtasche auf dem Rücksitz.

»Guten Tag, Herr Jensen.«

Jensen schüttelte eine ihm gereichte Hand. »Schön, dass Sie Zeit haben.«

»Gerne. Mit Ihrem Anruf habe ich gar nicht gerechnet.«

Jensen lächelte aufgeräumt. Er fand seine Idee gut, die Höhle in Mörsenbroich zusammen mit einem Sachverständigen aufzusuchen. Von Wurzelen fand die Idee auch gut, er hatte sofort zugesagt.

»Ich bin erleichtert, dass Ihr Kollege nicht mit dabei ist. Ihn umgibt so eine … gewalttätige Aura.«

Jensen grinste.

Wenig später parkte er den Wagen im Gras. Nicht weit entfernt wurde irgendwo im Kleingarten gegrillt. Es roch bis hierher nach gegrilltem Fleisch. Das großartige *Sympathy For The Devil* von den Rolling Stones wehte in nicht unerheblicher Lautstärke herüber. Ein paar Laubenpieper riefen: »Auf die Bruderschaft!« Gläser schepperten.

Die beiden erreichten das immer noch mit Flatterband abgesperrte Loch und lugten hinein.

»Die Sachverständigen der Stadt haben sich noch nicht entschieden, ob sie die Höhle wieder zuschütten oder archäologisch erfassen wollen.«

»Letzteres natürlich«, ereiferte sich von Wurzelen. »Unbedingt erhalten. Ich bin gespannt, was es sein kann. Ich habe da so eine Ahnung, aber lassen Sie uns besser gleich hineinklettern.«

Jensen blickte in ein aufgeregtes Paar Augen. Sein persönlicher Sachverständiger war mehr als engagiert. Im gleichen Moment überkam ihn aber ein merkwürdiges Gefühl. Was wusste er von dem rüstigen Rentner eigentlich? Außer, dass er sich am Tatort herumgetrieben hatte? Er gab an, den Funk abgehört zu haben, aber das konnte schließlich jeder behaupten.

Jensen blinzelte in die sich senkende Abendsonne. »Dann wollen wir mal.«

Beide kletterten sie jetzt nacheinander vorsichtig durch das Deckenloch in die Höhle hinab. Inzwischen waren einige Steine breitgetreten, dass sie sich wie Stufen völlig problemlos besteigen ließen.

Von Wurzelen keuchte. Vor Eifer und vor Anstrengung.

Jensen ruckelte heimlich sein Schulterholster zurecht. Die Eifrigen waren oft die Schlimmsten. Die durfte man nie unterschätzen!

Begeistert blickte von Wurzelen sich um. Mit sanften Fingern strich er über vorstehende Felssteine, glitt über den staubigen Boden und musterte kaum erkennbare Vertiefungen in den Wänden. Er gluckerte euphorisch. Zuletzt widmete er sich nickend dem Steinarrangement in der Mitte des Raums.

»Hm. Hm. Ja, klar. Hm.« Er strahlte Jensen an. »Die Steinplatte lässt sich verschieben? Und darunter geht ein Gang ab?«

Jensen zog überrascht die Augenbrauen hoch. »Unter der Steinplatte, ja. Die lässt sich problemlos zur Seite schieben. Woher …?«

»Darf ich?«

»Äh, ja. Schon eine Tendenz, in welches Jahrhundert es geht?«

Von Wurzelen stemmte sich mit errötetem Kopf gegen den Stein und nickte. »Ich denke schon.« Mit einem leichten Quietschen ruckelte er den Stein zur Seite und legte das Loch frei.

»Da unten auf der anderen Seite ist ein Mechanismus, der den Stein bewegt.«

»Nicht original«, murmelte von Wurzelen vorwurfsvoll und war schon halb im Dunkeln verschwunden.

Jensen wischte ein feines, zerrissenes Spinnennetz zur Seite und folgte ihm.

»Ist der Gang begehbar?«

»Ja. Bis an ein Tor.«

»Erstaunlich«, murmelte von Wurzelen. »Haben Sie mehr als einen Gang entdeckt?«

»Äh, nein. Wir haben auch nicht direkt nach einem zweiten Gang gesucht.«

»Aha. Es könnte aber noch einen weiteren Gang geben. Keine Frage. Sonst hat das ja keinen Sinn.«

»Was hat keinen Sinn?«

»Ah, da ist das Ende des Gangs!«

Sie hatten die schwarze, eiserne Gittertür erreicht. Durch die Stäbe der Tür und die wild gewachsenen Sträucher auf der anderen Seite fiel weiches Sonnenlicht herein.

»Also?«, fragte Jensen ungeduldig.

Von Wurzelen tippte ans Eisen. »Diese Tür und der Hebemechanismus an der Innenseite der Steinplatte sind nicht original. Aber ansonsten bin ich sicher, dass wir uns in einer alten Wehranlage befinden. 18. Jahrhundert würde ich schätzen. Das ist eine alte, so genannte Wehrstation. Davon gab es seinerzeit einige. Ich habe aber erst einmal eine droben in Kaiserswerth untersuchen können, gleich bei der Kaiserpfalz in Kaiserswerth. Ganz spannende Sache! Der runde Raum oben diente als Basislager. Hier haben vier bis acht Wehrsoldaten gelebt. Die haben oft wochenlang die Anlage nicht verlassen. Dort lagerte auch der Proviant.«

»Der Steinblock in der Mitte des Raums ist also kein Altar oder eine Art Opferstätte?«

Von Wurzelen schüttelte den Kopf. »Auf keinen Fall. Der Tisch ist der Eingang des Wehrgangs. Der musste gegen Wassereinbruch gesichert sein, denn der Rhein führte seinerzeit häufig Hochwasser, und die Gänge durften nicht unter Wasser geraten.«

»Die Gänge? Mehrere?«

»Es sollte noch mindestens einen weiteren Gang geben. Vielleicht sogar mehrere. Alle finden sich oben zusammen, aber die Gänge gehen in verschiedene Richtungen. Diese Stationen hatten die Aufgabe, Aufklärung in weit vorgerückter Stellung zu ermöglichen. Düsseldorf war seinerzeit eine Art Festung und das hier eine Art Außenposten, für den Fall, dass die Stadt belagert wurde. Ganz geheime Sache, sehr fortschrittlich. Haben die Römer ein paar Jahrhunderte vorher erfolgreich eingeführt.« Von Wurzelen hustete. »Ist ihr Wagen offen?«

»Ja.«

»Ich brauche mein Asthmaspray. Das ist in der Tasche, die ich auf dem Rücksitz liegen gelassen habe. Ich renne mal schnell«, erklärte von Wurzelen und ließ Jensen zurück.

Der lehnte nachdenklich am Gitter. Ein zweiter Gang? Okay. Sie hatten keinen Hinweis auf einen zweiten Gang gefunden. Die Männer der Spurensicherung hatten zwar alles abgeklopft, aber vielleicht könnte man Fachleute des Landeskriminalamts anfordern, die mit starken Röntgengeräten noch mal alles absuchten. Auf jeden Fall, so fasste Jensen seine Gedanken zusammen, kannte von Wurzelen sich aus.

Auch der Täter hatte sich richtig gut ausgekannt.

Moment. Er stutzte. Was war das?

Vom anderen Ende des Gangs hörte er ein Knirschen. Jensen spurtete los. Er ahnte Schlimmes und hetzte durch den schmutzigen, dunklen Tunnel nach vorne. Hektisch geriet er ins Straucheln, fing sich und stolperte weiter durch die enge Steinröhre. Einen Ellenbogen kratzte er sich an einer überstehenden Steinkante auf. »Mist!« Er schlug von unten gegen die Steinplatte. Jemand hatte die Abdeckung zugeschoben. Er griff an den Hebel, der merkwürdig lose nachgab. Nichts! Jensen schaute genauer hin. »Verdammt«, fluchte er.

Ein Hebelstück der Konstruktion war herausgerissen. Schlaff hing der Schieber nutzlos herunter. Jensen strich sich nervös durchs Haar. Hanno von Wurzelen. Natürlich. Der Hobbyarchäologe brauchte Zeit, um in einem zweiten Gang, von dem er vermutlich ahnte, wo er war, das zu finden, von dem er ahnte oder wusste, dass es dort zu finden war. Jensens hektische Gedanken überschlugen sich. »Verdammt!« Dieser unscheinbare, langweilig aussehende Typ hatte ihn ausgetrickst. Von wegen Asthmaspray. Lächerlich. Man durfte die Eifrigen einfach nie unterschätzen!

Jensen hämmerte von unten gegen den Stein, denn ihm wurde mit einem Mal klar, dass er hier aus dem Gang so ohne Weiteres nicht mehr würde herauskommen können. Würde man seine Hilferufe durch die Steinplatte hindurch oben am Kraterrand überhaupt hören? Frühestens morgen, wenn überhaupt. Wenn sich während der Woche jemand in den Schrebergarten verirrte ... Wenn!

Er unterdrückte einen kurzen, heftigen Anflug von Panik, drehte sich, machte einen Buckel und stemmte seinen Rücken mit aller Kraft gegen die Steinplatte, wobei er sich mit den Füßen auf einer Steinstufe abstützte. Zwecklos. Merkwürdigerweise ruckelte die Platte noch nicht einmal.

Jensen erinnerte sich, dass es beim letzten Mal problemlos möglich gewesen war, das Ding zu verschieben. Jetzt aber gab das Steinteil keinen Millimeter nach.

»Er hat einen Keil eingeschoben! Von Wurzeln! Mach auf!«

Keine Antwort. Natürlich.

Jensen griff sich in den Kragen. Einen engen Gang ließ er sich ja gefallen, aber einen *verschlossenen* engen Gang ...

Er brauchte frische Luft und wechselte, um seine Nerven zu beruhigen, bewusst langsam gehend an das andere, offene Ende des Gangs mit Eisentür. Dort angekommen drückte er seine Stirn gegen die Eisenstreben. Er war hier eingesperrt, und Hanno hatte Zeit, in Ruhe alles zu tun, was getan werden musste. Mit Schaudern stellte er sich vor, was passieren würde, wenn ihn hier in dieser abgelegenen Höhle die nächsten Tage überhaupt keiner finden würde. Der Hemdkragen wurde immer enger. Er hatte niemandem erzählt, was er vorhatte.

»Von wegen gute Idee.«

Sein Blick fiel auf das Eisenschloss. Dann auf seine Knarre im Schulterholster. Okay, immerhin hatte er seinen großen Türöffner dabei. Jensen zog die Waffe aus dem Holster. Aber er musste vorsichtig sein. Ein aufgesetzter Schuss kam nicht infrage! Geduckt hinter einem Vorsprung ging er in Stellung und legte den Arm an die Wand. Er visierte das Schloss mit seiner Pistole an. Ein Querschläger könnte ihm erhebliche Probleme machen …

Okay. Sein Finger krümmte sich. Sekt oder Selters!

Im letzten Moment sah er den Schatten, der sich von außen durch die mannshohen Sträucher vor das Gitter schob. Der Strahl einer starken Taschenlampe traf ihn und er erkannte die Stimme sofort.

»Willst du mich schon wieder erschießen? Nimm die Knarre runter! Was hab ich dir getan?«

Jensen ließ die Waffe sinken. »Struller?«

»Der Schlüsselmeister«, erklärte Struller und versenkte einen Schlüssel im Schloss der Eisentür. »Habe ich gerade beim LKA abgeholt. Die waren mit den Untersuchungen am Schloss fertig. Das Geklettere war mir zu umständlich. Und jetzt komm! Wir haben es eilig.«

»Hanno von Wurzelen …«

»Genau. Der lag bewusstlos vor deinem Auto. Jemand hat ihm von hinten eins drübergegeben. Für den hab ich einen Krankenwagen bestellt.«

Aus der Ferne näherte sich ein Martinshorn.

4. Tag

Jensen war früh im Büro. Er hatte das Gefühl, etwas gut machen zu müssen. Sein Alleingang gestern war blöd. Zu gefährlich. Sie waren hier nicht auf dem Abenteuerspielplatz, sondern hatten es mit einem gefährlichen Mörder zu tun. Und der hätte auch Hanno von Wurzelen sein können. Obwohl ... jetzt, in aller Ruhe betrachtet, hatte von Wurzelen in der vergangenen Nacht gar keinen Grund, ihn dort unten im Gang einzusperren. Die Höhle wurde nicht mehr von Kollegen gesichert. Er hätte längst die Höhle durchsuchen und was auch immer beiseite schaffen können. Da hatte ihm die aufkommende Panik einen üblen Anfängerstreich gespielt.

Jetzt galt es, einiges an Ermittlungen zügig auf den Weg zu bringen. Zunächst machte er ein Einsatzteam des Landeskriminalamts flott, das sich mit allerhand technischem Gerät noch mal um einen möglichen zweiten Gang kümmern sollte, der – wie von Wurzelen vermutete – eventuell doch noch von dieser ominösen Höhle in Mörsenbroich abging. Außerdem hatte er die verschiedenen Spurenberichte geordnet. Faserspuren-Harald kam mit dem Schreiben der Dokumentationen kaum nach. Ein Toter kam zurzeit eben nicht nur selten, sondern überhaupt nicht allein!

Nach drei Stunden sah zumindest die Aktenlage halbwegs ordentlich aus. Jensen gähnte ausgiebig und zufrieden, als Struller die Tür aufstieß.

»Morgen!«

»Wie geht's ihm?«

»Den Umständen entsprechend blendend. Die behandelnden Ärzte wollen ihn noch einen Tag zur Beobachtung dabehalten. Schwere Gehirnerschütterung. Er kann sich an nichts erinnern.«

»Und ich hatte schon ihn in Verdacht, mich dort unten im Gang eingesperrt zu haben.«

»Keine vorschnellen Schlüsse, junger Kollege. Da gab es offensichtlich jemanden, der seiner Meinung nach im Keller noch nicht gründlich genug aufgeräumt hatte. Der Täter konnte ja nicht damit rechnen, dass die Feuerwehrjungs ausgerechnet dort über seinem Kellerversteck irgendwelche Bäume aus dem Erdreich rupfen. Vielleicht hatte er was liegen gelassen. Und vielleicht …« Struller öffnete seinen magischen Schreibtisch. »Vielleicht haben wir das, was er suchte, ja schon gefunden.« Struller holte die beiden Klarsichtbeutel heraus, in denen sich die schwarzen SVS-Kerzen und der blaue Stoffsack befanden. »Ich habe den Eindruck, Kollege, dass wir aber auch wirklich der allerkleinsten Spur nachgehen müssen, um diesen Fall zu lösen. Ich fühle mich richtig gefordert, und du wirst eine ganze Menge lernen können«, grinste Struller.

Jensen grinste zurück. Struller schien über seinen Alleingang nicht sauer zu sein. Gut. »Ich werde ganz genau aufpassen, Meister.«

Strullers Blick fiel auf Jensens Zeichnung vom Teufelshaken. »Du kannst prima malen. Kannst du auch lustige Kaninchen?«

»Nur tote. Ich visualisiere.«

Struller verdrehte als Zeichen der Wertschätzung seine Augen und fragte: »Was steht in Haralds Berichten?«

»Keine Auffälligkeiten beim toten Junkie. Eine Überdosis Heroin. Nichts Neues in Rossbachs Spielhalle. Auf dem Queue waren keine Fingerabdrücke. Ganz viele befanden sich auf dem Spielautomaten, aber alle nicht brauchbar. Der Täter hat vermutlich Handschuhe getragen. Ansonsten: ein zum Wohlfühlen sauberer Laden. Sehr ordentlich. Das ist ein Kniff, um die Kunden zu halten«, erklärte Jensen. »Darum gibt es in den Spielhallen immer den Kaffee umsonst und darum läuft nette Musik im Hintergrund. Der Spieler soll sich wohlfühlen. Deshalb haben sie dort auch so bequeme Stühle. Nicht so uralte, ranzige Dinger wie hier bei uns im Büro.«

»Wir sollen uns ja auch nicht wohlfühlen. Wir sind Beamte.«

»Stimmt. Dienst ist keine Gefälligkeit. Du hattest mit der Angestellten gesprochen, die die Leiche gefunden hat. Dein Bericht fehlt übrigens noch, äh … Irgendwelche Tatverdächtigen?«

»Es gab mal Streit zwischen Georg Rossbach und dem Betreiber der Klitsche und mal mit einem etwas zu groß gewachsenen Tom Cruise. Mit dem Betreiber, einem Manfred Jakobiak, bin ich heute Vormittag verabredet, ein blasierter Wichtigtuer. Danach sehe ich mir die Bude von diesem Rossbach an. Der ist alleine auf der Waldstraße 87 gemeldet. Es konnte noch kein Angehöriger ermittelt werden.«

Jensen nickte. »Mir bringen die aus dem Labor gleich die braune Kutte aus der Höhle, und dann kommt der Karnevalsmann zur Vernehmung«, freute er sich, dass irgendwer dem Vorsitzenden der Bösen Jungs augenscheinlich flinke Beine gemacht hatte. Er hatte eigentlich nicht damit gerechnet, dass Rudolf Peter sich bei der Polizei würde vernehmen lassen. Umso besser!

»Na dann. Ich muss in einer Vermisstensache kurz was abklären, bin gleich wieder da. Viel Spaß mit dem Faschingskerl. Wat kütt, dat kütt! Helau!«, verabschiedete sich Struller und summte beim Verlassen des Büros den Narrhallamarsch.

Jensen schüttelte den Kopf und dachte kurz daran, in der Kantine einen frischen Kaffee zu trinken, entschied sich aber dagegen, denn in der Kantine würde er auf eines seiner kleineren, an den Fingern beringten und mit einem frischen Tattoo ausgestatteten Probleme stoßen. In dieser Sache musste ihm unbedingt noch eine Lösung einfallen. Er ging deshalb an die Kaffeemaschine, als es klopfte. »Herein!«, rief Jensen, den Becher mit Kaffee schon in der Hand. Er erwartete die Kollegen mit der braunen Kutte aus dem Labor. Aber da kam keine Kutte. Auf jeden Fall keine braune. Wenn überhaupt, dann eine grüne. Und der Kollege, der drinsteckte, schob verschmitzt grinsend eine ältere Dame ins Büro.

»Christian«, sagte die Dame.

»Oma?!«, rief Jensen und verschlabberte seinen Kaffee.

Der Kollege grinste immer noch.

»Die junge Dame wurde in der S-Bahn nach Wuppertal gefunden. Sie war dem Schaffner aufgefallen, weil sie das zweite Mal in Richtung Schwebebahn unterwegs war. Sie sagt, sie müsse ihren Enkel besuchen, der ein ganz hohes Tier bei der Düsseldorfer Kripo sei. Und, Kollege, da haben wir sofort an dich gedacht, wo du doch Praktikant von der Fachhochschule bist.«

Jensen wurde knallrot und zog seine Oma ins Büro.

»Danke, Kollegen!«

»Nicht dafür!«

Jensen schloss kopfschüttelnd die Bürotür. »Mensch, Oma! Was machst du hier?«

Oma Jensen hatte sich schon umgeschaut und war dabei, ihren flotten Mantel über Strullers Stuhl zu hängen. Eine Todsünde. Aber das konnte sie ja nicht wissen.

»Ich wollte mir die Vorbereitungen zur Bambi-Verleihung ansehen und dich bei der Gelegenheit mal auf der Arbeit besuchen, Junge. Stell dir vor: Ich durfte sogar schon mit einem Polizeiauto fahren.«

»Hm«, knurrte Jensen und legte Omas Sommermantel erst mal auf seinen Schreibtisch. »Und, hat es Spaß gemacht?«

»Oh, ja, die Leute haben ganz interessiert geguckt. Vielleicht haben sie gedacht, ich hätte bei REAL geklaut. Ich habe denen die Zunge rausgestreckt. Die denken bestimmt, ich bin eine ganz Gefährliche ...«

»Du *bist* eine ganz Gefährliche!«

Oma rümpfte die Nase. »Puh, hier ist es aber warm. Läuft etwa die Heizung?«

»Äh, ja. Die ist kaputt und läuft immer.«

»Was ist das denn für ein Bild? Hast du das gemalt? Das ist aber nicht schön. Früher hast du schönere Bilder gemalt. Auch bunte!«

»Oma, ich muss arbeiten. Gleich kommt jemand zur Vernehmung ...«

»Ein Mörder?« Oma riss die Augen auf und leckte sich sensationslüstern die Lippen. »Darf ich dem auch ein paar Fragen stellen? Wie man sich fühlt, wenn man das Lebenslicht eines anderen mit einem kalten Lächeln im Gesicht auspustet ...«

Jensen schüttelte den Kopf. »Besser nicht, Oma. Das ist einer, der keinen Spaß versteht. Der ist in einem Karnevalsverein.«

»Und wen hat er umgebracht? Das Funkemariechen?«

»Er hat gar niemanden umgebracht. Wahrscheinlich.«

»Ihr könnt ihm also nichts nachweisen? Dann müsst ihr ihn foltern. Das hilft immer!«

»Möchtest du einen Kaffee, Oma?«

»Nein, mein Junge, aber ich würde mal gerne eure Toilette benutzen.« Sie öffnete einen Büroschrank.

»Äh, Oma, die Toiletten sind auf dem Flur.«

Es klopfte schon wieder, etwas energischer. Jensen hatte nur eine Oma und rief relativ entspannt: »Herein!«

Die Tür ging auf und Rudolf Peter, der lustige Vorsitzende der Bösen Jungs Bilk trat ein. Er trug wieder kein Clownskostüm. Seinem Gesichtsausdruck nach hatte er auch keinen gefrühstückt. Den Bart und die Augenbrauen hatte er dagegen fein nach oben gebürstet. »Morgen!«

»Guten Morgen, Herr Peter. Kommen Sie rein, nehmen Sie Platz. Schön, dass Sie sich kurzfristig doch noch bisschen Zeit für meine Fragen nehmen konnten.«

Jensens Oma musterte den Neuen mit eng zusammengekniffenen Augen. Der sah gar nicht aus wie ein Totschläger. Aber das taten die beim Tatort anfangs auch nie. Und da hatte Oma Jensen eine außerordentliche Trefferquote. Irgendwoher musste ihr Enkel das ja auch haben.

Peter ließ sich in einen Bürostuhl fallen, den mit der fehlenden Seitenstütze. »Bilden Sie sich nichts ein! Eine befreundete Staatsanwältin, Frau de Baron, bat mich, diesen Termin wahrzunehmen. Ich habe ihr erklären müssen, warum Sie, Herr Praktikant Jensen, in dieser unsäglichen Sache eine peinliche, schriftliche Aufforderung für erforderlich hielten. Ich denke, Sie werden in der Sache noch etwas von Ihrer Ermittlungschefin hören«, knurrte Peter.

Oma wechselte die Farbe, wie Jensen feststellte. Den Ton ihrem Neffen gegenüber fand sie offensichtlich völlig unangebracht! Jensen reagierte schnell. »Oma, äh, Frau ... Jensen, äh, du musstest doch wohin.«

»Ich? Ach, ja, Herr ... Polizeikommissar. Ich wünsche Ihnen viel Erfolg. Nageln Sie den Verbrecher fest. Wenn Sie ihn schlagen, ich habe nichts gesehen! Ich bin mir sicher, Sie werden es sehr, sehr weit bringen!« Sie warf mit einem abwertenden Blick auf den potenziellen Mörder ihren Kopf in den Nacken.

»Die ... Räumlichkeiten sind gleich rechts um die Ecke. Einfach rechts rum und dann siehst du es schon«, erklärte er und hoffte, dass Oma sich nicht wieder in Richtung Wuppertal aufmachte.

Oma Jensen warf Peter einen letzten verächtlichen Blick zu und Rudolf Peter zuckte zusammen. Oma konnte sehr verächtlich gucken.

Dann konzentrierte Jensen sich auf die Vernehmung. »Herr Peter ...«

»Ich habe nicht viel Zeit!«

»Es ist doch erst September. Hoppeditz schläft noch zwei Monate.«

Peter musterte sein Gegenüber. »Wenn Sie meinen, mich auf den Arm nehmen zu können, sind Sie schief gewickelt, Junge. Ich bin nicht irgendein Karnevalspopanz, sondern Vorsitzender eines angesehenen, seriösen Karnevalsvereins mit einer Tradition, die über zweihundert Jahre zurückreicht.«

Hoffentlich sind die Witze auf euren Kappensitzungen frischer, dachte Jensen, behielt das aber für sich.

»Es geht um Ihr Vereinslogo.«

»Der Haken.«

»Genau, der Teufelshaken, auch als Satansgabel bekannt. Im Okkultismus ist dieser Haken als Symbol für den Meister Saturn bekannt, den Herrscher über die finsteren Mächte.«

Peter nickte. »Stimmt. Und in Düsseldorf kennt man ihn darüber hinaus als Vereinslogo der Bösen Jungs. Haben Sie mal überlegt, woher wir unseren Namen haben? Unser Verein hat sich in einer Zeit gegründet, als die Menschen durchaus noch an den Teufel glaubten. Und an Gott. Unsere Vereinsgründer hatten zu beiden eine gewisse Distanz.«

»Zu Gott?«

»Ursprünglich hatte unser Verein etwas Ketzerisches. Die Gründung des Vereins war eine Reaktion auf die immer stärker werdende Kirche mit Sitz in Köln. Das hat sich natürlich gelegt. Das mit der Kirche, nicht das mit Köln. Das Logo ist allerdings geblieben, aus alter Tradition.«

»Sie sind also gar nicht mehr böse?«

»Sie wollen mich schon wieder verscheißern?«

»Auf keinen Fall. In einem Mordfall sind wir auf das Symbol Ihres Vereins gestoßen ...«

»Sie meinen, Sie sind über den Teufelshaken auf uns gekommen? Das ist was anderes. Muss nämlich gar nichts mit unserem Verein zu tun haben.«

»Nichts muss, aber alles kann. Deshalb die Frage: Kennen Sie einen Peter Kleinfeld?«

»Ist das die Person auf dem Foto, das Sie mir zeigten? Nein, der Name sagt mir nichts.«

Jensen schob Omas flotten Popelinmantel zur Seite und entnahm einer darunter liegenden Mappe den Abzug des Fotos von Peter Kleinfeld, das Giesler in der Höhle gemacht hatte.

»Gucken Sie ihn sich noch einmal an. Hier ist das Licht besser.«

Peter nahm das Foto in seine Linke und setzte sich umständlich mit der rechten Hand eine kleine Lesebrille auf die Nase. Er schüttelte den Kopf. »Nie gesehen, kenne ich nicht.«

»Auf jeden Fall kein Vereinsmitglied?«

»Auf jeden Fall keines unserer Mitglieder. Wie gesagt: Die leben alle noch!«

»Ich hoffe natürlich, dass das so bleibt. Ich brauche gleichwohl eine Mitglieder ...«

Peter hatte die Brille in seiner Jacke versenkt und eine Liste in Klarsichtfolie hervorgezogen. »Frau de Baron, die mit mir befreundete Staatsanwältin, bat mich, eine Liste zusammenzustellen. Dem bin ich gerne nachgekommen. Wenn es der Wahrheitsfindung dient.« Er warf mit hochgezogenen Augenbrauen einen Blick auf Oma Jensens Mantel auf dem Schreibtisch. »Die Wahrheitsfindung ist in Ihren Händen – und wie ich annehme, in denen Ihrer Großmutter – sicher sehr gut aufgehoben.« Mit einem süffisanten Grinsen in den Mundwinkeln stand er auf. »Das war es dann? Ich hoffe, diese fixe Karnevalsidee war nicht Ihre einzige Spur. Ich wünsche: Gutes Gelingen bei all Ihren Dingen!«

Jensen stand ebenfalls auf.

»Wir werden was Gutes – zustande bringen!«

Peter holte Luft, schnaubte kurz und fragte mit zusammengekniffenen Augen: »Sie sind hier doch nur der Praktikant, oder? Dafür riskieren Sie eine ganz schön dicke Lippe! Ich bin mir sicher, Sie bekommen demnächst was drauf. Auf die Lippe, meine ich. Wiedersehen!«

Rudolf Peter riss die Tür auf und stieß fast mit Mark Giesler zusammen, der die Kutte bringen wollte.

Jensen blickte dem Mann hinterher. Er gab es nur ungern zu, aber Struller hatte wohl nicht ganz unrecht: Die Karnevalisten waren nicht unclever und hatten eindeutig ihre eigene Art von Humor.

Giesler räusperte sich. »War das der Peter?«

»Ja. Kennst du den?«

»Große Nummer im Düsseldorfer Karneval. Ganz dicke mit dem Oberbürgermeister und dem Polizeipräsidenten. Hat irgendwas mit der Staatskanzlei zu tun. Ist nicht direkt der Innenminister, aber so was Ähnliches.«

Jensen schluckte und nahm das Päckchen entgegen, das Giesler ihm entgegenhielt.

»Die Kutte. Leinen, alter Stoff, letztes Jahrhundert. Sicherlich eine Nachbildung, aber eine vor längerer Zeit gemachte. Das kann man an den verwendeten Fäden erkennen, frag mich nicht, aber so ist es. Wir haben Blutspuren gesichert, allerdings nur wenig. DNA gecheckt, alles vom Opfer. Dann noch ein paar Faserspuren, die wir noch analysieren. Nichts Spektakuläres, keine Fingerabdrücke und im Etikett stand kein Name, kleiner Scherz.«

Jensen nickte. »Okay. Darf man das Teil bei vierzig Grad waschen?«

»Ja, aber wie beim Sex vor der Ehe: nur mit der Hand«, grinste Giesler und verschwand wieder.

Jensen musterte das zusammengelegte, braune Kleidungsstück und nahm es aus der Klarsichtverpackung. Er faltete es auf dem Bürotisch auseinander. Simpler Schnitt. Im Grunde genommen: ein Vorderteil, ein Rückteil. Das Rückenteil wurde leicht überlappend mit Schleifen an den vorderen Teil geknotet. Dazu eine Kapuze. Eine große Kapuze.

»Hm. Wie das wohl aussieht …?«

Die beim Landeskriminalamt hatten das Teil zwar chemisch bearbeitet, aber es roch so muffig, als habe es drei Jahrzehnte bei Oma oben auf dem Speicher zwischen den alten Klamotten von Ur-Oma Jensen gelegen. Zusammen mit den Mottenkugeln. Übel!

Aber die Neugier siegte. Blitzschnell schälte Jensen sich aus seinem Ben-Sherman-Hemd – drunter trug er nichts – und rutschte hinein. Bequem war das Teil. Vielleicht eine Nummer zu groß. Die Ärmel waren im Ansatz tief geschnitten und brachten eine Menge Bewegungsfreiheit. Er zog die Stoffflaschen nach vorne und machte eine Schleife, um das hintere am vorderen Teil zu befestigen.

Das hielt. Prima. Und jetzt noch die Kapuze auf.

Er warf seinen Körper nach hinten, dann nach vorne und zog die Kapuze über seinen Kopf. Das war eine riesige Kapuze, die allerdings seinen Blickkreis nach rechts und links erheblich einschränkte. Dafür war er aber jetzt von der Seite nicht zu erkennen.

Auch nicht für Struller, der in diesem Moment die Tür hereinkam. »He, wer sind Sie?«

Jensen drehte sich in seine Richtung und bemerkte irritiert, dass eine Hand Strullers auf dem Schulterholster lag. »Ich bin es.«

»Was, um Himmels willen, machst du da?«

»Ich probiere die Kutte an.«

»Das sehe ich. Aber warum?«

»Ich versetze mich auf diese Art und Weise mental in die Opferrolle, um mich besser und offener in den Fall eingeben zu können.«

Struller warf sich in seinen Bürostuhl. »Aha. Das ist natürlich Unsinn. Was ist das für ein Mantel auf deinem Schreibtisch?«

Jensen fuhr herum. »Oma!« Sein Blick fiel auf die Wanduhr. Mehr als eine halbe Stunde war die jetzt schon weg. Die konnte überall sein. »Oma!«, rief Jensen und riss die Tür auf.

Struller schrie auch: »He, warte, mir ist da was aufgefallen ...«

»Oma ist weg. Ich muss sie suchen!« In voller Montur sprintete Jensen auf den Flur. Oma Jensen vom Land in einem verwinkelten Polizeipräsidium, das konnte nicht gut gehen! Da war *Kevin allein in New York* nichts dagegen. Aufgeregt riss er die Tür der Damentoilette auf.

Ein Schrei!

Direkt vor ihm sank eine uniformierte Kollegin ohnmächtig zu Boden. Jensens Blick fiel in den Spiegel gegenüber. Klar. Die Kutte.

* * *

Oma Jensen war begeistert. Das Düsseldorfer Polizeipräsidium war total interessant. Ein eindrucksvolles Gebäude, keine Frage. Von einem weiten, offenen Rondell gingen mehrere weiß gestrichene, hohe Gänge ab.

»Mein Gott, ist das groß hier. Wie wissen die Polizisten bloß alle, wo sie überhaupt hin müssen?«, murmelte sie vor sich hin.

Hinter den verschlossenen Türen wurden gerade gemeine Gauner, üble Brandstifter und charakterlose Mörder hart vernommen. Herrlich. Das war besser als Fernsehen. An eine der Türen hatte sie kurz ihr Ohr gedrückt und gelauscht, aber leider nichts verstehen können. Reingehen wollte sie nicht. Ging sie ja auch nichts an …

Die Bilder einer Kunstausstellung an den Wänden bewundernd, schlenderte sie in den nächsten Gang. Hoppla, was war das? Eine schwere, offenstehende Tür, die aussah, als ob sie sonst immer verschlossen sei. Eine Kamera hing über dem Eingang, eine Gegensprechanlage befand sich an der Wand.

»Bestimmt ein geheimer Bereich«, flüsterte Oma Jensen erregt und ging zügig hinein.

Durch eine zweite Tür betrat sie einen großen Raum. Mensch, war hier eine Hektik, stellte sie aufgeregt fest. An mehreren, großen Einsatztischen mit riesigen Bildschirmen saßen Männer und Frauen, die teilweise futuristische Sprechanlagen trugen. Alle redeten gleichzeitig mit ernster Miene, und sie fing Worte auf wie »Überfall«, »Sprengstoff«, »verdächtiger Koffer«. Die Anspannung war mit den Händen greifbar.

»Ja, Sie haben doch schon drei Mal angerufen. Natürlich kommt gleich einer vorbei und befreit ihr Kätzchen aus dem Baum! Überall in der Stadt ist die Hölle los. Ein Streifenwagen hat einen Platten, der zweite antwortet nicht und der dritte steht so weit weg, dass wir gleich einen aus München anfordern können.«

Wütend warf der Polizist seinen Telefonhörer zurück in die Gabel und drückte am Computer ein paar Tasten. Der Mann stand offensichtlich unter Stress. Da konnte Oma Jensen helfen. Sie trat von hinten an ihn heran und legte ihm beruhigend eine Hand auf die Schulter. Der Polizist zuckte erschreckt zusammen.

»Nicht aufregen! In der Ruhe liegt die Kraft.«

»Stimmt, aber wo kommen Sie denn her? Das ist hier nichtöffentlicher Bereich.«

»Die Türen standen offen.«

»Ach so. Wir haben sie offen gelassen, weil unsere Klimaanlage kaputt ist.«

»Sie dürfen sich nicht so aufregen. Mein Schwippschwager Herrmann hat sich auch immer so aufgeregt und ist dann beim Kegeln auf der Bahn einfach tot umgekippt.«

»Ja, aber manchmal ist es echt schlimm.«

»Mein Junge, haben Sie eine kleine Küche?«

»Ja, gleich nebenan. Wieso?«

»Ich mach euch allen hier mal einen leckeren, feinen Tee zur Beruhigung. Das ist auch gut für die Stimme.«

* * *

Jensen atmete heftig durch. Die Kollegin hatte er mit ein paar vorsichtigen Ohrfeigen wieder ins Diesseits geholt. Sie musste alleine klarkommen, er hatte Oma Jensen zu suchen, bevor die was anstellte oder alle strubbelig machte. Er ging systematisch vor und zwar von Büro zu Büro.

»Haben Sie eine ältere Dame gesehen, gelbe Sommerbluse, grauer Rock, Brille? Nein? Dann entschuldigen Sie bitte die Störung.«

Im siebten Zimmer wurde er aufgehalten. »Einen Moment noch, Herr Jensen«, rief Yvette de Baron ihn zu sich. »Sie wissen schon, dass Sie nicht unbedingt repräsentativ gekleidet sind.«

»Äh ... das ist die Kutte des Toten aus der Höhle in Mörsenbroich.«

»Sie tragen die Kutte eines Toten?«

»Ja, ich wollte wissen, wie das ist ...«, stammelte Jensen und wurde rot.

»Kleidung eines Toten zu tragen?«

»Nein, die Kutte.«

»Aha. Ich würde es vorziehen, Sie würden die Beweismittel in der Asservatenkammer lassen und sich bei der Oberbekleidung auf Hemd, T-Shirt oder Polohemd beschränken.«

De Baron musterte ihn, als hätte sie ernste Zweifel, dass es richtig war, diesen Praktikanten aus Kleve gegen die Pferdekontingente zu tauschen.

»Äh ... ja«, stammelte Jensen und schloss die Tür.

* * *

So, die waren versorgt. Oma Jensen stand wieder im Rondell. Sie hatte ja schon ein paar Fragen, die sie an kompetenter Stelle anbringen wollte. Ah, da kam ein Mann gelassenen Schrittes um die Ecke.

»Hallo, entschuldigen Sie bitte. Wer ist hier eigentlich der Chef vom Ganzen?«

Der Mann lächelte freundlich. »Genau genommen ist es Richard, unser Pförtner. Ansonsten bin ich das, ich bin der Polizeipräsident.«

»Prima, mir ist da einiges aufgefallen, und ich habe verschiedene, recht gute Verbesserungsvorschläge.«

Der Mann blickte auf seine Armbanduhr.

»Das trifft sich gut, ich habe bis zur nächsten Besprechung ein Viertelstündchen Zeit. Bei der letzten Umstrukturierung ist nicht alles optimal gelaufen, ein paar Nachbesserungen könnten auf den Weg gebracht werden. Wissen Sie was? Wir trinken am besten schnell eine leckere Tasse Kaffee in meinem Büro.«

* * *

Jensen blickte über die Flure. Nachdenken, Christian, nachdenken! Wo würde Oma jetzt hingegangen sein? Sein Blick fiel auf die offenstehende Tür zur Einsatzleitstelle.

Das sah spannend aus. Da wird sie sein!

Jensen eilte den schmalen Gang entlang und betrat den großen Einsatzraum. Coole, relaxte Gesichter hingen lässig in bequemen Stühlen und plauderten entspannt mit den Bürgern oder scherzten locker mit den Kollegen über Funk. Einen der

Männer, der entrückt an einer Tasse Tee nippte, sprach er an.

»Hallo!«

»Hallo ... Kapuzenmann.«

»Hast du eine ältere Dame in gelber Sommerbluse und grauem Rock gesehen?«

»Oma Jensen?«

»Ja«, frohlockte deren Enkel.

»Ja. Die hat uns diesen leckeren Tee gemacht. Keine Ahnung, was die da reingemischt hat. Sie hat noch die ganzen leeren Kaffeetassen weggeräumt, zwei Abfalleimer geleert und ist dann wieder weg. He, wo willst du denn so schnell schon wieder hin?«, rief ihm der Kollege hinterher. »Nicht aufregen! In der Ruhe liegt die Kraft.«

* * *

Das war aber ein nettes Gespräch, dachte Oma Jensen. Ein freundlicher Mann. Was der alles um die Ohren hatte, Junge, Junge. Aber sie hatte ihm ein paar gute Tipps geben können, das würde schon werden.

Oma Jensen schlenderte die breite Treppe hinunter. Hoppla, da kamen ihr aber zwei richtig gut gebaute Polizisten in dunkelgrüner Einsatzmontur entgegen. Das waren aber Figürchen, Respekt. Die beiden Herren konnte sich Oma Jensen auch mit freien Oberkörpern in einer verschwitzten Altstadtkneipe vorstellen.

Oma Jensen hatte keine Probleme mit Erotik im Alter! Auch der Herbst hatte schöne Tage! Einen ansehnlichen Männerkörper wusste Oma Jensen schon immer zu schätzen. Ja, sicher: Bei den Treffen der Herongener Landfrauen in der Goldenen Traube ging es auch immer ganz gut ab!

Hoppla? Jetzt war sie, derartig abgelenkt und in Gedanken schwelgend, wohl zu weit gegangen und im Keller rausgekommen. Hier war es aber dunkel. Und wieder Kunst. Transparenz und Schatten. Aha.

»Kann ich Ihnen helfen?«, wurde sie von hinten angesprochen.

»Huch, haben Sie mich aber erschreckt.«

»Ich bin ganz harmlos«, sagte der Mann, der einen riesigen Bart im Gesicht trug. »Die Führung durch unsere Dauerausstellung ist erst heute Abend um 19.30 Uhr.«

»Och, schade, dann bin ich schon wieder in Herongen.«

»Na ja, ich hab ein bisschen Zeit. Ich kann ja das ein oder andere mal kurz erläutern ...«

* * *

Wieder im Rondell ließ Jensen den Blick kreisen. Wohin jetzt? Ein Sachbearbeiter, der sich nicht traute, den dauernd ratternd kreisenden Paternoster zu nutzen, stand wartend am Aufzug.

»Hallo. Hast du eine ältere Dame gesehen, die hier rumläuft?«

»Trägt sie eine gelbe Bluse und einen grauen Rock?«

»Ja.«

»Die habe ich nicht gesehen.«

»Kollege!«

»Kleiner Scherz. Sie war beim Polizeipräsidenten und hat mit ihm Kaffee getrunken.«

»Kollege, bitte. Mir ist nicht zum Spaßen zumute.«

»So siehst du in deiner Tracht aber aus. Und das war kein Scherz. Ich komme gerade vom Präsidenten und hab den dort mit deiner älteren Dame gesehen. Sie haben sich prima unterhalten.«

»Okay«, murmelte Jensen und setzte sich in Bewegung. Polizeipräsident ... Hoffentlich unterbreitete Oma ihm nicht ihre Vorschläge zur modernen Folterung. Der Präsident hatte sein Büro im Präsidentenflügel. Hier war es weniger hektisch als anderswo. Und ruhig. Seriöse Gelassenheit wurde hier ausgestrahlt. Ein normaler Polizist wie er verirrte sich nicht oft hierhin.

Andächtig setzte Jensen Fuß vor Fuß und ruckelte die Kutte zurecht. Dann hatte er die Tür erreicht.

Seriöse Gelassenheit ...

»Hm.«

Auf der anderen Seite der Tür wurde herzhaft gelacht. Gute Stimmung. Vielleicht hatte Düsseldorf bei der jüngsten Kriminalitätsstatistik Köln weit hinter sich gelassen. Jensen strich sich die Haare glatt, klopfte und trat ein. Im Büro erwarteten ihn der Polizeipräsident und seine Sekretärin.

Der Präsident schlug sich mit der Hand vor die Stirn. »Dass wir da nicht selbst drauf gekommen sind!« Dann bemerkte er Jensen. »Äh, ja, bitte?«

»Hallo. Ich suche eine ältere Dame, gelbe Sommerbluse ...«

»Frau Jensen?«

»Genau.«

»Die ist vor drei, vier Minuten raus. Die wollte nach unten. Äh, und wer sind Sie?«

»Ein Praktikant, ich bin eigentlich in Kleve, aber dann doch hier in Düsseldorf. Kurzfristig. Äh, ... quasi zugeordnet, zur Unterstützung ... dringend erforderlich«, stotterte Jensen leise.

Beim hastigen Zuziehen der Präsidententür bemerkte Jensen in des Behördenleiters Augen einen beunruhigten Blick.

Vermutlich kam er gerade zu der Überzeugung, dass bei der Personalverteilung zur neusten Umstrukturierung doch mehr schiefgegangen war, als er sich das hatte vorstellen können. Wenn jetzt schon merkwürdige Kollegen aus Kleve in Kutte hier Dienst taten ...

* * *

In der Kantine hatte Oma Jensen sich bei einer netten, jungen Dame mit ganz vielen Ringen an den Fingern einen leckeren Kaffee gekauft. Die wäre doch was für Christian, wo der doch immer noch keine feste Freundin hatte, dachte Oma Jensen. Das wurde langsam Zeit, sonst blieb der über!

Sie drückte eine schwere Tür auf und stand im Freien, in einem Innenhof mit vielen Streifenwagen. An der Wand neben einer breiten, ausgetretenen Steintreppe hing ein Hinweisschild:

Polizeigewahrsam

»Aha, hier sitzen die Verbrecher!«

Entspannt ließ sie sich auf einen durch die zahlreichen Einparkkünste der Beamten schiefstehenden Steinpoller sinken und genoss die übers Gebäude in den Innenhof hineinfallenden Sonnenstrahlen. Über die Treppe zu ihr kommend, gesellte sich ein Mann an ihre Seite.

»Na, gute Frau, was sitzen Sie denn hier im Hof alleine rum?«

»Mein Enkel hat mich quasi eingeladen, damit ich mir Düsseldorf angucken kann, aber jetzt ist er weg, tja ... Der ist sonst nicht so«, beteuerte Oma Jensen.

»Ja, man gerät manchmal in komische Situationen. Nicht alle, die bei uns im Gewahrsam landen, sind schlechte Menschen. Aber wir haben hier keine Besuchszeiten. Besuchen geht erst, wenn unsere Kandidaten in die Justizvollzugsanstalt verlegt worden sind.«

»Aha«, verstand Oma Jensen nicht ganz, schaute auf die Armbanduhr und stellte fest, dass sie schon viel zu lange unterwegs war. »Huch. So spät. Ich muss unbedingt zu meinem Enkel.«

Der Kollege in Uniform fasste sich ein Herz.

»Na ja, kommen Sie mal mit. Der Richter hat gerade Bereitschaft und ist bei uns im Gewahrsam, da fragen wir ihn mal, ob wir im Falle Ihres Enkels eine Ausnahme machen können.«

»Ausnahme machen? Ich weiß nicht, klingt aber nett.«

»Ach, übrigens, ich bin der René.«

»Lieselotte Jensen, ich komme aus Herongen.«

»Ah, kenne ich. Das ist am Niederrhein, oder?« René führte Oma Jensen die Steinstufen hoch.

Oben erwartete sie ein großer, breiter Kollege. »Wen hast du denn da Nettes mitgebracht?«

»Lieselotte Jensen aus Herongen«, erklärte René, und der muskulöse Kollege, den alle Psycho nannten, hielt den beiden freundlich die Tür auf.

»Sie muss ihren Enkel sprechen. Der Name Jensen ist mir unter den Zugängen gar nicht aufgefallen, aber das überprüfe ich gleich schnell.«

An einer Art Empfangstresen stand ein Mann und füllte ein Formular aus.

René erklärte: »Das ist übrigens der Henker.«

»Henker? Aha, Polizeigewahrsam … Hier werden die Geständnisse erfoltert? Interessant.«

Der Mann am Formular verdrehte lachend die Augen. »Nein, nein, wir foltern hier nicht. Mehr. Ich bin auch nicht der Henker, sondern der zuständige Ermittlungsrichter.«

»Och«, machte Oma Jensen enttäuscht und strich mit einem Finger über die Türleiste. Ihr war nämlich aufgefallen, dass Teile dieser sicher hochinteressanten Örtlichkeit dringend einer gründlichen Reinigung unter fachkundiger Aufsicht bedurften.

Und ein bisschen unaufgeräumt war es hier auch ...

* * *

Jensen überlegte kurz. Wenn Oma nicht oben war, musste sie unten sein. Er raffte die Kutte hoch, hastete die Treppe runter und landete im hellen Eingangsrondell.

»Eingang ... Ausgang.«

Nicht, dass Oma das Gebäude verlassen hatte und schon wieder auf dem Weg nach Wuppertal war. Oder nach Himmelgeist. Im Eingangsbereich standen zwei Kolleginnen und rauchten ein schnelles Kippchen. »Huch«, schreckten sie zurück.

»Sorry, ich bin ein Kollege.«

»Ist ja nicht schlimm, aber du solltest was an deinem Outfit tun.«

»Ermittlungen ... Äh, steht ihr schon lange hier?«

Die beiden Kolleginnen guckten sich fragend an.

»Hm, wie lange? Wir haben kurz über die neue Freundin vom Maggi gesprochen, dann über Andreas neue Tasche.«

»Ich habe dir von der tollen Hello-Kitty-Uhr erzählt und dir meinen neuen Handyton vorgespielt.«

»Genau. Der ist toll. Dann die Sache mit Lilys Schuhen.«

»DSDS hatten wir kurz angerissen. Und Brocks neue Lesebrille. Damit sieht er älter aus. Und das mit Andy.«

»Ja, das ist ein dickes Ding.«

»Die Hochzeit von Anni und Zack, Pingel und die Sache mit dem Bademantel, das Neuste von Robbi, dann die neue, blaue Uniform und alles zur letzten Beförderungsrunde.«

Die Kollegin schürzte abschließend die Lippen.

»Na, so knappe fünf, sechs Minuten stehen wir schon hier.« Jensen hatte sich zur Ruhe gezwungen und geduldig zugehört. »Ist hier eine ältere Dame herausgekommen?«

»Nee, nur zwei knackige Jungs vom Spezialeinsatzkommando, sonst keiner.«

Jensen nickte. »Okay, wenn eine ältere Dame kommt, gelbe Bluse, grauer Rock, bitte unbedingt festhalten.«

Jensen ging wieder zurück ins Gebäude. Sein Blick fiel auf die schwere Tür, durch die man in den Innenhof gelangte, der zum Gewahrsam führte. Hm. Warum nicht? Vielleicht war sie dort. Schnell ging er los, die Tür zum Gewahrsam stand offen.

Er ahnte, dass er auf der richtigen Spur war, als er sah, dass René, mit einem geblümten Kittel bekleidet, gerade dabei war, die kleinen Ausstellfensterchen des Eingangsbereichs zu wischen. Im Hintergrund entdeckte er einen weiteren Kollegen, der mit einem feuchten Mob eifrig die Fliesen schrubbte. Ermittlungsrichter Thelen, bekannt als scharfer Hund, stand an der Spüle. Eine Kollegin trocknete ab. Franz, das Urgestein im Gewahrsam, schrubbte mit einer Bürste über die Türrahmen.

Sie taten es alle gleichmäßig im Takt, denn es lief Musik. *Hot Stuff* von Donna Summer.

* * *

»Hu, gruselig«, kicherte Oma Jensen, die sich in den Paternoster getraut und zwei Runden durch das Polizeipräsidium gerattert war. Am oberen und unteren Ende wurde es ruckelig und dunkel. Spannend! Das war wie ein Abenteuerurlaub. Um Längen besser als jede Kaffeefahrt!

Und alle waren hier so nett. Und dankbar. Die Jungs im Polizeigewahrsam hatten sich richtig gefreut, dass sie mal gezeigt bekamen, wie man seine Räumlichkeiten effektiv säubert und langfristig sauber hält. Und dass mit ein bisschen Musik alles besser von der Hand ging.

Sie schüttelte den Kopf. Obwohl sie sich gewundert hatte, dass ihr Vorschlag, auf die Gefangenen zurückzugreifen, keinen Anklang gefunden hatte. Sklaven hatten früher auf den Schiffen doch auch die Decks schrubben müssen. Alles ein bisschen weich hier ...

Sie hatte seit einigen Minuten keine Menschenseele mehr gesehen. Hier in diesem scheinbar endlosen Gang roch es muffig nach abgestandener Luft. So, als ob hier schon ein paar verhungert wären. Sie fürchtete, wohl doch ein bisschen die Orientierung verloren zu haben. An dem in einer Ecke liegenden Feuerlöscher mit defekter Halterung kam sie mindestens schon das zweite Mal vorbei.

Unheimlich. Es war auch kaum noch was zu hören. Aus der Ferne drang ein Geräusch an ihr Ohr. In regelmäßigen Abständen hörte sie unregelmäßige Klopfzeichen. Wollte da ein Verirrter auf sich aufmerksam machen?

Oma Jensen bemerkte einen dicken Kloß im Hals und dass sie ihre Schritte beschleunigt hatte. Sie wollte jetzt aber wirklich wieder zurück zu Christian! Wer wusste schon genau, welche untoten Mördergeister hier in diesen finsteren Kellern ihr seelenloses Unwesen trieben?

Da! Eine Tür. Und am unteren Rand drang ein heller Lichtschein in den Flur. Licht! Da war jemand.

Sie drückte leise die Klinke runter und schob vorsichtig die Tür auf. Die aber plötzlich furchtbar knackte und einen Mann erschreckte, der hochfuhr und seine gerade gebaute Patronenpyramide zum Einsturz brachte.

»Verdammt, ständig kommt jemand! Äh, hallo! Wer sind Sie denn?«

»Lieselotte Jensen aus Herongen, sind das echte Patronen?«

Der Mann riss die Augen auf, öffnete eine Schublade und wischte mit einer Handbewegung alle Patronen hinein.

»Welche Patronen?«

Aber Oma Jensen hatte an den Wänden und in den Regalen mehrere Werkzeuge entdeckt. Sie hatte es hier offensichtlich mit einem technisch versierten Menschen zu tun. Und ihr war da was eingefallen …

* * *

Jensen machte sich jetzt wirklich Sorgen. Wie sah das denn aus, wenn er eine Vermisstenanzeige aufgeben musste, weil ihm seine Oma im Polizeipräsidium abhanden gekommen war?! Vielleicht war ihr ja was zugestoßen …

Zugestoßen? Er schlug sich vor die Stirn, natürlich! Die Sanitätsstelle. Jensen spurtete los, er war gar nicht weit weg, erreichte die gläserne Durchgangstür, die aber verschlossen war. Ein Schild erklärte, warum:

Heute geschlossen. Der Arzt ist krank.

Okay. Sein hektischer Blick wanderte zum Ende des Gangs. Dort befand sich eine Tür zum alten Garagenhof.

* * *

Oma Jensen war sich nicht sicher. Hatte der freundliche Herr Böller jetzt linksrum oder rechtsrum gesagt? Rechtsrum ging es auf jeden Fall ans Tageslicht. Oma Jensen stand in einer weiß gekachelten Waschstraße.

Plötzlich wurde ein VW-Bus mit hoher Geschwindigkeit zurückgesetzt, geradewegs auf sie zu. Natürlich, sie stand ja auch mitten in der Waschspur. Erschreckt schlug sie die Hände vors Gesicht. Nur noch wenige Meter...

Ein kräftiges Paar Hände riss sie zur Seite. Der Wagen rauschte haarscharf an ihr vorbei.

»Oma!«, schrie Jensen und hielt seine Großmutter im Arm.

Der Bus bremste auf den nassen Fliesen der Anlage rutschend in den Stand, die Tür wurde aufgeworfen, und ein Mann sprang hektisch heraus. »Oh, nein, ich habe Sie nicht gesehen! Oh Gott, bitte kein Unfall, ich habe schon so viel Dreck am Stecken.«

Oma Jensen löste sich energisch vom Enkel und schüttelte den Kopf. Sie hatte im letzten Krieg durchaus problematischere Zwischenfälle überstanden. »Junger Mann, bleiben Sie ruhig! Alles ist in Ordnung.«

Auch ihr Enkel guckte so komisch, stellte sie fest. Die waren aber auch alle nervös!

Jensen winkte dem Mann zu. »Alles klar, Kollege!«

Der Mann im grünen Blaumann schnaufte erleichtert. »Ein Unfall hätte mir noch gefehlt. Ich arbeite nämlich erst seit zwei Monaten hier in der Waschstraße und bin im Umgang mit der Technik noch nicht ganz geübt. Mein Name ist Spurtmann, Bertie Spurtmann. So viele Knöpfe, die kann man leicht verwechseln.«

»Immer gut aufpassen!«, erklärte Oma Jensen. »Das falsche Programm und schon wäscht es die Farbe vom Wagen. Oder aus grün wird blau, noch schlimmer!«

Spurtmann blinzelte, Jensen schob seine Oma mit festem Griff Richtung Tür.

* * *

»Du machst Sachen, Oma!«

Jensen schob seine Großmutter zurück in Strullers Büro.

»Ich habe nur nette Menschen hier getroffen. Ach ...« Sie entdeckte Struller, der mit dem kleinen Finger am Kopf vor seinem Spind stand. »Aber *das* ist ein Mörder, oder? Das sehe ich sofort. Die Augen, der Anzug und wie er sich im Ohr kratzt!«

Struller zog den Finger aus dem Ohr, die Augenbrauen zusammen und sagte: »Kollege, zieh dir die Kapuze über den Kopf!«

»Äh, sie ist ein bisschen groß.«

»Zieh dir die Kapuze über den Kopf!«

Jensen tat es verwirrt.

Oma Jensen verzog das Gesicht. Wieder gefiel ihr der Ton nicht. Hier meinten aber auch alle, mit ihrem Enkel den Molli machen zu können. Sie würde bei Gelegenheit mal zusammen mit ihrem neuen Freund, dem Polizeipräsidenten, was Grundsätzliches klären müssen!

Struller ging an seinen Bürospind und öffnete ihn so weit, dass Jensen sich im Spiegel, der auf der Innenseite des Schranks klebte, erkennen konnte.

»Und, Kollege, was siehst du?«

Jensen verstand nicht. »Äh ...«

Struller half ihm auf die Sprünge. »Stell dir vor, die Kutte wäre weiß!«

Jensen verschluckte sich. Die Kutte hatte keine abgerundete Spitze, sondern eine, die hoch und ganz spitz oben zusammenlief. Es war eine Kapuze, wie sie in Weiß getragen wird von Mitgliedern des ...

»Ku-Klux-Klan«, murmelte Jensen.

»Genau. Und deren Mitglieder hat doch neulich jemand in Flehe gesehen, du erinnerst dich? Die Frühbesprechung. Das ist kein Zufall. Da fahren wir direkt hin und fragen nach«, bestimmte Struller.

»Ku-Klux-Klan«, freute sich Oma Jensen und ballte die Fäuste. »Spannend, mein Junge. Kann ich da mitkommen? Ich hab in den Sechzigern schon gegen die Burschen demonstriert!«

Ihr Enkel hatte allerdings schon die Nummer der Wache Bilk ins Telefon getippt, in der Hoffnung, dass die beiden netten Polizisten, die Oma Jensen hergebracht hatten, sich noch mal kurz um sie kümmern könnten und sie in einen Zug Richtung Niederrhein setzen würden.

Er strich sich über die braune Kutte. Trotz aller Erfahrung, die sie auf diesem Gebiet zu haben vorgab: Seine Oma konnte er im Moment wirklich nicht gebrauchen.

* * *

Es öffnete ihnen ein junger Mann mit tiefen Augenringen, der einen nervlich leicht angegriffenen Eindruck machte. Wahrscheinlich ein Vater, dachte Struller. Also an seinem Schicksal selbst schuld, kein Mitleid!

»Meinen Sohn wollen Sie sprechen, der die Beobachtung mit der Zipfelmütze hatte?« Der Mann strich sich durchs stoppelige Gesicht und rief: »Justin!«

Ein Junge mit trotzigem Gesicht kam um die Ecke.

»Justin, kannst du dem Herrn Polizist mal sagen ...«

»Ich bin Dustin.«

»Äh, ich hatte Justin gerufen.«

»Weiß ich. Ich stand um die Ecke und wollte nur gucken«, murmelte der Junge und ging davon.

Struller fragte: »Justin und Dustin?«

Der Vater räusperte sich: »Meine Frau hatte die beknackte Idee, unseren eineiigen Zwillingen auch noch Namen zu geben, die man nicht auseinanderhalten kann. Als wäre das alles nicht schon schwierig genug.«

Ein baugleicher Junge mit den Händen in der Tasche kam um die Ecke. »Ja?«

»Justin, erzähl dem Mann von der Polizei doch mal, wie das war, damals mit dem Mann und der Mütze.«

»Polizisten finde ich doof.«

»Ja«, sagte Struller tonlos. »Erzähle es trotzdem!«

»Polizisten erzähle ich nichts! Geheimagenten finde ich gut.«

Jensen meldete sich zu Wort: »Ich bin Geheimagent und in dieser Sache der Polizei zugeteilt. Erzähle es mir!«

»Wer ist dein Chef?«

»M.«

»Und wer bist du?«

»Jensen. Christian Jensen.«

»Hast du schon mal jemanden umgelegt?«

»Selbstverständlich, mehrere, fürs Vaterland.«

»Okay. Wir waren am Rhein, und dann hab ich den Mann gesehen, wie der da so komisch angezogen hinter einem Busch hockte. Dann habe ich gerufen, und er ist weggelaufen.«

»Geht das ein bisschen ausführlicher?«, fragte Struller.

»Was kriege ich dafür?«

»Du darfst mal mit meiner Knarre schießen!«

»Auf meinen Bruder?«

Der Vater räusperte sich.

Jensen griff hastig ein. »Kannst du den Mann genauer beschreiben?«

»Großer Mann, brauner Umhang mit einer Zipfelspitze. Nicht so eine Schlumpfmütze, sondern wie der Killermönch.«

»Killermönch?«, fragten Jensen und der Vater gleichzeitig.

»Es gibt da einen Film, den haben Dustin und ich im Internet gesehen. Was ist eigentlich ein Peitscheninferno?«

»Später. Kannst du uns die Stelle mal zeigen?«

»Klar. Darf ich im Bullenwagen mitfahren und vorne sitzen?«

* * *

»Hier war das!«

Struller und Jensen wechselten einen bedeutungsvollen Blick. Das durfte doch alles nicht wahr sein! Sie standen am Rheinufer. Auf dem Fleher Deich. Kurz hinter der Fleher Brücke. Wenige Meter von einer Parkbank entfernt.

»Hier haben wir vor zwei Tagen ...!«

»Gestanden«, führte Jensen den Satz von Struller zu Ende.

»Darf ich jetzt schießen?«, fragte Justin.

Struller drückte dem Vater mitfühlend die Hand.

»Danke, Sie haben uns sehr geholfen. Klären Sie das mit dem Peitscheninferno!«

»Mache ich. Komm jetzt, Dustin«

»Justin!«, riefen Struller, Jensen und Justin gleichzeitig.

»Von mir aus«, knurrte der Vater und brachte seinen Sohn mühsam auf dem Rücksitz seines Kleinwagens unter. Baby an Bord. Jensen blickte den beiden hinterher.

»Von den Jungs hätten wir schon mal vorsorglich die Fingerabdrücke nehmen sollen.«

»Wahrscheinlich werden Justin und Dustin ganz brauchbare Polizisten.«

Struller blickte in die andere Richtung zur gegenüberliegenden Rheinseite und murmelte: »Man sollte viel öfter die Aussicht auf diesen großartigen Fluss genießen.«

»Es fehlt manchmal die Zeit.«

»Sollte man sich nehmen.«

Jensen strich sich eine Strähne hinters Ohr. »Ob es einen Zusammenhang gibt zwischen dem toten Junkie und unserem Toten aus der Höhle mit seinem Zeichen in der Handinnenfläche? Das kann doch kein Zufall sein, dass der Kapuzenmann ausgerechnet da auftaucht, wo wir kurz drauf einen toten Junkie finden.«

»Ich bin mir sicher, dass ein Zusammenhang besteht«, brummte Struller.

»Wieso? Wir sollten erst mal nach Spuren suchen.«

»Auf jeden Fall!«, erklärte Struller und deutete hinüber auf das andere Rheinufer.

»Der Tote hatte wirklich eine schöne Aussicht bei seinem Übergang in eine bessere Welt.«

Jensen folgte Strullers Finger und entdeckte auf der anderen Rheinseite das weiße Hinweisschild mit der schwarzen Schrift: Stromkilometer 733. Gleich daneben ein schwarzes Graffiti: der Teufelshaken.

* * *

Dunkel. Es war verdammt dunkel. Sein Schädel brummte wie ein verfluchtes Wespennest. Und die Knochen? Auch ohne sie zu bewegen ... Schmerz! Schlecht gelegen, dachte Torsten Bach. Na, besser als tot. Der Hals war trocken. Mit einem hohlen Schmatzen ließen sich seine Lippen mühsam öffnen. Pinkeln musste er auch.

Eins nach dem anderen.

Vorsichtig öffnete er seine Augen. Und rechnete nach. Um fünf macht das Bistro auf der Kö zu. Dann war er um halb sechs zu Hause gewesen, wenn er bis zum Schluss geblieben war. Er konnte sich nicht richtig erinnern. Komisch. Ein paar Stunden hatte er sicher gepennt, so gegen Mittag dürfte es jetzt sein.

Es blieb dunkel. Hatte er seine Augen geöffnet? Ja, sicher.

Doch noch früher? Oder später? War es schon wieder dunkel? Hatte er einen kompletten Tag verpennt?

Immer noch dunkel. Auch gut. Erst mal recken. Er streckte seine Arme aus, um den Kreislauf langsam wieder auf Touren zu bringen.

»Au.«

Schon knapp überm Kopf stieß er gegen irgendetwas. Das beschleunigte tatsächlich den Puls. Er versuchte, die Beine auszustrecken. Pock. Auch irgendwo angestoßen ...

Was sollte das? Was war denn gestern los gewesen? Langsam, langsam. Einen Moment hielt er inne. Das Bistro, Metin, die Rolex, Chrissie-Baby, der Porsche ... der Porsche? Auf jeden Fall: Rolex. Ihm fiel sofort das Lied von Grönemeyer ein.

»Meine Rolex leuchtet im Dunkeln«, krächzte er mit heiserer Stimme, und die Kehle schmerzte.

Außerdem hatte er einen ganz eigenartigen Geschmack im Mund. Das hatte er nach durchzechten Nächten häufiger. Der Calvados, die Tapas ... Aber mit welchem ekligen Zeug hatte sich seine Zunge denn jetzt abgegeben?

Die Rolex leuchtete türkisfarben. 11 Uhr. Nachts oder morgens? War ja auch egal: Die Augen waren auf, er musste doch was sehen können! Aber es blieb stockdunkel.

Torsten Bach, der eiskalte Börsenprofi, spürte einen leichten Anflug von Panik. Was war hier los?

Wehe, wenn ihn hier einer verarschte!

»Nicht mit mir«, knurrte er und die Kehle schmerzte.

Licht. Das Feuerzeug. Geistesgegenwärtig wuselte Bach in seiner Hosentasche und schlug dabei mit dem Ellbogen gegen eine Wand. Verflucht! Aber da steckte es.

Zipp und schon schlug die Flamme Licht ins Dunkle. Na also, auf Qualität ist zum Glück Verlass. Kaufst du billig, kaufst du zweimal.

Die Augen schmerzten jetzt noch mehr, sie tränten. Bach hob den Kopf und … schlug oben an. Die Flamme zischte. Vorsichtig folgte Bach dem Licht der Flamme. Er wollte nicht glauben, was er sah. Er sah nicht viel.

Und löschte das Licht. Es wurde dunkler als je zuvor, aber seine Augen riss Torsten Bach weit auf. Dieser Horror war selbst bei vollkommener Dunkelheit nicht mit geschlossenen Augen zu ertragen.

Panik würgte ihn. Torsten Bach registrierte, dass er in einer … Holzkiste lag.

Mechanisch bewegten sich seine Beine. Traten in einem immer schneller werdenden Rhythmus unten gegen den Boden. Mit der geballten, linken Faust hämmerte er nach oben. Er stemmte beide Hände gegen, ja, gegen was denn?

Gegen den Deckel?

Gedämmtes Holz. Gedämmt. Mit Stoff. Er lag in einer mit Stoff ausgelegten Kiste!

Das kann doch …

»Mein Handy!«

Bach tastete seine Hose ab. Ja. Da! Das Handy! Er hätte jauchzen können vor Glück Alles wird gut. Das Handy!

»Wen ruf ich an?«, flüsterte er, nur um auch was gegen diese verdammte Stille zu tun. Hier war es nicht nur dunkel, sondern auch noch totenstill. Totenstill ...

Verdammt. Hastig checkte er sein Kurzwahlverzeichnis.

Ole.

Ole anrufen! Ein alter Freund, der beim Amt für Verkehrsmanagement arbeitete. Der war handwerklich gut beieinander! Falls das nötig sein würde. Ole konnte so was. Auf jeden Fall. Der hatte in seinem Schrebergarten sogar eine eigene Kreissäge. Auf Ole war Verlass! Hektisch drückte er die Kurzwahltaste. Es ratterte. Und ... nichts. Nichts tat sich. Nichts, nichts, nichts.

Kein Empfang stand auf dem Display. Kein Empfang! Wütend schleuderte er das verdammte Handy mit aller Macht von sich, aber es prallte wenige Zentimeter weiter gegen die Kiste und schlug ihm gegen den Kopf.

»Au, verdammt!«

Bach spürte, dass ihm eine Träne heiß über die Wange rollte. Hastig wollte er sie wegwischen, aber wieder schlug er mit dem Ellbogen gegen die Holzwand. Blanke Wut packte ihn, und er hämmerte sich minutenlang die Fäuste blutig.

Irgendwann war er nicht mehr wütend, sondern nur noch verzweifelt, aber er hämmerte immer noch. Immer weiter, immer lauter. Denn mit einem Mal war ihm klar geworden, in welch einer dunklen, mit Stoff ausgeschlagenen Holzkiste er hier lag.

Er, Torsten Bach, der große, erfolgreiche Börsenstar, lag in einem Sarg.

* * *

Ganz langsam und vorsichtig legte Struller den Telefonhörer zurück ins kleine Plastikbettchen. Er knisterte eine Zigarette aus der Schachtel und versuchte dabei, gleichmäßig zu atmen. »Na warte, Freundchen«, murmelte er mit zusammengekniffenen Lippen. Jakobiak hatte ihn gerade am Telefon ganz übel auflaufen lassen, ein Gespräch mit ihm quasi abgelehnt. »So weit kommt das noch, dass dumpfe Betreiber drittklassiger Spielhallen ehrbaren Polizisten gegenüber respektlos eine dicke Lippe riskieren. Und damit durchkommen.«

Mit der rechten Hand hackte er Jakobiaks Namen in die Tastatur und machte im Computer eine Datenabfrage. »Sehr schön«, kommentierte Struller die erfreuliche Tatsache, dass der aufmüpfige Spielhallenbetreiber mit einem prächtigen Datensatz samt Foto eingespeist war. Dunkle, lange, strähnig nach hinten gegelte Haare rahmten ein kräftiges Gesicht ein, in dem die stechenden, blauen Augen einen Tick zu weit auseinanderlagen, um der Visage ein freundliches Aussehen geben zu können. »Sehr, sehr schön. Es ist immer gut, seinen Gegner zu kennen.«

Strullers Ärger verflog so blitzschnell wie er gekommen war. In seinem Hinterkopf reifte in Windeseile ein Plan heran, der böse war und der viel mit Rache zu tun hatte. Wenn man ihn herausforderte, konnte er sehr spontan und äußerst kreativ sein. Struller grinste diabolisch, als er einen tiefen Zug auf Lunge nahm und einen riesigen Kringel an die Decke knallen ließ. Und richtig gute Dinge sollte man nie auf die lange Bank schieben, sondern gleich angehen! Er blickte auf die Gewerkschaftsuhr an der Wand. Jensen hatte die Tatortarbeit übernommen und würde zusammen mit Faserspuren-Harald noch eine Weile draußen am Rhein brauchen.

Struller stopfte die gerade mal angerauchte Kippe in den Ascher und machte sich auf den Weg.

* * *

Jakobiak führte mehrere Spielhallen. Die, in der er sich heute Vormittag aufhielt, lag auf der Graf-Adolf-Straße, gleich in der Nähe der Hüttenstraße. Auf dem asphaltierten Dreieck vor dem argentinischen Steakhaus lungerten ein paar die Schule schwänzende Jugendliche herum.

Struller ging auf einen von ihnen zu, der, ein Skateboard in der Hand, ein wenig abseits an einem Baustellenabsperrgitter zur neuen U-Bahn lehnte. »He, willst du dir auf die Schnelle fünf Euro verdienen?«

Der rothaarige Junge mit Sommersprossen trug eine Baseballmütze falsch herum auf dem Kopf und kniff misstrauisch die Augen zusammen. »Verpiss dich, Alter!«

Struller runzelte die Stirn. »He, ich biete dir ein Geschäft an.«

»Such dir einen anderen Stricher, du perverses Schwein!«

Struller zückte seinen Dienstausweis. »Immer mit der Ruhe, mein kleiner Freund. Ein Irrtum. Ich bin ein Bulle und suche jemanden, der mir einen kleinen, gemeinen Gefallen tut.«

Der Typ zögerte. »Nix mit mitkommen und so?«

Struller seufzte. Was war das für eine Jugend, die bei jedem Kerl, der sie ansprach, davon ausging, dass man es mit einem notgeilen Kinderschänder zu tun hatte? Dann fiel sein Blick auf das graue Eisengeländer, das den Zugang zur öffentlichen Herrentoilette eingrenzte. Hm. Wenn man den diesbezüglichen Gerüchten glauben wollte, war dies durchaus ein Ort, an dem man als Kind schon mal misstrauisch sein durfte. Er schob seinem Gegenüber den Ausweis unter die Nase.

»Siehst du die Spielhalle da vorne?«

»Klar.«

»Ich habe einen Job für dich.«

»Ich bin fünfzehn.«

»Schön, das dachte ich mir.« Struller erklärte dem Rothaarigen seinen Plan, fischte ein paar Münzen raus und drückte sie seinem Gegenüber in die Finger.

»Cool«, erklärte der Skater, nahm das Geld und machte sich auf in Richtung Spielhalle.

Struller folgte zufrieden mit zehn Metern Abstand. Der Junge betrat durch eine vollautomatische Glastür, die sich ratternd öffnete, zügig die Spielhalle. Struller vergrub die Hände in den Hosentaschen und schlurfte hinterher. An die hundert Automaten blubberten, dudelten und klackerten vor sich hin, untermalt mit nicht störender Musik aus den Charts in gedämpfter Lautstärke. Es roch muffig nach Klimaanlage. Die Aufsicht hatte den minderjährigen Erstspieler noch nicht entdeckt. Die junge Frau im Glaskasten hatte eigentlich keine Chance.

Struller erkannte Jakobiak, der im hinteren Bereich an einem Kaffeeautomaten herumschraubte. Er wartete einen Moment, bis der Junge den ersten verbotenen Euro in einer Daddelkiste versenkt hatte, und ging dann zügigen Schrittes auf Jakobiak zu:

»Herr Manfred Jakobiak?«

»Ja?«

»Ich bin es, Kriminalhauptkommissar Struhlmann.«

Jakobiak verdrehte sichtlich genervt die Augen. »Ich habe Ihnen doch gesagt, dass ich keine …«

»Aber *ich* hatte *Ihnen* erklärt, dass ich ein paar dringende Fragen habe.«

Jakobiak baute sich vor Struller auf und pumpte ein paar Extraliter muffige Spielhallenluft in seinen zugegebenermaßen recht imposanten Brustkorb. Er musste in einem früheren Leben Ringer gewesen sein. So ein gedoptes Exemplar aus Bulgarien. »Pass mal auf, Polizist her, Polizist hin. Ich wiederhole mich nur äußerst ungern. Und auf dreiste Bullen kann ich schon gar nicht. Wenn du nicht in drei Sekunden hier raus bist, dann mach ich 'ne Anzeige wegen Hausfriedensbruch, und dann werden wir mal sehen, wer hier wem was erzählt!«

Struller nickte, ließ ihn stehen, zog ein weiteres Mal seinen Dienstausweis aus der Tasche und ging ganz langsam zum Zockerjungen, der sich – von der Aufsicht noch immer nicht bemerkt – auf einem Barhocker niedergelassen hatte, und tippte ihm auf die Schulter.

»Hä?«

»Wie alt bist du, Junge?«

»Wer will das wissen?«

»Die Polizei. Dein Freund und Helfer!«

»Oh nein!«, schrie der Rothaarige nach einem Blick auf den Dienstausweis. Entsetzt glitt er vom Stuhl und schlug die Hände vors Gesicht.

»Oh, nein! Nicht schon wieder! Das ist schon das dritte Mal, dass ich erwischt werde! Bitte nicht! Ich geh auch sofort!«

Struller zeigte sich unbeeindruckt. »Wie alt bist du?«

»Fünfzehn. Weißt ...«

»Fünfzehn? Bisschen jung für die Spielhalle oder?«

»Klar, ich hab doch nur kurz ...«

Struller drehte sich zu Jakobiak, der sichtlich Farbe verloren hatte und rief ihm zu: »Fünfzehn Jahre, immerhin doch schon fünfzehn. Soll ich mir die Personalien notieren? Soll ich nachgucken, ob ich im hinteren Bereich bei den Billardtischen noch ein paar Dreizehnjährige finde?«

»Äh ...«

Struller vergrub seinen Ausweis wieder in der Jeanshose.

»Oder soll ich den Burschen einfach rausschmeißen, und wir unterhalten uns mal ganz in Ruhe, so von Mann zu Mann?«

Jakobiak nickt hastig.

Struller drehte sich rum. »Raus mit dir, Bursche. Du bist zu jung zum Zocken! Fang erst gar nicht an!«

»Bin schon weg!«, flötete der Bursche, pflückte sein Skateboard vom Boden und huschte durch die Glastür nach draußen, nicht ohne Struller verwegen ein Äuglein zu knipsen.

Struller drehte sich zu Jakobiak, der stotterte: »Am besten gehen wir in mein Büro, da haben wir ein wenig Ruhe. Carmen, bringst du dem Herrn und mir einen Kaffee. Mit Milch und Zucker?«

Struller folgte Jakobiak zufrieden in ein kleines Büro und ließ sich in einen schweren, schwarzen Ledersessel fallen. Stimmt, die waren bequemer als die alten Holzteile im Präsidium.

Nachdem Carmen den Kaffee (keine Plastikbecher, sondern zwei richtige Tassen!) gebracht hatte, kam Struller gleich zur Sache. »Mir wurde erzählt, dass Sie neulich einen Streit mit Georg Rossbach gehabt haben?«

»Wer hat das gesagt?«, fragte Jakobiak.

»Ich hatte letzte Nacht einen Traum«, erklärte Struller leise. »Darin erschienen mir drei gelbe Sonnen, die es mir unisono zugeflüstert haben.«

Jakobiak blinzelte heftig mit den Augen und seufzte. »Sie müssen bitte entschuldigen. Ich bin schlecht drauf. Die Geschäfte laufen nicht besonders gut, alle sind arbeitslos, keiner hat mehr Kohle, die Miete ist hoch. Können wir unser Gespräch noch mal ganz von vorne und normal anfangen?«

»Können wir. Natürlich. Mir wurde erzählt, dass Sie neulich einen Streit mit Georg Rossbach gehabt haben?«

Jakobiak pustete Luft aus dem Brustkorb. »Einen kleinen Streit. Ja. Ich habe gedacht, er hätte an einem der Geldautomaten manipuliert. Ich hab ihn sehr aggressiv angesprochen. Damals stand ich auch unter Stress. Mein Verdacht hat sich aber als falsch herausgestellt. Rossbach hatte damit nichts zu tun.«

»So ganz stressfest sind Sie nicht, oder?«

»Wie gesagt, die Zeiten sind schlecht. Ich stehe bei den Banken hoch in der Kreide. Es geht mir richtig an den Kragen. Die Läden gehören mir nicht wirklich. Ich bin Pächter. Eine Art Franchising.«

»Wenn es ans Eingemachte geht, ist man schon mal schlecht drauf. So schlecht, dass man einem Rossbach einen Queue über die Birne zieht?«

Jakobiak wedelte abwehrend mit seinen großen Händen und verschlabberte Kaffee. »Auf keinen Fall! He, das ist die ganz falsche Spur. Der Rossbach ist drüben in der Spielhalle ein Stammkunde. Da bräuchte ich mehr von! Der war fast jeden Tag da. Das sind die Leute, die das Geld bringen. Davon bringe ich doch keinen um.«

»Aha. Aber als Laufkundschaft muss ich schon damit rechnen, mit einem Holzschläger erschlagen zu werden?«

»Sie drehen mir die Worte im Mund rum!«

»Ich drehe gar nichts. Sie aber offensichtlich sehr schnell durch. Körperverletzung mit Todesfolge im Affekt ist immer noch ein paar Jahre besser, als wenn ich Ihnen einen vorsätzlich begangenen Mord nachweise.«

»Ich habe niemanden ermordet!«

»Sag ich doch gar nicht. Aber jemanden versehentlich erschlagen haben Sie!«

Jakobiak stellte den Becher Kaffee ab. »Ich schwöre, ich hab Rossbach nicht angefasst und ihn schon gar nicht mit einem Billardstock erschlagen. Bitte, hängen Sie mir das nicht an! Mir geht es dreckig genug! Ich bin unschuldig!«

»Haben Sie ein Alibi?«

»Für wann?«

»Für die Tatzeit.«

»Wann war denn der Mord?«

Struller sagte es ihm.

Jakobiak heulte wie ein Hund. »Da war ich alleine zu Hause.«

»Also nein ...«, fasste Struller zusammen, zückte sein Notizbuch und tat so, als ob er hinter einem Namen Jakobiak ein dickes Ausrufezeichen malen würde.

»Aber ich war es nicht!«

»Wer war es denn dann?«

»Das weiß ich doch nicht.«

»Schade. Halten Sie sich zu unserer Verfügung. Verlassen Sie nicht die Stadt!«

»Okay.«

»Ich möchte, dass Sie telefonisch erreichbar sind.«

»Ich gebe Ihnen meine Handynummer und schalte das Handy nicht aus.«

»Gut. Achten Sie auf das Alter Ihrer Gäste! Glücksspiel schadet der Gesundheit. Und damit meine ich nicht nur die Tatsache, dass Ihre Gäste ab und zu mit dem Billardstock eins drübergezogen bekommen.«

»Werde ich tun!«

Struller stand auf.

»Moment«, murmelte Jakobiak.

»Ja?«

»Georg Rossbach hatte mal Streit, drüben in der Spielhalle. Mit einem Typen. Wurde mir erzählt.«

»Hat der Typ auch einen Namen?«, fragte Struller, denn wenn der zu groß geratene Tom-Cruise-Typ noch einen Namen bekäme, wäre das nicht schlecht.

»Ich war nicht dabei!«

»Bringen Sie den Namen! Bis jetzt sind Sie unser einziger Verdächtiger. Und Sie wissen ja: Einen müssen wir hängen!« Struller ließ Jakobiak zurück und trat wieder unter die natürliche Sonne, die sich wesentlich freundlicher und wärmer zeigte, als es die drei Gewinnersonnen auf den Spielautomaten jemals tun würden.

Um die Ecke rum wartete der Junge mit seinem Skateboard, wieder ein Kaugummi im grinsenden Mund. »Das war cool, Mann! Wie war ich?«

»Sehr gut, Kleiner!«, lobte Struller.

»Wie alt muss ich sein, wenn ich Polizist werden will?«

»Auf jeden Fall solltest du regelmäßig zur Schule gehen.«

»Oh«, verzog der Rothaarige sein Gesicht. »Das ist natürlich schlecht!«

* * *

Struller riss seine Bürotür auf und erwischte Jensen beim Beschriften einiger Fotos vom Tatort.

»Kannst du nicht die Tür ganz normal öffnen oder vielleicht sogar anklopfen?«, wagte Jensen zu fragen

»Ich wohne hier, Kollege, los: Bericht!«

Jensen seufzte. »Also. Faserspuren-Harald hat am Tatort alles abgepinselt, jeden Mülleimer im Umkreis von einem Kilometer durchsucht, aber nichts an Spuren gefunden. Dann sind wir zusammen auf die andere Rheinseite und haben uns das Graffiti angeguckt. Es ist tatsächlich ein Teufelshaken, kein Zweifel. Spuren: Fehlanzeige.«

»Der Junkie?«

»Liegt in der Gerichtsmedizin und wird obduziert. Hat die neue Staatsanwältin veranlasst.«

»Gut.« Struller runzelte die Stirn. »Haben wir eine Serie?«

Jensen nickte. »Ich würde sagen: ja. Wir haben einen Toten mit einem eingeritzten Teufelshaken in der Handinnenfläche und einen Toten, der so drapiert worden ist, dass er mit Blick auf den Teufelshaken starb. Das ist eindeutig kein Zufall. Zwei Tote: eine Serie!«

Struller kratzte sich im Ohr. »Ich weiß nicht. Die neue Leiche ist – wie du zufällig richtig festgestellt hast – ganz offensichtlich so drapiert worden, dass man das Zeichen findet. Die erste Leiche in der Höhle wurde allerdings zufällig dort gefunden, weil ein Baum auf der Hochspannungsleitung gelegen hatte. Die hätte dort noch wochenlang unbemerkt liegen können.«

»Vielleicht sollte sie noch drapiert werden?«, mutmaßte Jensen.

»Hm, ich weiß nicht. Ich meine, sie *war* irgendwie drapiert. Höhle, die geschlitzte Wunde, die Kutte. Sah schon ziemlich arrangiert aus. Aber doch anders.«

Jensen nickte. »Ich weiß jetzt, was du meinst. Vielleicht gab es einen Hinweis auf die Höhle, den wir übersehen haben. Oder der Hinweis auf die Leiche wäre erst später gegeben worden.«

»Dann hätten wir es mit einer verwesten Leiche zu tun bekommen.«

»Stimmt, aber dann hätte sie ganz genau ins Raster gepasst. Ist ja nur so eine Idee.«

»Aber ausnahmsweise mal eine gute!« Struller strich sich durchs Haar und blinzelte auf seinen Schreibtisch, wo sich neben der Akte von Jochen Kleinfeld und Rossi, dem Junkie, zwei weitere Leichensachen eng aneinanderdrückten, nämlich die von Rossbach und die vom toten Althoff aus dem Bierkeller.

»Hoffentlich haben wir nicht noch mehr Hinweise übersehen«, murmelte Struller, einen verschollenen Gedanken vom Vortag aufnehmend.

»Was denn für Hinweise?«

»Wenn man die Hinweise kennt, dann übersieht man sie nicht, Kollege!« Irgendetwas in Strullers Kopf klingelte plötzlich heftig, und er hatte das Glöckchen fast beim Bommel.

Jensen zerräusperte seinen Gedanken und brachte einen neuen Verdächtigen ins Spiel. »Bei Hinweis fällt mir ... Hanno von Wurzelen ein. Was, wenn der Schlag auf seinen Kopf nur vorgetäuscht war?«

Struller nickte geistesabwesend. »Komischer Typ, der ... Hobbygeologe ... Irgendwie.« Struller hämmerte eine Faust auf den Schreibtisch. »Verdammt, ich wette, ich hab ihn!«

»Wen?«

»Den Hinweis, den wir übersehen haben!« Er griff zur Akte Rossbach und blätterte, bis er seinen in aller Kürze gehackten Bericht mit der Aussage der blonden Spielhallenangestellten fand. »Hier! Alles kurz und knapp, aber das Wesentliche ist drin!« Er tippte auf die Stelle, klappte die Akte zusammen und klemmte sie unter seinen Arm. »Ich muss weg!«

»He, lass mich nicht dumm sterben!«

»Du stirbst nicht, aber ...« Struller hielt inne und stellte fest: »Eine Serie. Auf jeden Fall!«

Dann rauschte er mit der Akte davon und ließ einen verärgert grübelnden Jensen zurück. »Tolle Zusammenarbeit! Der alte Mann hat einen spätsenilen Geistesblitz und lässt mich im Dunkeln tapern.«

Aber Jensen blieb nicht lange alleine. Es wurde nämlich die Bürotür aufgestoßen, und mit einer Krücke voran hinkte Kriminaloberrat Hengstmann herein, einen formidablen Gipsfuß in den Raum schwingend. »Hallo, Sie müssen der Praktikant sein.«

»Richtig, und Sie Herr Hengstmann«, stellte Jensen mit einem Blick auf die Verletzung fest.

»Genau«, sagte Hengstmann und ließ sich in den Stuhl mit der fehlenden Lehne fallen. »Wie geht es Ihnen?«

»Ausgezeichnet. Wir kommen voran!«

»Das ist gut«, murmelte Hengstmann und verzog das Gesicht. »Ich habe mich so auf die Zusammenarbeit mit dem Kollegen Struhlmann gefreut, aber dann hatte ich diesen unsäglichen Arbeitsunfall, der mich außer Gefecht gesetzt hat, noch ehe ich einige entscheidende Dinge in dieser Sache hätte auf den Weg bringen können ... Haben Sie schon mal von Profiling gehört?«

»In einem Seminar.«

Hengstmann nickte. »Spannende Sache. Ich hätte auch gerne mal jemanden unter Hypnose vernommen. Oder einen Zahn auf seine geo-typische Herkunft untersuchen lassen. So was gibt es.«

»Ich hatte da auch so ein ...«

»Nun ja. Ich hatte ein Gespräch mit der neuen leitenden Staatsanwältin, die mit Struhlmanns Arbeit so weit zufrieden war. Sie wurden auch erwähnt. Dann ist mein Ausfall ja doch irgendwie leidlich zu verkraften.«

»Erfahrung kann man nie ersetzten«, hörte Jensen sich sagen und erschreckte sich.

Hengstmann nickte zufrieden. »Das ist wohl wahr. Und zeigt sich immer wieder. Ich komme von einer Besprechung zur Bambi-Verleihung. Da sollte ich die Einsatzleitung übernehmen, aber jetzt werde ich mir die Eröffnungsveranstaltung wohl live im Fernsehen anschauen müssen. Es ist einfach zu ärgerlich.«

»Die nächste Gelegenheit kommt bestimmt.«

»Das ist auch wieder wahr.« Hengstmann musterte Jensens Fall-Collage an der Wand. »Sie visualisieren den Fall? Sehr gut. Man muss sich die entscheidenden Dinge immer wieder vor Augen führen. Ich bin seinerzeit bei der Neueinrichtung der Düsseldorfer Reiterstaffel auch ähnlich verfahren. Ich habe mir in Tagen und Nächten langer Heimarbeit ein Modell der Räumlichkeiten im Verhältnis 1:100 gebastelt, um dann das Gebäude einer optimalen Nutzung zuführen zu können.« Er wedelte mit der Krücke. »Ohne dabei die dienstlich-räumlichen Erfordernisse der im gleichen Gebäude unterzubringenden Diensthundestaffel aus den Augen zu verlieren, was mir von verschiedenen Seiten und meist hinter vorgehaltener Hand oft vorgeworfen worden ist. Hier wurden Äpfel mit Birnen verglichen, quasi Pferde mit Hunden, wobei jedem klar sein muss, dass diese beiden Tiere in ihrer ureigenen Wertigkeit Welten trennen.«

»Ja«, stammelte Jensen. »Pferde können auch viel höher springen!«

»Zum Beispiel. Ich muss jetzt wieder los. Ich hoffe, dass ich ein wenig weiterhelfen konnte, habe aber jetzt noch einen

Termin in der Sanitätsstelle. Grüßen Sie bitte den Kollegen Struhlmann und erinnern Sie ihn noch mal daran, dass er mich wirklich jederzeit behelligen kann. Ich helfe gerne.«

»Sicher«, nickte Jensen, half Hengstmann in die Senkrechte und schloss erleichtert hinter ihm die Bürotür. »Puh!«

Sekunden später flog die Tür auf. »Ha!« Struller klatschte ein Foto auf den Schreibtisch vor Jensen, der sich erschreckte und auf die Aufnahme blinzelte.

»Verdammt ...«

»Genau!«, schrie Struller.

Das Foto zeigte einen Teufelshaken, der auf eine Schaufensterscheibe aufgesprayt war.

»Das ist die Schaufensterscheibe der Spielhalle auf der Dorotheenstraße. Den hatte ein Unbekannter zwei Tage vorher auf die Scheibe gesprüht, hinter der Rossbach mit einem Queue das Genick gebrochen wurde.«

»Dann ist auch Rossbach Opfer des Serienkillers.«

»Genau, Sportsfreund. So werden wir unseren Mörder wohl bezeichnen müssen. Ich weiß auch nicht, ob ich lachen oder weinen soll. Wir haben es mit einem üblen Mörder zu tun. Und unser Mörder mordet nicht zufällig. Das ist alles ganz genau durchdacht und sehr gut organisiert. Er hat einen Plan. Ich hasse es zu sagen: einen teuflischen Plan.«

* * *

»Allerhöchste Zeit, dass wir uns Rossbachs Hütte mal ansehen!«, erklärte Struller und trat an die Haustür von Rossbach in der Waldstraße 87 in Oberrath heran. Es war ein Mehrfamilienhaus gleich am Rand des Aaper Waldes. Nicht die allerbeste Lage – viele Mücken –, aber schön ruhig. Durch die nur angelehnte Haustür gelangten sie gleich hinein und standen im Erdgeschoss rechts direkt vor einer Wohnungstür, auf die Rossbach mit einem Kuli *Rossbach* gemalt hatte. Struller klopfte. Niemand öffnete.

»Auf der Klingel zum Souterrain stand Alfons Huber, Hausmeister. Vielleicht hat der ja einen Wohnungsschlüssel.« Jensen verschwand und kam nach wenigen Minuten mit einem Hausschlüssel und einem Hausmeister im Schlepptau zurück.

Hausmeister Huber trug eine zeitlose, lilafarbene Jogginghose und eine Art T-Shirt mit der Aufschrift: *Weltspartag '93*. 1993 hatte das rote Shirt vielleicht auch mal gepasst, heuer saß es im Bauchbereich ein wenig spack. Dafür waren die blauen Saunaschlappen, auf denen er angewuppt kam, zwei Nummern zu groß. Er trug die fettigen Haare korrekt nach rechts gescheitelt und in den Augen den professionell-wissbegierigen Blick eines erfolgreichen Stasiinformanten.

»Huber ...«

»Lassen Sie mich raten: Sie sind der Hausmeister?«

»Ja, woran haben Sie das erkannt?«

»Sie haben so ein ... technisches Verständnis in den Augen, wie man es eben nur bei Menschen Ihrer Zunft erkennt«, erklärte Struller.

»Was haben die beiden denn ausgefressen?«, fragte der Blockwart sichtlich beeindruckt, geschmeichelt und neugierig.

»Die beiden?«, fragten Jensen und Struller gleichzeitig.

»Äh, ja, die beiden Männer, die hier wohnen.«

»Moment«, erklärte Jensen. »Laut Einwohnermeldeamt wohnt hier nur der Georg Rossbach.«

»Ja«, erklärte der Hausmeister gedehnt. »Gemeldet. Aber wohnen tun dort zwei. Eben der Rossbach und sein Freund. Sie wissen schon. Die sind wahrscheinlich homosexuell.«

»Ah, wissen Sie, wie dieser Freund heißt?«

»Hab ich nie mit gesprochen. Ich bin nur der Hausmeister. Ich habe einen ähnlichen Fall von illegaler Untervermietung mal schriftlich an den Eigentümer weitergeleitet, aber der hat mir untersagt, solchen Verdachtsmomenten nachzugehen. Ich bin nur der Hausmeister«, knurrte der Mann verächtlich.

Jensen wechselte einen Blick mit Struller. Schwul. Das bedeutete: in einer Beziehung. Dann könnte der tödliche Schlag mit dem Billardstock auch eine Beziehungstat gewesen sein. Aber wie passte dann der an die Scheibe gesprayte Teufelshaken ins Bild?

Huber nestelte derweil fachmännisch am Türschloss, und als sie aufsprang, konnte Struller ihn mittels einfacher, körperlicher Gewalt gerade noch daran hindern, mit ihnen zusammen Rossbachs Wohnung zu betreten.

Die Wohnung war respektabel eingerichtet. Zwei Zimmer, Küche, Bad. Ein wenig spärlich vielleicht, aber das Geld hatte zumindest Georg Rossbach in der Hauptsache ja an die gierigen Geldautomaten verfüttert.

»Die Betten stehen in getrennten Zimmern«, fiel Struller auf.

»Auch Schwule können getrennte Schlafzimmer haben. Zum Beispiel, wenn einer von ihnen schnarcht.«

»Ach«, murmelte Struller.

Die Wohnung war sauber, der Kühlschrank leidlich gefüllt, und es gab keinen Hinweis darauf, dass sich hier jemand hastig aus dem Staub gemacht hatte. Es gab allerdings auch kein Hinweis auf eine Art Teufelshaken. Niemand hatte eine schwarze Katze mit dem Kopf nach unten an die Wand genagelt, und nirgendwo fand sich ein Hinweis auf die Personalien der unbekannten zweiten Person.

»Das ist schon merkwürdig. Irgendwas finden wir doch sonst immer.«

Den einzigen, brauchbaren Hinweis auf die Identität der zweiten Person fand Jensen dann am Spiegel im Badezimmer. Offensichtlich ein Foto der beiden Bewohner, irgendwo in einem Biergarten aufgenommen.

Jensen pflückte es vom Glas und zeigte es Struller, der zufrieden knurrte: »Georg Rossbach. Und Tom Cruise. Fehlt nur noch der Name«, murmelte er, als er beim Verlassen der Wohnung hinter sich die Tür zudrückte, bevor Alfons Huber seinen neugierigen Hausmeisterzinken hineinstecken konnte. Der hatte nämlich draußen im Flur gewartet.

War nicht das linke Ohr des Mannes stark gerötet? Sicher hatte er gelauscht.

»Und, meine Herren, was hat sich ergeben?«

»Nichts«, brummte Struller. »Machen Sie einfach einen kurzen Vermerk in Ihre Akte, dass die Polizei mal schnell nach dem Rechten gesehen hat, und gut is.«

»Mach ich«, antwortete Huber. »Äh, woher wissen Sie, dass ich eine Akte über die Mieter führe?«

Struller drehte sich auf dem Treppenabsatz nach draußen noch einmal um. »Sie haben so ein ... logistisch-deutsch-korrektes Verständnis im Blick.«

* * *

Struller knallte den Dienstwagen vor dem Polizeipräsidium in eine Lücke. »So, noch gucken, ob in der Hauspost irgendeiner von Haralds Tatortberichten drin ist. Irgendwann muss der ja mal mit einer Sache fertig werden und dann: Feierabend für heute!«

»Sollten wir nicht noch ein bisschen Brainstorming machen?«

»Dazu müsste man Brain haben«, knurrte Struller und drückte die geheime Zahlenkombination in eine Tastatur, die ihnen um diese Uhrzeit noch Einlass ins ansonsten pförtnerlose Präsidium verschaffte.

Laut klackerten ihre Tritte über die schwarz-weißen Fliesen durch das Empfangsrondell des alten Gebäudes.

Im zweiten Flur öffnete sich eine Tür. »Hallo! Auch noch im Dienst?«, fragte eine dunkelhaarige Kollegin aufgeräumt und schloss die Tür zum Büro hinter sich.

»Der gute Beamte ist immer im Dienst. Und du?«

»Ich hab noch ein paar Unterlagen an die Staatsanwaltschaft abverfügt und mache jetzt auch Schluss.«

Struller winkte grinsend. Schweigend kletterten Jensen und er die folgenden Stufen in ihre dritte Etage.

Außer Reichweite fragte Jensen interessiert: »Wer war das denn?«

»Marion Roitz vom Betrugsdezernat. Normalerweise kannst du denen vom Betrug nicht über den Weg trauen. Das bringt so eine Dienststelle mit sich. Man wird ständig auf irgendwelche krummen Ideen aufmerksam, aber die ist okay.«

»Fleißig, fleißig«, murmelte Jensen nach einem Blick auf die Uhr. »Es ist schon halb zehn, und sie verfügt immer noch Akten ab.«

Struller gluckerte. »Akten abverfügen. Das ist gut.« Er schloss seine Bürotür auf.

»Was ist daran komisch?«, fragte Jensen neugierig.

»Na, die Roitz steht auf Kultur und so. Kunst, Malerei. Weiberzeug halt.«

»Viele berühmte Maler sind männlich«, unterbrach Jensen.

»Willst du, dass ich dir die Frage beantworte oder suchst du Streit?«

»Schon gut.«

»Bei ihr im Büro steht eine große Holzstaffelei. Immer, wenn sie als Dezernatsleiterin einen Fall an die Staatsanwaltschaft abverfügen kann, schiebt sie eine Turandot-CD in den Player, vorzugsweise von Pavarotti geschmettert. Dann packt sie ihre Farben aus, dreht den toten Italiener auf volle Lautstärke und widmet sich von Puccini inspiriert ihren Aquarellen. Das geht natürlich nur nach Dienstschluss der Kollegen, denn sonst würden die durchdrehen. Is ja klar. Und wenn du die Aquarelle siehst ... also, da denkst du nicht, dass die was mit Akten abverfügen zu tun haben. Akte vielleicht schon, aber mehr im Sinne von *Nackte-Kerle-malen*. Nun denn, so lebt halt jeder seine Erfolgserlebnisse auf seine Weise unterschiedlich aus.«

Jensen folgte Struller wortlos ins Büro und fragte sich, was noch für merkwürdige Typen im Polizeipräsidium Dienst taten. Liebenswürdig, klar, aber auch merkwürdig!

Struller entnahm der Post einen Umschlag. »Na also, der Bericht aus Rossis Wohnung.« Im Stehen überflog Struller das Dokument. »Rossi hatte eine Freundin, die auch in Gerresheim wohnt. Melanie Wiener.« Er reichte Jensen das Foto einer knapp dreißigjährigen Frau mit leidendem Blick. »Der fühle ich direkt morgen früh mal auf den Zahn. Mal sehen, ob die uns erklären kann, was ihr Junkie mit Zocker Rossbach und Kapuzen-Kleinfeld zu tun hatte. Irgendwo muss da ja ein Zusammenhang bestehen.« Jensen reichte ihm das Foto zurück.

Struller stoppte: »Foto? Da hab ich doch glatt eine Idee. Jensen, ich muss sofort weg.«

»Wohin?«, fragte Jensen hastig, der wieder befürchtete, im Fall was verpasst zu haben.

»Geht dich zwar nichts an, aber ich versuch für heute Abend noch ein Date hinzukriegen.«

Jensen riss die Augen auf und blickte gehetzt auf die Uhr. »Date!« Speedy! Speedy und ihr neues Tattoo warteten …

* * *

Struller stieß die Tür zum Aquarium auf und erschrak. Hier stimmte was nicht! Die Mauer auf der linken Seite für den Raucherclub in spe war fast fertig, aber … Er hörte keinen Elvis-Song, er sah keine Gäste. Okay, das kam schon mal vor in diesen schlechten Zeiten. Aber vor allen Dingen sah er Krake nicht.

»He, hallo, alles okay? Niemand da?«, brüllte Struller in die Kneipe.

Als Antwort konnte er nur ein Krächzen irgendwo hinter dem Tresen vernehmen.

»Scheiße, Krake! Ist dir was passiert? Haben sie dich überfallen?«, rief Struller, hechtete über die Theke und landete genau auf Krakes linkem Fuß.

»Au! Bist du bekloppt!«, schrie Krake Struller an.

»Ich dachte, dir sei was passiert! Du hast um Hilfe gekrächzt!«

»Ich habe gekrächzt, aber nicht um Hilfe gekrächzt! So ein Schwachsinn!«

»Ich habe mir Sorgen gemacht!«

»Nee, ist klar«, grummelte Krake. »Ist dir vielleicht aufgefallen, dass keine Musik läuft? Ich wechsele gerade die CD. Und wie soll ich antworten, wenn ich die Hülle im Mund habe? Wenn ich gewusst hätte, dass du heute deinen ängstlich-fürsorglichen Tag hast, hätte ich sie selbstverständlich ausgespuckt und dir sofort freundlich geantwortet.« Krake lehnte sich an und massierte mit der rechten Hand den beschuhten Fuß.

»Aha. CD-Hülle im Mund. Na ja, tut mir echt leid. Und für den Fuß hilft es ungemein, wenn man ihn kühlt. Aber den Kühlpacken muss man natürlich mit beiden Händen schön fest aufdrücken«, erklärte Struller.

»Jetzt fängst du dir gleich eine«, begann Krake. Und stutzte überrascht, als er bemerkte, dass die beiden nicht alleine waren.

»Guten Abend, meine Dame!«

»Wir gehören zusammen«, erklärte Struller.

»Wohl nur aus Versehen«, murmelte Krake. »Wie kommt es, dass Sie mit so einem Stinkstiefel wie Struller Ihre Zeit verschwenden?«, fragte er über Strullers Schulter hinweg.

»Guten Abend. Kollege Struhlmann bat mich heute Abend mit ihm diese Lokalität zu besuchen, um einem alten Freund zu helfen. Ich schätze, der Stinkstiefel meinte damit Sie.«

Krake bekam einen roten Kopf, das war ihm nun doch sichtbar peinlich. »Ach so, ja. Schön dann, dass Sie da sind. Mein Name ist Krake«, erklärte Strullers Lieblingswirt und hielt ihr eine Hand hin.

»Ich bin Marion, eine Arbeitskollegin Ihres Freundes, Betrugsdezernat.«

Jetzt mischte sich Struller wieder ins Geschehen ein. »So, um das Ganze jetzt mal aufzuklären. Wenn ich das richtig sehe, ist Vokuhila immer noch nicht aufgetaucht. Er sitzt ja auch nicht an seinem Platz, und du hast mich nicht angerufen. Da du aber weder Foto oder irgendeine Adresse, noch den Nachnamen vom Vermissten hast, habe ich Marion gebeten, heute Abend mit mir dieses schnuckelige, kleine Lokal zu besuchen. Soweit ich das beurteilen kann, ist die Marion nicht nur eine erstklassige Polizistin, nein, sie ist ein künstlerisches Genie, wie mir zugetragen wurde.«

»Jetzt übertreib es nicht, Struller! Ich kann ein bisschen malen!«, unterbrach ihn die Roitz, die leicht errötete, aber sichtlich geschmeichelt war, weil sie sehr genau wusste, dass derartige Komplimente von Struller Seltenheitswert besaßen. Sicherheitshalber fügte sie deshalb hinzu: »Ich bin mir auch gar nicht sicher, ob das Kompliment ernst gemeint ist. Du hast ja noch nie eines meiner Werke …«

»Doch, doch! Ich habe mich nachts versehentlich mal im Stockwerk vertan und bin in deinem Büro gelandet. Du weißt ja, die alten Zimmerschlüssel passen mal hier und mal da. Dabei habe ich dein Portrait vom Kollegen Stefan Strengel gesehen. Und das war gelungen!«

»Struller!«

»Doch, ich habe mehrmals nach dem Sport zusammen mit ihm geduscht. War okay, das … Portrait … bis ins Detail … äh, ehrlich!«

Es entstand eine kleine Pause, die Marion Roitz dazu nutzte, rot im Gesicht zu werden, und Krake fragte vorsichtig in die Stille hinein: »Möchte jemand was trinken? Die erste Runde geht auf mich.«

Struller nickte. »Klar. Aber erst wird gemalt. Krake, hol ein großes Blatt. Marion hat ihr Malzeug dabei und ist so nett, nach deiner und meiner Beschreibung ein Portrait unserer vermissten Person zu zeichnen.«

Krake riss die Augen auf. »Das ist aber eine gute Idee!«

Struller nickte. »Stimmt. Ich habe zwar noch ein wenig Arbeit mit ein paar Toten, aber so eine kleine Vermisstensache löst ein guter Kriminalist doch noch schnell nebenbei. Ich nehme übrigens ein frisches Altbier, Krake. Ein großes. Wenn du schon mal einen ausgibst!«

Der beugte sich noch mal über die Theke, den Kopf schüttelnd. »Frau Roitz, das ist aber wirklich nett von Ihnen, uns bei dieser Vermisstensache zu helfen. Ich mache mir wirklich Sorgen.«

Marion Roitz lächelte. »Das ist schon in Ordnung. Ich helfe gerne. Und Kollege Struhlmann hat mir als Gegenleistung zugesagt, nach meinem nächsten gelösten Fall, den ich erfolgreich abverfügen kann, als Modell zur Verfügung zu stehen. Darauf freue ich mich ganz besonders.«

Sie strahlte Struller an. Und jetzt war es an Struller, rot zu werden, wie Krake irritiert feststellte. Er konnte ja nicht ahnen, warum ...

* * *

Fünf nach neun. Mist, Speedy würde ihn kreuzigen, mindestens, weil er zu spät war. Dabei hatte er alles gegeben.

Er war nach Hause gerast, hatte schnell geduscht, die Haare aufgemotzt, seinen neuesten Anzug mit dem lilafarbenen Hemd kombiniert und noch einen netten Duft, *Remix* von Emporio Armani, aufgelegt.

Wenn er jetzt nicht wenigstens ordentlich durchgestylt bei ihr auftauchte, würde Speedy ihm das Leben zur Hölle machen ...

Mit durchdrehenden Reifen und gezogener Handbremse parkte er gekonnt rückwärts in eine der Schrägparkbuchten

Am Püttkamp in Höhe der Hausnummer 4. In der Bushaltestelle standen drei halbstarke Skater, die ihre bunten Boards in den Händen hielten und ihm ihre aufrichtige Bewunderung zujohlten. Zwei Omas mit kleinen Yorkshire-Terriern reagierten konservativer und schüttelten entsetzt den Kopf.

Jensen rannte zur Haustür, klingelte bei K. Speetmann ... aber nichts geschah. Er klingelte erneut, wieder nichts.

»So ein Dreck!«, fluchte er laut vor sich hin.

Sie war wütend, sauer und würde ihm ab heute in der Kantine zwischen die Brötchenscheiben spucken, schätzte Jensen seine Gesamtsituation ein und senkte betrübt sein frisch gegeltes Haupt.

»Keine Angst, mein Kleiner!«, erklang es von hinten, wo Speedy lasziv an seinen Mustang gelehnt stand.

Sie hatte schon irgendwo vor dem Haus auf ihn gewartet. Wenn sie sich über seine Verspätung tierisch geärgert hatte, so sah man ihr das zumindest nicht an.

»Dein Vögelchen ist nicht ausgeflogen. Guck nicht so niedergeschlagen, dir wird schon nichts entgehen!«

Die Jungs in der Bushaltestelle pfiffen und krakeelten begeistert, die Omas ignorierten nunmehr alles Weitere.

Jensen stand der Mund offen. Was für ein Anblick! Speedy sah echt scharf aus. Ihre endlos langen Beine steckten in schwarzen Lackstiefeln, darüber kam eine grobmaschige, ebenfalls schwarze Netzstrumpfhose zum Vorschein. Speedy hatte ihre Haare hochgesteckt, ihr Gesicht vielleicht einen Tacken zu sehr geschminkt, und sie trug ein hautenges, dunkel-lilafarbenes Oberteil zu ihrem eleganten, schwarzen Rock. »Mensch, da gehen wir ja farblich quasi im Partnerlook«, stammelte Jensen. »Du siehst atemberaubend aus! Unglaublich!«

»Ich hatte gehofft, deinen Geschmack in etwa zu treffen, Süßer! Mama weiß, was gut für dich ist.« Sie ging auf ihn zu. »Ich hoffe, du hast Appetit mitgebracht.«

Jetzt stand sie direkt vor ihm, an ihm, schob sich leicht an ihm hoch, sodass er ihre kleinen, festen Brüste auf seinem Oberkörper spürte, und hauchte ihm einen Kuss auf seine linke Wange. »Lass uns jetzt schnell fahren, ich habe Hunger! Aber vorher müssen wir uns noch stärken, ich muss was essen. Danach verspeise ich dich wie ein Raubtier!« Schnapp, biss sie ihm leicht ins Ohrläppchen.

Jensen begann zu schwitzen.

Es ging nach Flingern, zum Hermannplatz. In der Gegend gab es einige schicke In-Lokale, in denen man zu vernünftigen Preisen mehr als gut essen konnte. Speedy hatte eine sehr gemütlich aussehende, dunkelrot auf asiatisch gestylte Eckgaststätte ausgesucht.

»Böser Chinese?«, fragte Jensen.

»Der Chinese ist böse, aber das Essen sehr gut. Die Tofu-Nudeln: Du wirst begeistert sein!«

Jensen freute sich erst mal darüber, dass sie musikalisch von Paul Weller mit der Cover-Version eines alten Sister-Sledge-Klassikers begrüßt wurden. Das war doch schon mal ein guter Einstieg. Allerdings mahnte er sich zur Vorsicht. Er erinnerte sich noch gut an ihr letztes Date im Düsseldorfer Medienhafen vor drei Monaten, das zum Fiasko geriet, weil Jensen treffsicher gleich in mehrere Fettnäpfchen gestolpert war. Und an einem Fiasko, das musste er sich mit einem frechen Seitenblick auf Speedys spitzenmäßige Figur eingestehen, war ihm heute Abend wirklich nicht gelegen. Speedy sah noch ein bisschen schärfer aus als beim letzten Mal. Und wieso waren ihm eigentlich bisher nicht ihre tollen, hellblauen Augen nachhaltig aufgefallen? Die waren mehr als sensationell. In der Frau steckte zweifellos mehr, als man auf den ersten Blick erkennen wollte. Oder sollte?

Speedy ging vor und zog ihn an einen Tisch im hinteren Bereich des Ladens. Sie hatte sogar reserviert, wie Jensen beeindruckt feststellte. Das Lokal war spärlich beleuchtet. In Speedys Augen spiegelte sich das Licht einer Kerze, die zwischen ihnen auf dem Holztisch stand.

»Du hast supertolle Augen«, flüsterte Jensen.

»Wenn jetzt der Spruch vom Dieb kommt, der das Funkeln eines Sterns gestohlen und in meine Augen gestreut hat, dann muss ich dir leider Kerzenwachs über die Finger gießen.«

»Mir ist schon heiß.«

»Halt dich zurück: Wir sind noch in der Aufwärmphase!«

Jensen grinste. Verdammt, er fühlte sich pudelwohl in ihrer Gesellschaft. »Wie waren deine letzten drei Monate?«, fragte er.

»Langweilig. Ich habe mich mehrmals mit einem Kollegen getroffen, der auf der K-Wache arbeitet. Wie gesagt: langweilig. Ich habe einen Kegelclub aus Unterbach kennen gelernt, aber das war sehr unübersichtlich und stressig. Ich war auf Norderney und hier in Düsseldorf dann kurz mit einem Italiener aus Gerresheim zusammen, der herrlich kochen konnte, aber er hatte was dagegen, dass ich kurze Röcke trage.« Sie deutete auf ihr schwarzes Kleidungsstück. »Da musste ich mich entscheiden. Und du?«

»Praktikumszeit. Sehr viele Seminare. Wenn ich dich mit einem Knüppel erschlage und vergrabe, du in zwanzig Jahren ausgebuddelt wirst, dann können Spezialisten vom Landeskriminalamt innerhalb weniger Tage feststellen, in welchem Teil der Welt du aufgewachsen bist.«

»Ich komme aus Eller.«

Die Kellnerin trat an den Tisch, brachte die Karte, und beide bestellten, ohne sich abzusprechen, dasselbe.

»Wir passen nicht zusammen«, lachte Speedy.

»Stimmt, ich war noch nie mit einem Italiener zusammen.«

»Mit einem von der K-Wache?«

»Nur kurz. Und platonisch«, gibbelte Jensen.

»Platonisch ist ohne Gummi, oder?«

»Genau.«

Speedy schob auf dem Tisch eine Hand unter Jensens. Dort blieb sie, bis das Essen kam. Und das Essen war klasse. Für einen bösen Chinesen geradezu erstklassig.

Jensen genoss die entspannte Ablenkung vom Fall. Und mehr als das, so musste er sich eingestehen, Speedys Gesellschaft. Das Essen verlief in lockerer Atmosphäre, Jensen kam noch nicht mal in die Nähe gefährlicher Fettnäpfe.

Zwei Stunden später waren sie die letzten Gäste, wurden höflich hinauskomplimentiert und schritten eingehakt durch die lauwarme Nacht zurück zum Fahrzeug.

Auf der Rückfahrt an der Kreuzung Bergische Landstraße Ecke Knittkuhler Straße sprang die Ampel vor ihnen auf Rot. Speedy lehnte sich zu Jensen rüber und flüsterte ihm ins Ohr: »Habe ich dir eigentlich schon gesagt, dass du heute richtig schnuckelig aussiehst, mein Kleiner? Ich habe dir doch von meinem neuen Tattoo erzählt. Kommst du gleich noch mit rein? Das würde ich dir gerne zeigen.«

»Ich bin Polizist. Und Polizisten sind von Natur aus neugierig.«

»Prima. Rat schon mal! Welches Motiv?«

Jensen blickte in das hellblauste Paar Augen der Welt. »Ich habe echt keine Ahnung. Aber so wie du dich gerade verhältst, würde ich auf ein ganz schön gefährliches Raubtier tippen.«

Sie biss ihm ins Ohrläppchen.

»Aua! Wieso beißt du mich?«, fragte Jensen.

»Raubtiere beißen nun mal!«

»Ich warne dich: Ein blutendes Ohr stört den Gesamteindruck!«

Speedy fuhr sich mit der Zunge über die Lippen. »Ich mag Blut. Vielleicht war ich in einem früheren Leben mal ein Vampir.«

»Oder Metzgerin«, fügte Jensen hinzu und, weil kein anderes Fahrzeug kam, bog er hastig bei Rot ab.

Das schien Speedy sehr zu gefallen. »Das war noch rot, Herr Polizist«, flüsterte sie und legte eine Hand auf Jensens Oberschenkel. Ziemlich weit oben. »Du kannst es wohl gar nicht mehr erwarten.«

Jensen war sich nicht ganz sicher. Die Raubtierhöhle kam immer näher, eine gewisse, atemraubende Panik machte sich bemerkbar. Klar, Speedy sah echt scharf aus. Sie hatten sich den ganzen Abend hindurch richtig heiß gemacht. Keine Frage.

Raubtierhöhle ... Er hatte jetzt wirklich richtig Lust, mit ihr im Dschungel zu verschwinden.

Aber ging das nicht alles ein bisschen schnell? Viel zu schnell?

Direkt vor Speedys Haus verstaute Jensen den Mustang in einer freien Parklücke. Er hatte kaum den Zündschlüssel umgedreht, da schob Speedy ein Bein über ihn, begann ihn zu küssen und suchte mit der Hand den kleinen Christian. Sie wusste genau, wo sie zu suchen hatte. Dann drehte sie sich zur Seite, öffnete die Fahrertür und glitt über ihn hinweg nach draußen. Ihre linke Hand verlagerte sich nach oben, packte sein Hemd und zerrte Jensen fordernd hinter sich her.

»Äh ...«, machte Jensen sich bemerkbar, aber Speedy ging auf Nummer sicher und drückte ihm ihre Lippen fest auf die seinen. Sie zog ihn hinter sich her durchs Treppenhaus, stieß ihn in die Wohnung, warf die Tür zu und riss ihm das teure Hemd vorne auseinander.

Jensen hörte die Knöpfe auf den Laminatboden prasseln. Das Raubtier will Beute machen, dachte er. Er taumelte mehrere Meter rückwärts in ein Zimmer, stieß gegen etwas Hartes, verlor das Gleichgewicht und fiel auf den Rücken. Aber er landete weich. Genau auf ihrem Bett. Sein Blick glitt unter die Decke, an der ein ungefähr zweimal zwei Meter großer Spiegel hing.

Speedy setzte sich auf ihn.

»Wegen des Bluts. Du bist kein Vampir!«, stellte Jensen fest.

Speedy hielt irritiert inne. Jensen deutete nach oben.

»Ich kann dich sehen.«

»Und?«, schnurrte sie. »Gefällt dir, was du siehst?«

»Ich liebe deinen Hinterkopf!«

Sie lachte ihn an und versprach: »Den kriegst du gleich noch länger zu sehen.« Sie ließ sich nach vorne fallen, schmiegte sich an ihn und küsste ihn zärtlich, fester, fordernd, hemmungslos. Mit flinken Fingern zog sie sich – immer noch auf ihm sitzend – gekonnt einige störende Kleidungsstücke vom Körper, bewegte dabei vorsichtig kreisend ihr Becken und trug zuletzt nur noch einen dunkelroten Seiden-BH mit Spitze und den schwarzen Rock.

Jensen versuchte ein wenig Initiative zu ergreifen, aber seine Partnerin drückte seine Hände aufs Bett. Sie massierte sich mit beiden Händen und mit langsamen, lasziven Bewegungen ihre Brüste.

Jensen starrte in ihre funkelnden, blauen Augen.

Sie zog grinsend den BH von ihren Brüsten, bedeckte sie reizvoll mit ihren Händen. Unwahrscheinlich weiche, braun gebrannte, feste Haut drückte sich zwischen ihren Fingern ins gedimmte Zimmerlicht. Jensen pustete sich eine kurze Abkühlung durchs Gesicht. Vergeblich. Sie gab ihre Brüste frei und Jensen stöhnte auf. Auch, weil Speedy in die Hocke ging und ihre Finger den Reißverschluss seiner Hose öffneten. Blitzschnell hatte sie gefunden, was unschwer zu finden war.

Jensens Hände legten sich über ihre Brüste. Er schloss seine Augen.

Sie bestimmte das Tempo. Sie war das Raubtier. Sie machte Beute. Und er? Ihm war es Recht. Mehr als das! Manchmal war man eben das Opfer …

Sein Körper bereitete sich auf ein ekstatisches Feuerwerk der Extraklasse vor. Er spürte, wie Speedy sich für einen Moment von ihm löste. Er öffnete die Augen. Sie hatte sich gedreht. Sein Blick fiel auf einen makellosen, nackten, durchtrainierten Rücken.

Seine Finger glitten unter ihren schwarzen Rock, schoben ihn hoch und umfassten ihren strammen Po. Speedys Körper hob und senkte sich. Im gleichen aufregenden Moment, in dem Jensen zwischen den Fingern seiner rechten Hand hindurch ihr neues Tattoo entdeckte, senkte sie sich gleichmäßig auf seinen Körper, und er drang mühelos tief in sie ein. Jensens Blick glitt über ihren wogenden Körper hinweg an die Decke. »Es ist ein schlafendes Tigerbaby«, flüsterte er seinem Spiegelbild zu und schloss die Augen. »Und gleich wird es wach!«

5. Tag

Struller rieb sich entsetzt die Augen. Die Stadt hatte die neuen Häuser auf der Torfbruchstraße mit leuchtenden, bunten Farben streichen lassen, von denen man Schwindelanfälle bekam. Denen bei der Stadt fiel immer was Neues ein. Irgendwann würden sie einen Kreisverkehr mit alten Autoreifen auslegen und innen mit afrikanischen Gräsern und Palmen bepflanzen ...

Am frühen Morgen ging dieser Anstrich schon mal gar nicht. Das war Farbe für drinnen, für einen Waldorf-Kindergarten, aber doch nicht für draußen! Sicherheitshalber schob Struller eine Spiegelsonnenbrille auf die Nase, um dauerhafte Schäden zu vermeiden.

Melanie Wiener wohnte in einem hellblauen Block und öffnete nach dem dritten Klingeln. »Bitte?«

Struller erklärte ihr, was er wollte, und die junge Frau, ein Kind auf dem Arm, ließ Struller in die kleine Wohnung, die deutlich dezenter gestrichen war als das Haus von außen.

»Ich bin seit drei Monaten nicht mehr mit Sandro zusammen.«

»In seiner Wohnung hängen Fotos von Ihnen. Wir haben Briefe gefunden.«

Sie schluckte.

»Das glaube ich. Es war ja auch so, dass nicht wir uns, sondern ich mich von ihm getrennt habe. Ich habe es einfach nicht mehr geschafft.«

Struller nickte. Melanie Wiener war um die Dreißig, hatte ein hübsches Gesicht und war für die Jahreszeit vielleicht ein wenig zu blass. Sie trug schlichte, pflegeleichte Kleidung, auf der das schlafende Baby vereinzelte Gebrauchsspuren hinterlassen hatte. Brei und so was, mutmaßte Struller, er kannte sich da nicht so aus. »Ihr Freund war drogensüchtig. Er ist bei uns gerichtsmedizinisch untersucht worden. Die Ergebnisse waren eindeutig. Er war schon längere Zeit abhängig.« Struller zupfte seine Spiegelsonnenbrille von der Nase, versenkte sie im Hemd und warf einen Blick auf den Kleinen in ihren Armen. »Und Sie?«

Sie schüttelte den Kopf. »Nein, ich hab das Zeug nicht angerührt. Gott sei Dank. Dann war ich schwanger, und Kevin ist gesund.«

»Sie haben sich von Rossi getrennt.«

»Ich habe alles versucht, bin sogar bei einer Beratungsstelle für Co-Abhängigkeit gewesen und habe mehrere Sitzungen mitgemacht. Dort wurde mir bewusst, wie sehr mich Sandros Sucht selbst zu einer Abhängigen gemacht hat, eben zu einer Co-Abhängigen. Sie können sich nicht vorstellen, wie hart das ist.«

Struller nickte. Konnte er nicht. Er lernte Drogenabhängige immer erst dann kennen, wenn sie im strengen Sinn keine mehr waren.

»Ich musste irgendwann an den Kleinen denken. Immer wieder fand ich in der Wohnung offen herumliegende Spritzen. Sandro hatte seine Abhängigkeit nicht unter Kontrolle. Dann war er wieder lieb … Ich habe seine Sucht letztendlich sogar finanziell unterstützt. Wenn er total fertig war, habe ich ihm Geld gegeben und mich selbst dabei total verschuldet. Dass ich eine Notbremse ziehen musste, wurde mir erst bei diesen Treffen klar. Es ging einfach nicht mehr weiter.« Sie schaute ihn fragend an. »Warum interessiert sich jetzt die Polizei dafür?«

»Wir haben Grund zu der Annahme, dass Sandro nicht durch einen Unfall gestorben ist.«

»Es war eine Überdosis?«, fragte sie verwirrt.

»Ja. Aber inwiefern sie freiwillig war oder er sie sich aus Versehen einverleibt hat, das ist jetzt die Frage«, wich Struller aus und streifte haarscharf die Wahrheit. Struller hatte sich in der Wohnung umgesehen. Er hatte insgeheim damit gerechnet, satanistische Symbole zu finden, aber das war komplett Fehlanzeige. Wie in Rossis Wohnung auch, gab es hier keinen Hinweis auf einen Teufelshaken oder sonstige Anzeichen eines praktizierten Kults. Deshalb fragte er einfach direkt: »Wissen Sie, was ein Teufelshaken ist?«

»Teufelshaken? Nie gehört.«

Struller beschrieb ihr das Symbol, aber sie schüttelte den Kopf. »Nie gesehen. Ehrlich.«

»Haben Sie sich schon mal mit okkulten Praktiken beschäftigt?«

»Hat das mit Sandros Tod zu tun?«

»Würde ich sonst fragen?«

»Ich habe noch nie mit so was zu tun gehabt. Ich habe mir auf der Oberkassler Kirmes mal die Karten legen lassen, aber das ist alles. Soviel wie ich weiß, hat auch Sandro damit nichts am Hut gehabt.« Sie wippte nachdenklich den immer noch schlafenden Kevin auf ihren Armen. »Aber wir haben uns in den letzten Monaten nicht mehr gesehen. Er hat ein paar Mal mitten in der Nacht angerufen. Ich bin nur ein Mal rangegangen, er stand vollkommen neben sich. Ich brauche meinen Schlaf. Kevin ... Ich weiß nicht, ob Sandro irgendjemanden in der Szene kennen gelernt hat.«

Struller nickte.

»Seinen Mörder vielleicht.«

»Mörder? Sie haben keinen Mord erwähnt!«

Struller biss sich auf die Lippe. Anfängerfehler! »Wir schließen im Moment gar nichts aus, ermitteln in alle Richtungen.«

Sie legte den Kopf schräg. »Ich kann mir keinen Grund vorstellen, warum man Sandro hätte umbringen wollen. Der war herzensgut. Selbst mit seiner Abhängigkeit, selbst in seinem Zustand. Wenn er wirklich ermordet worden ist, wünsche ich mir, dass Sie den Mörder fangen!«

»Ich gebe mir Mühe. Kennen Sie jemanden, der mir weiterhelfen könnte?«

Sie schnaufte. »Ich kenne keinen. Er hatte nur Kevin und mich. Dann verlor er auch uns. Jetzt geht es ihm vielleicht besser.«

»Davon müssen wir ausgehen«, gab Struller ihr recht, um sie zu trösten. »Kann ich Sie telefonisch erreichen, wenn ich noch Fragen habe?«

»Nur über mein Handy, ich habe keinen Festnetzanschluss.«

Struller ließ sich die Nummer geben und fragte: »Ist Sandro Rossi der Vater von Kevin?«

»Ja.«

Struller zog die Sonnenbrille aus seinem Hemd. »Haben Sie einen neuen Freund?«

»Ich habe im Moment keine Zeit für Männer«, erklärte Melanie Wiener knapp und kniff die Lippen fest aufeinander. »Und kein Interesse.«

»Sie kommen klar?«, fragte Struller leise. »Ich meine, auch finanziell?«

»Danke. Mit Beratungsstellen kenne ich mich aus. Sandros Tod ist ein Grund mehr, mich zusammenzureißen.«

Kevin reckte sich. Gleich würde er loslegen. Struller verabschiedete sich und verließ die Wohnung.

»Sehr nett, dass Sie nachgefragt haben«, flüsterte Melanie Wiener dankbar, nachdem Struller die Tür vorsichtig hinter sich zugezogen hatte.

* * *

Nachdenklich stieg Struller die Stufen zum Präsidium hoch. Mit einer schlaffen Handbewegung grüßte er Richard, den wackeren Pförtner, in seinem Glaskasten, der sich links im Eingangsbereich des Präsidiums befand, und kletterte müde in die dritte Etage. Zu früh aufgestanden, das hatte er jetzt davon.

Im Rondell seiner Etage wurde er kurz vor dem Ziel abgefangen. Yvette de Baron winkte ihn in ihr Büro. »Schön, dass ich Sie treffe.« Sie bot ihm einen Platz an. »Kaffee? Ist gerade fertig. Apropos fertig: Sie sehen fertig aus.«

»Ich komme gerade von einer Vernehmung. Die Freundin des toten Italieners, der Junkie vom Rheinufer. Er hinterlässt einen Sohn. Frau, Kind und Wohnung sahen ganz ordentlich aus, aber leicht wird es für die beiden nicht.«

Die neue Staatsanwältin platzierte eine Tasse Kaffee zwischen ihnen. »Sie lassen die Sache sehr nah an sich ran?«, fragte de Baron besorgt und verwundert zugleich.

»Natürlich nicht«, entgegnete Struller hastig. »Aber ich werde Mutter mit Kind ein bisschen im Auge behalten. Krabbelgruppe und so was, ich habe da ein paar ganz nützliche Kontakte.«

»Das hätte ich Ihnen nicht zugetraut. Sie haben Kinder?«

»Nein, aber ich kenne welche.«

»Nett, dass Sie sich ein wenig kümmern wollen.«

»Es ist bald Weihnachten!«, erklärte Struller, dem das Gespräch anfing unangenehm zu werden und nippte am Kaffee. »Was liegt an?«, versuchte er das Gespräch sachlich voranzubringen.

Sie räusperte sich. »Ich habe die Akten soweit gelesen. Es sieht leider alles nach einer Serie aus.«

»Richtig. Wir gehen von mindestens einem Täter aus, der vermutlich in dieser Reihenfolge Kleinfeld, Rossbach und Rossi umgebracht hat.«

»Zusammenhang ist dieser Teufelshaken?«

»Genau, ein okkultes Zeichen, das an allen Tat- beziehungsweise Fundorten in irgendeiner Form hinterlassen wurde. Das ist bisher der einzige Zusammenhang, und wir haben keine Ahnung, was es mit diesem Zeichen als Verbindungsstück auf sich hat. Wir sind bisher so weit, dass die Opfer sich sonst nicht gekannt haben. Wir überprüfen alles.«

»Sind sie gleich alt? Gleiche Schule? Gleiche Arbeit?«

»Schule nein und gearbeitet haben sie alle nicht ...«

Sie hob die Augenbrauen hoch. »Alle arbeitslos gemeldet?«

»Eine Spur? Leider nein. Alle arbeitslos, aber alle in verschiedenen Ämtern arbeitslos gemeldet.«

»Vielleicht haben sie sich bei einem Vorstellungsgespräch getroffen?«

»Rossi, der Junkie, hat keine Arbeit gesucht. Er suchte nur Stoff.«

De Baron seufzte.

Struller blickte sich in dem kleinen Büro um. Es war das so genannte Richterzimmer, das für Richter und Staatsanwälte reserviert war, die kurzfristig im Präsidium zu tun hatten und dann auf ein eigenes Büro zurückgreifen konnten. Entsprechend nüchtern war das Zimmer ausgestattet, Fotos fehlten zum Beispiel völlig.

»Hm. Wie dem auch sei. Die Presse hat Wind von der Sache bekommen. Kennen Sie beim Rheinkurier einen Jürgen Rempe? Der ist besonders hartnäckig.«

»Der rechnet sich an seinen neun Fingern eine heiße Story aus, klar. Vorsicht, der ist schlau. Kein unangenehmer Typ, kann aber unangenehm werden, wenn es um die Arbeit geht. Hätte der einen Cousin in Amerika, dann hätte der Watergate aufgedeckt. Eine schräge Geschichte riecht Rempe zehn Kilometer gegen den Wind.«

»Das klingt so, als sei der Mensch Ihnen sympathisch?«

»So weit würde ich nicht gehen. Respekt, ja. Außerdem raucht er Ernte 23.«

Sie grinste. »Für morgen Mittag habe ich eine Pressekonferenz angesetzt.«

»Das musste ja irgendwann kommen«, knirschte Struller.

»Kriminaloberrat Hengstmann kommt dazu, wird sich aber auf Organisatorisches beschränken. Ich würde den Leuten der Presse gerne ein Ermittlergesicht zeigen.«

»Jensen! Der sieht gut aus, wenn er sich kämmt. Er kann nett formulieren, trägt schicke Klamotten und redet meistens keinen Blödsinn.«

»Schicke Klamotten? Ich habe ihn neulich in der braunen Kutte des Toten aus Mörsenbroich gesehen ... Aber ein Praktikant aus Kleve? Das geht nicht. Ich bin froh, den Burschen hier halten zu können. Wenn wir den jetzt auch noch im Fernsehen präsentieren, wollen die den in Kleve sofort wiederhaben. Ich hatte eher an den verantwortlichen Leiter der Mordkommission gedacht.«

Struller seufzte. »Wie spät?«

»Was halten Sie von elf Uhr?«

»Nichts natürlich, aber genauso gut und schlecht wie alle anderen Uhrzeiten. Ich lass mir ein paar blutige Gags einfallen, um die Stimmung ein wenig aufzulockern.«

»Erzählen Sie einfach von den hübschen Toten. Das macht Stimmung genug.«

Struller grinste sie an. Er war mehr als beeindruckt von der neuen Staatsanwältin. Das würde er natürlich nie zugeben! Außerdem: Wolf blieb Wolf, auch wenn er mal keinen Hunger auf Schafe hatte. In diesem Fall natürlich Wölfin.

Wölfin ... Dass ihm dieser feine Unterschied überhaupt in den Sinn kam, machte Struller noch ein wenig nachdenklicher. Die de Baron war ein ausführendes Organ der Rechtspflege. Eingeräumt, ein recht hübsches, aber damit hatte es sich jetzt auch. Organ blieb Organ.

»Kann ich sonst noch irgendwas für Sie tun, um bei den Ermittlungen zu helfen.«

»Hm. Wir brauchen im Flur einen neuen Feuerlöscher.«

* * *

Christian Jensen hatte auf seinem Schreibtisch eine krakelige Nachricht von Struller gefunden, in der es hieß, dass sein Ausbilder sich schon sehr früh zu Melanie Wiener aufgemacht habe. Er genoss die Minuten alleine im Büro und ließ die gestrige Nacht an sich vorbeiziehen. Verdammte Axt, diese Speedy. Das kleine Tigerbaby konnte brüllen ... Herrlich!

Jäh wurde er aus seinen wärmenden Gedanken gerissen, als das Telefon bimmelte. Nichts Gutes ahnend ging Jensen ran. »Jensen am Apparat Struhlmann ...«

Die Bürotür flog auf und Struller kam herein. Zügig ging er auf die Pinnwand zu.

»Was?«, fragte Jensen in den Hörer.

Struller entrollte ein Blatt und pinnte es an die Magnetwand.

»Und wo?« Jensens Stimme flatterte. »Wir kommen sofort!«

Struller trat einen Schritt zurück und musterte das Bild. Marion hatte sich wirklich Mühe gegeben und mit ganz viel Schatten und Licht gearbeitet. Dafür, dass sie sonst nur nackte Kerle malte. Puh, und demnächst ihn ... »Gar nicht schlecht.«

Jensen legte auf, trat neben Struller und stutzte. »Hast du das gemalt?«

»Ne, Picasso. Kannste ihn erkennen?«

»Ich glaube schon. Ist das nicht der Typ, der in deiner Stammkneipe normalerweise schlafend am Tresen hängt? Er hat so einen Spitznamen. Wie nennst du ihn doch gleich?«

»Vokuhila. Gut erkannt, mein kleiner Freund.«

»Das Bild ist ja auch fast so gut wie ein Foto. Äh ... warum lässt du ihn malen?«, fragte Jensen nachdenklich. »Na ja, ist ja deine Sache, aber darüber hinaus gibt es erstens eine neue Leiche für uns, und zweitens hat Picasso keine Aquarellfarben verwendet.«

* * *

Der Mann war nackt. Nicht unsportlich, trainiert. Vielleicht vierzig Jahre alt, kurz rasierte, dunkle Haare. Er lag bäuchlings auf einer schwarzen Lederbank, die in einem spitzen Winkel an die hintere Wand des Raums angelehnt war. Freiwillig.

Bereitwillig.

In mehreren Messern und Dolchen, die glänzend an der Wand hingen, brach sich ein grelles Licht, das aus starken Spots quer durch den Raum schoss. Schemenhaft war im Hintergrund ein Foto zu erkennen, auf dem eine in schwarzem Latex gekleidete Frau eine schlanke Sekttulpe mit einer roten Flüssigkeit leerte.

Eine zweite Person trat aus einem Nebenraum hinzu. Sie war schlank und trug eine braune Stoffkutte, deren Mütze nach oben hin spitz zulief. Sie beugte sich nach unten, um zwei breite Ledermanschetten an den Fußgelenken des Mannes zu befestigen. Er ließ es ohne Weiteres geschehen. Dann tat sie dasselbe mit Lederschlaufen an den Handgelenken des Mannes.

Ohne Eile. Langsam.

Ihre Körper, nur vom braunen Stoff ihres Umhangs getrennt, berührten sich. Scheinbar lustvoll drehte sich der Mann auf der Bank ihr zu. So weit es ging, denn die Fesseln saßen stramm und hielten ihn kurz.

Die schlanke Frau trat einen Schritt zurück und griff unter ihre Kutte. Plötzlich hielt sie eine Peitsche in ihrer Hand. Ihr Körper straffte sich. Sie hob die Hand und hieb einen Schlag auf seinen Rücken. Der Mann zuckte und schüttelte sich. Sie holte aus und ließ die Peitsche ein zweites Mal auf seine blanke Haut knallen. Sie holte ein drittes Mal aus, aber mitten in der Bewegung hielt die Frau plötzlich inne und drehte sich zur Seite.

»Jetzt sieht man ihr Gesicht«, kommentierte Giesler.

Struller und Jensen erkannten zunächst nur schemenhaft ein feines, zartes, fast hageres, weibliches Gesicht. Die Frau schaute schräg unter der Kamera hindurch und trat aus dem Bild. Für einen kurzen Augenblick war ihr Gesicht deutlich zu erkennen.

»Haben wir keinen Ton?«, fragte Struller schnell.

»Nein, nur die Bilder.«

»Aber ihr Gesicht können wir als Foto haben? Das brauche ich gleich als Fotoausdruck.«

»Kein Problem.«

Für wenige Sekunden blieb der Mann alleine auf der Bank zurück. Die Videoaufnahme wirkte wie ein Foto. Dann kehrte die Kapuzenfrau in den Raum zurück, in der Hand die dunkle Peitsche.

»Jetzt geht's richtig los«, murmelte Giesler düster.

Die Kapuzenfrau holte aus. Und schlug zu. Der Mann bäumte sich auf der Bank auf. So weit das in seiner gefesselten Stellung möglich war.

Auch Jensen und Struller zuckten.

Dieser Schlag war von einem ganz anderen Kaliber. Blut verfärbte augenblicklich die nackte, weiße Haut des Mannes. Deutlich war auf dem schwarz-weißen Monitor ein breiter Streifen zu sehen. Sie schlug wieder zu, sein Körper krümmte sich. Die Frau schlug wieder und wieder. Sie prügelte sich regelrecht in Rage. Immer weiter holte sie aus, immer präziser wurden ihre Treffer.

Jensen drehte sich weg. »Das gibt's doch gar nicht!«

Irgendwann bäumte der Mann sich nicht mehr auf. Und irgendwann, viel, viel später, hörte die braune Kapuzenfrau endlich auf zu peitschen und verließ den Raum.

»Spul an die Stelle zurück, in der man das Gesicht der Frau sieht!«

Struller ging in den Nebenraum, wo ihn eine muskulöse Frau mit blonden Haaren erwartete, die kräftig an einer Zigarette sog.

»Ich habe so was noch nicht gesehen. Das ist nicht mehr normal!«, keuchte die Blonde mit heiserer Stimme.

Struller ersparte sich eine bissige Bemerkung. Bei einem schnellen Rundgang durch den Sado-Maso-Club in der Karl-Anton-Straße hatte er einen komplett eingerichteten Operationssaal, ein mit Latex überzogenes Andreaskreuz und eine Schulbank mit kleinen Stühlchen davor gesehen. Was war hier schon normal? »Frau Könnies, ich möchte Ihnen ein Gesicht zeigen.«

Sie stand auf, zerquetschte die Zigarette im Aschenbecher und folgte Struller, der auf den Monitor deutete.

»Mein Gott!« Kati Könnies schlug die Hände vors Gesicht. »Das ist Katja, eine Angestellte. Mein Gott!«

»Hat Katja auch einen Nachnamen und ein Adresse?«

»Natürlich. Sofort.« Sie verschwand im Nebenzimmer und erschien Sekunden später mit der Fotokopie eines Reisepasses. »Katja Specht, Bendemannstraße 97.«

Struller schnippte sein Handy auf und hackte drei Zahlen in die Tastatur.

»Polizei Düsseldorf«, meldete sich ein Einsatzbearbeiter der Leitstelle mit einer sanften, dunklen Stimme, für die junge Kolleginnen – wie Struller zugetragen wurde – während des Nachtdienstes angeblich bereit waren zu töten.

»Klaus? Alter Stratege. Klaus, ich brauch ganz schnell ein paar Überprüfungen. In der Bendemannstraße 97 wohnt eine Katja Specht. Wohnt da noch ein Specht? ... Nein, okay. Eine weitere Frau Specht, Tochter oder Schwester? ... Auch nicht, gut.«

»So viel ich weiß, wohnt sie alleine. Sie hat keinen Freund«, nickte Frau Könnies mit ausdruckslosem Blick.

»Ich brauche sofort zwei Zivilfahrzeuge. Katja Specht ist Verdächtige in einer Mordsache. Die Kollegen müssen sofort dahin und die Frau festnehmen. Ich bin hier zu erreichen.

Mach es dringend!« Struller legte auf. Glück gehabt, ein erfahrener Kollege aus Dortmund-Kirchlinde, bei dem die Sache in guten Händen war.

»Pit, komm mal her!«

Struller folgte dem Ruf.

Jensen stand im Türrahmen und hielt die Tür auf. »Diesmal brauchen wir nicht lange zu suchen«, sagte er und deutete auf die Innenseite der Tür.

Frau Könnies trat hinzu. »Jedes unserer Zimmer hat ein eigenes Motto. Das ist unsere *Devil's Lounge*. Das Symbol ist der so genannte Teufelshaken.«

Struller pfiff Luft durch die Backen. »Der Teufelshaken.«

»Ein sehr bekanntes, satanisches Symbol«, erklärte Kati Könnies, als sei es nötig.

»Mottozimmer, aha«, knurrte Struller. »Und welches Symbol habt ihr drinnen an der Tür zum Zimmer mit der Schulbank? Eine Schultüte?«

Kati Könnies schwieg.

Struller ging diese kranke Scheiße mächtig auf den Zwirn. Er ging an Jensen vorbei und beugte sich zu Doc Stich, der sich gerade die Einweghandschuhe von den Fingern zog. »Und?«

»Der Mann ist verblutet. Der Rücken war praktisch eine einzige blutende Wunde. Ich habe so was noch nie gesehen. Die muss noch auf ihn eingeschlagen haben, als er schon lange nicht mehr gezuckt hat.«

»Hat sie, Doc, hat sie.«

»Klingt jetzt doof, aber gelitten hat er nicht. Er dürfte schon frühzeitig ohnmächtig gewesen sein und hat gar nicht gemerkt, wie es zu Ende ging. Meine Güte, Pit. Was ist hier eigentlich los?«

Struller zuckte mit den Schultern. »Ganz genau weiß ich es noch nicht ...«

Jensen winkte. »Wir haben im Nebenzimmer seine Klamotten gefunden. Mit Brieftasche. Es ist ein Ausweis drin. Frank Hilgers heißt der Tote und wohnt im Zoo-Viertel auf der Ostendorfstraße.«

Struller beugte sich über die Leiche und musterte die rechte Hand des Opfers. »Er ist verheiratet. Wir sollten mit seiner Frau sprechen. Und euch ...«, er deutete auf Giesler und Könnies, »brauche ich auch noch. Ins Büro, bitte.«

»Ich muss arbeiten«, protestierte die Clubchefin.

Struller zog geräuschvoll die Nase hoch. »Fürs Erste wurde hier genug gepeitscht!«

* * *

Sybille Hilgers schlug die Hände vors Gesicht. »Was?« Sie wurde blass und drohte wegzusacken.

Jensen reagierte sofort, schnellte nach vorne, geleitete sie auf eine Couch und warf seinem Partner einen bösen Blick zu.

Der verzog keine Miene. Struller hatte sich mal wieder von der allersensibelsten Seite gezeigt. Jensen fand, dass man Formulierungen wie »zu Tode gepeitscht« und »bestialisch hingerichtet« ruhig hätte weglassen können. Nun ja, Struller war anderer Meinung. Was einfühlsame Vernehmungsmethoden anging, hatte er bei seinem Ausbilder nicht viel zu erwarten.

»Ich hole Ihnen ein Glas Wasser aus der Küche.«

»Danke.«

Struller warf einen Blick durch das bodentiefe Terrassenfenster. Freier Blick auf den Hansaplatz. Schöne Gegend. Er räusperte sich. »Wussten Sie, dass Ihr Mann diese Clubs aufsuchte.«

Sie senkte den Kopf. »Es hat keinen Sinn, wenn ich es leugne?«

»Überhaupt keinen Sinn. Sie erleichtern uns die Arbeit, wenn Sie offen mit uns sprechen.«

»Es ist natürlich nicht angenehm für mich ...« Sie sammelte sich und strich eine blonde Strähne aus dem Gesicht.

Sybille Hilgers war eine gut aussehende Frau, knapp vierzig Jahre alt. Sie hatte schulterlange Haare, zum Zopf gebunden, und eine gute Figur. Struller und Jensen hatten sie vor dem Haus angetroffen. Sie kam vom Joggen und trug einen teuren Trainingsanzug, wie er in einem schicken Sportstudio in der Innenstadt nur exklusiv an Mitglieder verkauft wurde. Mit Schriftzug und Initialen natürlich, damit auch jeder wusste, wo der Besitzer des Kleidungsstücks seinen Schweiß ließ.

Jensen kannte das Studio und hatte selbst überlegt ...

»Mein Mann stand auf diese ... Praktiken. Also das, was in diesen Clubs angeboten wird. Wir haben es auch zusammen ausprobiert, aber für mich war eine gewisse Grenze sehr schnell erreicht. Er hat zwar gedrängt, aber schließlich meine Entscheidung respektiert. Irgendwann habe ich Striemen auf seinem Rücken gesehen. Ich habe ihn zur Rede gestellt und ihm später quasi erlaubt, diese Clubs zu besuchen. Ansonsten hatten wir nämlich eine sehr harmonische Ehe, müssen Sie wissen.«

»Kennen Sie den Club in der Karl-Anton-Straße? Das ist in der Nähe des Bahnhofs.«

Sie senkte den Kopf. »Ja, da bin ich einmal gewesen. Ich wusste, dass er inzwischen regelmäßig dort hinging. Ich wollte mir ... dieses Etablissement ansehen. Einfach nur, um zu wissen, wo mein Mann ...« Sie brach ab.

Jensen reichte ihr das Glas Wasser.

Sie nickte dankbar und leerte das Glas in einem Zug.

»Interessierte Ihr Mann sich für Okkultismus?«, fragte Jensen.

Sie blinzelte irritiert. »Okkultismus?«

»Teufel, schwarze Messen, Blutopfer und so was.«

Sie überlegte kurz und schüttelte den Kopf. »Nein, eigentlich nicht. Er hat sich gelegentlich Dokumentationen im Fernsehen angeschaut, aber ich habe dem keine Bedeutung beigemessen. Ehrlich gesagt, immer wenn ich den Eindruck hatte, es ging um dieses Masochistische, habe ich innerlich abgeschaltet oder den Raum verlassen. Das hat mich total aggressiv gemacht. Ich mag das überhaupt nicht!«

»Es gibt in diesem Club mehrere Themenzimmer ...«

»Ist das nicht krank?«

»Ihr Mann hat sich die so genannte *Devil's Lounge* ausgesucht. Sagt Ihnen das irgendetwas?«

»Überhaupt nichts.«

Struller räusperte sich. »Was macht Ihr Mann beruflich?«

»Er arbeitet bei einer Firma für Medizintechnik in Hilden.«

»Und Sie?«

»Ich habe meinen Mann in der Firma kennen gelernt, arbeite aber jetzt viermal in der Woche vormittags in einer Boutique auf der Rethelstraße. Nichts Besonderes.«

»Haben Sie eine Ahnung, wie teuer ein Besuch in diesem Club ist?«

Sie nickte. »Ich kenne keine konkrete Summe, aber der seit Jahren überzogene Dispositionskredit unseres gemeinsamen Girokontos spricht Bände. Wir fahren seit zwei Jahren nicht mehr in Urlaub und Weihnachtsgeschenke sind im letzten Jahr ausgefallen.«

Das wird sich in diesem Jahr definitiv nicht ändern, dachte Jensen, behielt es aber für sich.

Sybille Hilgers nippte noch mal am Glas. »Und Sie sind sicher, dass das kein … Unfall war? Ich meine, man liest das doch immer wieder.«

Struller schüttelte den Kopf. »Wir sind uns sehr sicher, dass Ihr Mann ermordet wurde.«

Sie blickte Jensen an. »Finden Sie den Täter?«

Jensen nickte.

* * *

Wieder in Strullers Büro angekommen, legte Jensen fluchend den Telefonhörer ins graue, fleckige Plastikschälchen. »Katja Specht ist ausgeflogen. Weg. Keine Spur, nichts.«

»Fahndung raus. An alle!«, bellte Struller und widmete sich wieder Frau Könnies, die ihm mit verkniffenem Gesichtsausdruck gegenübersaß.

»Erzählen Sie mir was über Katja Specht!«

»Sie ist keine Mörderin.«

»Aber auspeitschen tut sie schon!«, provozierte Struller mit scharfer Stimme. Er hatte die Könnies in sein Büro bringen lassen, um ihr hier – vernehmungstaktisch raffiniert – im autoritär wirkenden Behördenbüro noch ein paar Einzelheiten entlocken zu können, aber die Rechnung war zumindest bisher nicht aufgegangen. Erstens ließ sie sich offensichtlich nicht beeindrucken, zeigte sich zweitens glaubwürdig geschockt und drittens gab es augenscheinlich rund um den Club nichts zu verheimlichen. Na ja, immerhin würde sie hier gleich ihre Vernehmung unterschreiben können, dann war zumindest der Schriftkram erledigt.

»Das sind doch zwei vollkommen verschiedene Sachen«, blieb sie auch jetzt ruhig.

»Na, wir haben auf dem netten Filmchen gesehen, dass die Grenzen fließend sind.«

»Ich weiß überhaupt nicht, wie das sein kann. Die Katja ...«

»Beschreiben Sie sie.«

Die Könnies sammelte sich. »Katja ist eine ganz Stille. Introvertiert sagt man, glaube ich. Die macht das alles nur, weil sie bei einer Bank knietief in den Miesen steht. Katja braucht das Geld. Da ist kein eigener Antrieb für sie bei der Sache.« Könnies nickte. »Katja hat eine kleine Tochter: Sarah. Die lebt zurzeit bei Pflegeeltern. Die Kleine ist ihr Ein und Alles. Sie würde nichts tun, was ihrer Lieben schadet. Jemanden töten? Auf keinen Fall.«

Struller schnaufte und machte sich eine Notiz. Erst der kleine Kevin Wiener und jetzt auch noch eine Sarah. Immer hingen kleine Kinder mit drin ... Mist.

»Und was das Auspeitschen angeht, ich bitte Sie. Wenn wir jemanden auspeitschen, dann gibt das normalerweise ein paar rote Streifen, aber es blutet noch nicht mal. Es geht gar nicht um den Schmerz.«

»Sondern?«

»Um die Macht beziehungsweise das Ausgeliefertsein. Dafür legen unsere Gäste richtig Kohle auf den Tisch. Für die Knete, die das bringt, würden Sie auch jemanden auspeitschen.«

Struller fielen allerdings auf Anhieb ein Dutzend Leute ein, die er sogar umsonst auspeitschen würde, aber das war gerade nicht das Thema.

»Das, was Katja macht, ist eigentlich harmloser als das, was andere Prostituierte sonst alles machen, wenn ich zum Beispiel an unsere osteuropäische Konkurrenz denke«, fuhr Kati Könnies fort. »Katja wollte vor allen Dingen nicht angefasst oder benutzt werden. Da gibt es ganz andere Sachen.«

»Ich weiß, aber bleiben wir bei Peitschen-Katja.«

»Sarahs Vater hat sie mit einem Berg Schulden sitzen lassen. Sie hat von Männern die Nase voll.«

»Darum peitscht sie ab und zu mal welche zu Tode?«

»Nein, auf keinen Fall. Sie ist eine ganz zierliche Person, voller Komplexe. Das Einzige, was sie hat, ist ihre Tochter. Für sie würde Katja alles tun ...« Sie hielt inne. »Sie wissen, wie ich das meine!«

»Geschenkt. Seit wann arbeitet Katja Specht im Club?«

»Bestimmt schon drei Jahre, ich kann das nachhalten. Wir werden regelmäßig von Ihren Kollegen und vom Ordnungsamt kontrolliert, da müssen die Unterlagen und Genehmigungen stimmen. Es gab mit Katja nie irgendwelche Schwierigkeiten. Sie ist zurückhaltend, sauber, pünktlich und hat sich mit ihren Kolleginnen gut verstanden. Katja ist magersüchtig.«

»Dafür hat sie aber ganz gut zugelangt.«

»Kann man wohl sagen.«

»Noch was anderes: der Tote? Ein Stammkunde?«

»Der kam mindestens einmal die Woche, manchmal zweimal, manchmal dreimal.«

»Und immer ließ er sich schlagen?«

Sie senkte den Kopf und zögerte, dann fuhr sie fort: »Das Auspeitschen ist nur eine von vielen Techniken.«

»Hm. Und preislich?«

»Er hat in der Woche mindestens einen Tausender bei uns gelassen. Er war einer unserer besten Kunden.«

Struller pfiff leise vor sich hin. »Das ist eine Menge. War er auf Katja Specht fixiert?«

»Nein.«

Struller schob ihr einen Block rüber. »Die Namen der Angestellten bitte.«

»Keine von uns hat mit seinem Tod irgendetwas zu tun.«

»Das kann ich mir definitiv *nicht* vorstellen«, widersprach Struller.

Die Tür ging auf und Yvette de Baron trat ein, blieb aber im Türrahmen stehen. »Guten Tag zusammen.«

Struller fielen alle Sünden ein. »Die Pressekonferenz, verdammt.«

»Ist sehr gut gelaufen, machen Sie sich keine Sorgen. Herr Hengstmann und ich waren ein gutes Team. Schön, dass Sie mich, was Herrn Jürgen Rempe angeht, vorgewarnt haben: Der Mann ist ein Wadenbeißer. Der sollte bei uns arbeiten! Ich soll Sie von ihm grüßen.«

»Äh, danke«, stammelte Struller.

Sie trat nun doch ganz ein und musterte das Standbild auf dem PC. »Sado-Maso. Eine interessante Szene. Eine gute Freundin von mir leitet in Duisburg einen Club und hat mich mal rumgeführt. Eine sehr spannende Szene.«

Jensen schluckte und erkannte, dass auch Struller kurz beeindruckt nach Luft schnappte. Ganz kurz!

Kati Könnies grinste.

Die Staatsanwältin drehte sich um und entdeckte das von Marion Roitz gemalte Bild von Vokuhila an der Pinnwand. Struller sah, wie sich ihr Mund spontan öffnete, sie dann aber doch nichts sagte. Stattdessen verließ sie mit einem aufmunternden Nicken das Büro.

Was war das denn, dachte Jensen.

Dann klingelte das Telefon. Struller ging ran. »Ja? Okay, wir sind unterwegs!« Er legte auf. »Frau Könnies, eine schnelle Frage habe ich noch: Kommen auch Kundinnen in Ihren Club?«

»Meinen Sie so welche, wie Ihre Kollegin«, feixte sie.

»Ja, zum Beispiel. Kundinnen: weiblich, Sie verstehen?«

Könnies überlegte kurz. »Selten. Aber ja, es kommen auch Frauen zu uns.«

»Danke.« Struller ließ den Drucker knattern, erhob sich, zupfte seine Jacke vom Stuhl und schob ihr einen dicken Stapel Papier und einen Kuli in die Finger. »Bitte die Aussage auf der letzten Seite unterschreiben, mit Datum. Wir melden uns. Jensen, wir müssen weg!«

* * *

Halsbrecherische dreizehn Minuten später drückte Struller seinen alten Dienstkarren auf der Waldstraße rechts an den Fahrbahnrand. Im letzten Moment zerrte eine ältere Dame mit panisch weit aufgerissenen Augen ihren kleinen, strubbeligen Terrier von der Fahrbahn, bevor der zwischen Reifen und Bordstein eingequetscht werden konnte.

»Das war knapp«, murmelte Jensen und wischte sich eine Angstperle aus den Koteletten.

»Was?«, knurrte Struller.

»Nichts«, nuschelte Jensen.

»Los, Blockwart Huber hat Geräusche in Rossbachs Wohnung gehört. Das wird Tom Cruise sein, und den gucken wir uns mal an.«

Sie verließen den Wagen, rissen die unverschlossene Tür zum Flur auf und stutzen, als sie rechts die Haustür sahen.

Struller griff ins Schulterholster und zückte die Waffe. Offensichtlich hatte jemand das Türschloss geknackt. Das

Schlossblech hing schief, die Tür war nur angelehnt. Jensen nickte und schubste die Tür weit auf. Sich gegenseitig deckend schlichen sie Schritt für Schritt in die Wohnung.

Plötzlich spürte Jensen einen Luftzug. Er hörte ein Plopp.

»Da haut jemand ab!«

Sie hasteten ins Zimmer am Ende des Flurs und erkannten einen Schatten, der gerade über das Balkongeländer nach unten in den Garten sprang.

»Hinterher!«, donnerte Struller.

Die Gestalt, die Jensen und Struller nur schemenhaft erkennen konnten, rannte Richtung Rather Wald. Jensen und Struller schnellten über die Eisenreling und hetzten hinterher, aber der Typ war richtig schnell.

»Kennst du dich hier aus?«, keuchte Jensen.

»Eine Straße weiter ist das Tierheim, da hab ich mal ein Kaninchen gekauft«, hustete Struller, der mit einer Hand sein schmuckes Pepitahütchen auf dem Kopf festdrückte, inzwischen an seiner Belastungsgrenze kratzte und langsamer wurde. »Scheiße! Schneller, Jensen! Gib Gas! Den müssen wir kriegen!«

Die Gestalt kurvte auf die Strabhaltestelle zu, an der die Bahnen zwischen Ratingen und Düsseldorf pendelten. Eine von ihnen fuhr gerade mit lautem Gebimmel los. Jensen verkürzte den Abstand. Ihn trennten nur noch wenige Meter von seiner Beute.

Direkt vor der Bahn, es waren nur Zentimeter, sprang der Typ über die Gleise. Der Straßenbahnfahrer ging in die Eisen, die Strab quietschte über frisch ausgestoßenen Bremssand und kam direkt vor Jensens Nase zum Stillstand.

»Scheiße!« Jensen hämmerte eine flache Hand gegen die Strab.

Struller erreichte ihn und presste sich mit hochrotem Kopf eine Hand in die Seite. Die Bahn ruckelte wieder an. Zwischen den beiden Waggons hindurch konnte Jensen erkennen, dass der Mann – es musste ein Mann sein – auf der anderen Seite den Waldrand erreichte.

»Verdammt, ich hatte den fast«, zischte Jensen.

Struller verdrehte die Augen. Sie spurteten los und konnten gerade noch sehen, wie die Gestalt über eine marode in den Waldboden gehämmerte Holztreppe hastete und dann hinter die Böschung verschwand.

»Da ist das Rather Waldstadion«, japste Struller und rammte zwei Rentner mit Strohhütchen zur Seite, die ihnen auf dem ersten Drittel der Treppe entgegenkamen. Der Zusammenstoß kostete wertvolle Sekunden. Außerdem fing Struller sich einen blauen Fleck auf dem linken Oberschenkel ein, denn einer der beiden rüstigen Rentner hatte ihm im Fallen noch geistesgegenwärtig einen Hieb mit dem Spazierstock verpasst.

»Ist er rechts oder links rum?«, keuchte Jensen.

»Keine Ahnung, ich hab nur deinen Hintern vor mir gesehen.«

»Hat er dir gefallen?«

Nur Strullers schmerzende Lunge verhinderte eine passende, unvergleichlich charmante Bemerkung.

»Verdammt, da!« Jensen deutete weiter rechts auf eine Gestalt, die auf ein am dortigen Warteplatz stehendes Taxi zustürmte. Sie jagten los. Der Typ hatte das Taxi erreicht und riss die Fahrertür auf. Der Taxifahrer erschien hinter einem Papiermüllcontainer. Er nestelte am Reißverschluss seiner Hose.

Der Flüchtige klemmte sich hinters Steuer.

Struller und Jensen stolperten durch Brombeersträucher und anderes pieksiges Zeug die Böschung hinab. Jensen fiel der Länge nach in einen Brennnesselhaufen, rappelte sich hoch.

Struller hatte wieder seine Knarre in der Hand. »Stehen bleiben!«, rief er.

Der Taxifahrer rappelte an der Fahrertür, aber der Unbekannte hatte sie von innen verriegelt. »Mach auf!« Er brüllte und prügelte das Dach.

Aber noch bevor Jensen den Wagen erreicht hatte, fuhr der Unbekannte mit quietschenden Reifen los.

»Der Arsch hat mein Auto geklaut!«, schrie der Taxifahrer, immer noch mit offener Hose.

»Polizei ist ja schon da«, schnaufte Jensen den Taxifahrer an.

»Das ist eine Sackgasse«, murmelte Struller tonlos und legte seine Knarre an. »Der kommt gleich wieder und dann …«

»Um Himmels willen! Du kannst den nicht abknallen, Pit!«

»Wetten?«

Das Taxi machte am Ende der Straße, dort wo nur noch ein Fußweg in den Wald führte, eine rasante Kehrtwende und raste mit heulendem Motor auf Struller, Jensen und den entsetzten Taxifahrer zu. Struller visierte über Kimme und Korn sein Ziel an.

»Nicht schießen!«, schrie Jensen.

Der Typ im Taxi hielt voll drauf.

Plötzlich sprang der Taxifahrer mit ausgebreiteten Armen in Strullers Schusslinie. »Ich bin nicht versichert!«

Geistesgegenwärtig riss Jensen ihn von der Straße in den Graben. Das Taxi war nur noch wenige Meter entfernt. Struller hatte keine Zeit mehr, neu zu zielen und sprang ebenfalls ins Gras. Nur wenige Zentimeter an ihm vorbei schoss das Taxi davon.

»Der Mistkerl!« Struller blickte dem Taxi hinterher, das nach links Richtung Innenstadt abbog. Nur knapp dreißig Meter von ihnen entfernt entdeckte Struller eine kleine, zusammengenagelte Bretterbude. Vor dem Unterstand standen Motorräder mit Chromfelgen, Fuchsschwanz und Seitentaschen aus Leder. Ihr Dienstwagen parkte ein ganzes Stück weit entfernt. Okay.

»Hast du Klasse 1, Jensen?«

Jensen wusste natürlich, was Struller meinte, obwohl es seit einigen Jahren keine Klasse 1 mehr gab.

Struller zerrte ihn hinter sich her in Richtung der Kräder.

»Nimm die schwarze! Da steckt der Schlüssel!«, rief er.

Jensen schwang sich auf das Motorrad, drehte den steckenden Schlüssel. Struller sprang hinten auf. In der Hektik drehte Jensen den Gashebel ein wenig zu hart, so dass sich das Vorderrad in die Luft reckte und sie beide auf dem Hinterrad die komplette Zufahrtstraße zum Waldstadion runterjagten.

»Ihr seid ja wahnsinnig!«, brüllte der Taxifahrer ihnen hinterher.

Jensen bog mit der Maschine links ab und erkannte im Rückspiegel, wie vor der unscheinbaren Bretterbude plötzlich mehrere Personen hektisch mit den Armen wedelnd erschienen. Sie waren sehr groß und sehr breit … Und etwa zehn von ihnen schwangen sich sofort selbst auf ihre Böcke und nahmen die Verfolgung Strullers und Jensens auf.

Struller deutete mit der Rechten nach vorne. Das Taxi nagelte vor ihnen über die Brücke in Richtung Innenstadt. Jensen gab Gas. Sie flogen über die Kreuzungen und erreichten mit mehr als 100 Sachen Düsseldorfs größten

Verkehrsknotenpunkt, das Mörsenbroicher Ei. In den Rückspiegel blickte Jensen nicht mehr, denn da kamen die Motorradtypen immer näher. Die Ampel am Ei war rot. Der Typ im Taxi gab einfach nur Gas und hielt auf die rote Ampel zu.

»Schneller!«, schrie Struller gegen den Fahrtwind, mit der rechten Hand sich am Bügel der Sitzbank festhaltend und mit der linken seinen Hut auf dem Kopf sichernd.

»Da ist rot!«, brüllte Jensen.

Struller hatte inzwischen erkannt, dass ihr geliehenes Motorrad keines von der Stange war. Hinweise gab es auf und am Blechstuhl genug. Auf dem Tank räkelte sich ein fettes Tierchen. Die zerfledderte Flagge an der Bretterbude hatte die gleiche, sich aggressiv aufrichtende Schlange mit scharfen Eckzähnchen und Speicheltropfen geziert.

Struller wusste endgültig Bescheid, als er den hölzernen Schaft einer Flinte in einer der beiden Ledertaschen entdeckte, der sich ihm einsatzbereit entgegenreckte. »Besser rot als tot! Wir haben ein Krad der Black Mambas unterm Hintern. Und die sind hinter uns!«

Black Mambas. Eine der gewalttätigsten Motorradgangs rechts des Rheins. Das war schlecht, fand Jensen und erinnerte sich daran, dass rot eigentlich seine Lieblingsfarbe war. Querverkehr wurde ohnehin völlig überbewertet!

Der flüchtige Typ bretterte über die viel befahrene Kreuzung. Ein VW-Bus bremste, geriet in einen anderen Fahrstreifen und rammte einen Kleinwagen über eine Grünfläche in die grauen Elektrikkästen des Ampelbetriebes, woraufhin innerhalb von drei Sekunden alle Ampeln ausfielen. Der ganze Verkehr brach innerhalb weniger Augenblicke zusammen.

Jensen umschiffte die beiden Autos wie ein erfahrener Kapitän aus dem Wasser ragende Felsbrocken. Struller drehte sich um und sah, dass zwei der Rocker nicht so viel Glück hatten, einer von ihnen ein Verkehrszeichen mitnahm und der andere ein Haltestellenhäuschen der Rheinbahnbetriebe komplett zerlegte. Die restlichen Biker allerdings kachelten ohne anzuhalten weiter.

Jensen holte Fahrzeug für Fahrzeug auf. Nur noch wenige Blechdinger trennten sie vom Taxi. Auf der Grafenberger Allee hörte Jensen ein erstes Martinshorn. »Die rettende Kavallerie«, schrie er in den Wind.

Es war nicht nur ein Horn, sondern gleich mehrere. Die Rocker waren nicht mehr die letzten im Felde. Eine ganze Reihe von Streifenwagen schloss sich ihnen an.

Auf dem Wehrhahn schnitt der Unbekannte vor ihnen einen Kleinbus. Jensen wich in den Gegenverkehr aus, Struller schloss die Augen.

Autofahrer versuchten erschreckt auszuweichen. Die meisten schafften es unfallfrei. Ein Fahrzeug schoss über den Gehweg in eine Hecke, ein zweites stellte sich halb auf der Fahrbahn quer, und ein drittes fuhr hinein. Dieses versperrte für einen kurzen Moment den Weg für die Black Mambas, die aber flexibel reagierten und die Verfolgung nunmehr auf dem Gehweg fortsetzten.

Ungebremst kachelte der wahnsinnige Typ im Taxi in die nun folgende Fußgängerzone, durchbrach eine Baustellenumzäunung aus Holzbrettern mit fröhlichen Düsseldorfmotiven und brachte das Taxi am Baustellenzugang zur neuen Wehrhahnlinie zum Stehen.

Jensen blieb auf seinen Fersen und bremste schließlich abrupt, um nicht mit voller Wucht gegen die Trümmer der Baustellenumzäunung zu krachen. Struller und Jensen stiegen hastig ab.

Wie ein letztes Zeichen des eigentlich guten Willens bockte Jensen das schwarze Motorrad ordnungsgemäß auf. Vielleicht würde das ja den Besitzer besänftigen, und er würde Abstand davon nehmen ihn zu töten.

Im selben Moment schoss ein langhaariger Black Mamba ohne Helm auf seinem Ofen um die Ecke, ging in die Eisen und kam zwischen den Holzbrettertrümmern nach ein, zwei Überschlägen zum liegen. Das Motorrad schepperte übers Pflaster kratzend weiter, prallte an einer Laterne ab und landete schließlich im Schaufenster von Schwuppmanns Sockengeschäft. Ausstellungsstücke wirbelten umher, und vor Jensen landete ein bestrapstes Schaufensterbein kreiselnd auf dem Asphalt.

Jensen schob das Bein unbeeindruckt zur Seite und deutete nach vorn. »Der Typ ist runter in die Baustelle zur Wehrhahnlinie gelaufen!«

Struller pflückte die aus der Ledertasche gerutschte Flinte vom Kopfsteinpflaster, eine mächtige Pumpgun. »Vielleicht muss ich große Löcher machen«, knurrte er.

Sie stolperten durch den in Schutt liegenden Baustelleneingang Richtung Untergrund. Aus den Augenwinkeln erkannten sie, dass weitere schwarze Mambas ihren Kollegen aufsammelten und durch die Fußgängerzone in Richtung Blumenstraße flüchteten. Ihnen war die Polizei mit Blaulicht auf den Fersen, die sich offenbar entschieden hatte, die Rocker für die Bösen zu halten.

Gut so!

»He!« Ein Bauarbeiter stellte sich plötzlich Struller und Jensen breitbeinig in den Weg. »Seid ihr bekloppt? Das ist 'ne Baustelle! Da könnt ihr nicht rein!«

»Wetten?«, knurrte Struller, riss seinen Dienstausweis aus der Jacke und drückte ihn dem Mann mit Helm unter die Nase.

»Mordkommission. Wir verfolgen jemanden«, erklärte Jensen, während Struller dem Kerl im Blaumann eine dicke, schwarze Taschenlampe aus den Fingern riss.

»Konfisziert. Kriegst du später wieder!«

Jensen und Struller tauchten in einen Tunnel der neu gebauten Wehrhahnlinie ein und hasteten keuchend durch die unterirdische Betonröhre. Mit jedem Schritt wurde es düsterer. Alte Steine lagen im Weg, Wasserlachen ließen sie rutschen. An einer Gabelung stoppten sie und horchten. Vor ihnen: Schritte.

»Bleib endlich stehen! Oder ich schieß dir eine Ladung Schrot in den Arsch«, brüllte Struller.

Jensen versuchte über sein Handy die Notrufzentrale zu erreichen. »Scheiße, kein Empfang hier unten.«

Der Flüchtige rannte wie ein Besessener durch Pfützen, Bauschutt und Geröll immer tiefer hinein in die finstere Tunnelröhre. Es roch mehlig nach frischem Beton. Jensen und Struller waren ihm auf den Fersen, bis ...

»Das gibt's doch nicht! Hier geht's nicht weiter! Sackgasse!«, fluchte Jensen.

»Aber der Typ ist hier in den Gang rein. Der war gerade noch vor uns, der muss hier sein!« Strullers Taschenlampenkegel strich hektisch die Mauern rauf und runter. Feuchte, betongraue Wände. Aber keine Öffnung, kein Durchgang!

»Scheiße, Scheiße und noch mal Scheiße. Ich kapier das nicht«, fluchte Struller und hämmerte seine Stirn gegen die kalte, graue Betonwand. Das konnte wehtun und half im Normalfall nicht wirklich weiter. Normalfälle hatte Struller viele. Oft im Büro, in Verbindung mit seiner Schreibtischplatte. Diesmal tat es nicht weh. Diesmal taumelte Struller vornüber durch ein graues Tuch in einen Raum auf der anderen Seite. Ein stramm gespannter Vorhang löste sich ratschend aus der Halterung und legte hinter Struller ein Loch frei, durch das Jensen seinem Ausbilder folgte.

»Hier ist er durch! Ein getarnter Eingang«, erklärte Jensen und musterte den heruntergerissenen Rest eines Vorhangs, den jemand mit Kreppband auf dieser Seite der Wand angebracht hatte.

»Weiter!«, rappelte Struller sich auf.

Dieser Gang war anders, viel grober gearbeitet, mit Kopfsteinpflaster am Boden und rauen, zerfurchten Klinkersteinen an den Wänden. Sie passierten ein mit roten Backsteinen grob zugemauertes Fenster.

»Was ist das hier?«, wunderte sich Jensen.

»Die alte Königsallee«, erklärte Struller schnaufend. »Der Großteil des alten Stadtteils lag früher tiefer. Das haben die damals einfach aufgeschüttet und später drauf gebaut. Das ist unsere Prachtmeile: oben hui und unten alte, verschisselte Backsteine. Hab ich mal was drüber gelesen.«

»Du liest was zum Thema Stadtgeschichte?«, fragte Jensen irritiert.

»Das Rote U. Super Kinderbuch von Wilhelm Matthießen. Kennst du nicht! Aber unser Freund, der kennt was, nämlich sich hier sehr gut aus«, murmelte Struller und hatte den Eindruck, dass dies gerade eine für den Fall sehr wichtige Erkenntnis war.

Im schmalen Taschenlampenlicht ging es langsam, Schritt für Schritt weiter. Sie pressten sich durch einen engen, aber gut erhaltenen Tunnel. Trotz der Anspannung war Jensen schwer beeindruckt. Dieser Tunnel ... katakombengleich, aus dem Mittelalter rübergerettet. Wahnsinn! Aber klar: Ihm fiel ein, dass Bauarbeiter unlängst bei den Ausgrabungen für die neue U-Bahn-Linie auf einen alten jüdischen Friedhof gestoßen waren. Und in der Altstadt, wo vor einigen Jahren das Fundament für ein Parkhaus auf der Rheinstraße gegossen werden sollte, hatte man seinerzeit sogar ein altes, römisches Hafenbecken entdeckt. Jensen stolperte über einen Steinbrocken und konzentrierte sich wieder aufs Hier und Heute.

»Wir müssten jetzt Richtung Rhein gehen, passt das?«

»Kommt hin, das macht hier einen leichten Linksknick, geht grob Richtung Heinrich-Heine-Allee, Mühlenstraße, Grabbeplatz, in den Bereich, wo die Altstadtwache, die Kunstsammlung und das alte Amtsgericht liegen.«

Die Ermittler schritten voran. Schnell laufen konnte man hier nicht mehr. Der Boden war zu holprig, einzelne Wurzeln griffen zwischen den Steinen nach ihren Füßen. Es roch nach Schimmel. Schließlich endete der düstere, stickige Gang in eine Art Halle, ungefähr vier mal vier Meter groß. Der weiße Lichtkegel strich über fugenloses Grau.

»Wieder kein Ausgang. Das kennen wir ja jetzt. Such das Tuch!«

»Hier«, Jensen hatte im hinteren Bereich des Raums eine Luke mit Eisenring im Boden gefunden. »Da ist unser Freund durch!« Er fuhr mit dem Finger über die Falltür. »Holz. Machen wir das Ding auf.«

Struller und Jensen zogen mit aller Kraft an dem Ring, aber nichts, die Luke bewegte sich kein Stück.

»Die ist von unten verriegelt. Und nun?«

»Geh mal zur Seite!« Struller lud die Pumpgun durch.

Hastig trat Jensen ein paar Schritte zurück, hinter eine schmale Biegung.

»Das ist gefährlich ...«

»Genau. Deshalb sollst du ja zur Seite gehen.«

Struller drückte ab und jagte mit ohrenbetäubendem Lärm eine Ladung in das brüchige Stück Holz. Der Rückschlag rammte Struller die Knarre gegen die Schulter. Mann, was für ein Teil, dachte er und erkannte im selben Moment, dass er nicht nur die Luke, sondern auch das Mauerwerk drum herum getroffen hatte. Feine Risse zerteilten die Steine, die sofort zerbröselten.

»Mist«, murmelte Struller, denn ein größeres Stück des Bodens gab mit lautem Krachen nach. Er schwankte, verlor das Gleichgewicht, und zusammen mit etwa zwei mal zwei Metern Decke stürzte Struller eine Etage tiefer.

Jensen ignorierte sein Ohrenpfeifen und tastete sich durch Millionen wild tanzender Staubkörner behutsam an den Lochrand.

»Alles klar?«

Unter ihm schlug sich eine betongraue Gestalt giftig fluchend und hustend das Hütchen auf den Knien sauber. Jensen hangelte sich vorsichtig nach unten. Kaum war er gelandet, spürte er ... einen Schatten. Geistesgegenwärtig fuhr er herum. Gleich neben ihm hatte sich eine Tür geöffnet. Trübes Licht einer altersschwachen Glühbirne schlug in den Raum. Im Rahmen erkannte er einen schwarzen Umriss. Die Gestalt, die in der sich setzenden Staubwolke jetzt mehr und mehr sichtbar wurde, räusperte sich. Jensen blickte in das erschreckte Gesicht eines kleinen Mannes, der eine Nickelbrille trug.

»Wer kracht hier durch meine Decke?«

Struller richtete, immer noch ein wenig mitgenommen, die Flinte in Richtung des rundlichen Mannes. »Hände hoch!«

»Wir sind von der Polizei, Mordkommission«, versuchte Jensen die Situation zu erklären.

»Mordkommission?«, fragte der Mann ungläubig und hob die Hände.

Struller ruckelte mit der Knarre. »Also, wo sind wir, und wer sind Sie?«

»Ich bin Dr. Dirk Schettels, Leiter der Kunstsammlung Düsseldorf. Und Sie sind hier in der Krypta.«

Jensen zuckte mit den Achseln.

»Krypta? Nie gehört.«

»Was machen Sie hier?«, fragte Struller und senkte die Pumpgun ein Stück. Gefährliches Teil. Man konnte ja nie wissen, wann so ein Ding losging.

»Ich befand mich gerade im Nebenraum, um Material für eine Ausstellung zusammenzustellen. Speerwurf im frühen Afrika. Plötzlich habe ich einen lauten Knall gehört. Ich habe die Tür zur Krypta aufgeschlossen, da der Lärm von hier kam.«

Jensen hatte sich inzwischen in der Krypta umgesehen. Es war ein circa fünf mal zehn Meter großer Raum mit einer gewölbten Decke, dem Dach einer Kapelle nicht unähnlich. Unheimlich. Die Wände und der Boden waren mit dunklen Backsteinen gemauert. Vor den Wänden ragten graue Säulen bis an die Decke.

»Gruselig«, flüsterte Jensen.

Auf jeder Seite waren in den Wänden drei Nischen eingelassen. Vermutlich zum Aufstellen von Kerzen oder anderen Lichtquellen. Auf der anderen Seite des Raumes gähnte das dunkle Loch eines weiteren Gangs. Mittig der Krypta befand sich eine Empore aus Stein. Drei ringsum laufende Stufen, die sich nach oben hin verjüngten, hatten die Form einer Pyramide. Die Spitze dieser Empore erschien fast wie ein Altar. Auf diesem Altar befand sich eine große Holzkiste, über die ein helles, transparentes Stofftuch lag.

»Pit, was ist das denn hier?«

Struller und Jensen schritten die Empore hoch.

»Was ist das hier, Dr. Schettels?«

»Keine Ahnung, ich war seit Monaten nicht mehr hier drin. Dieser Raum gehört zwar zum Gebäude der Kunstsammlung, wird aber seit ein paar Jahren nicht mehr genutzt. Zu feucht. Was hier alles steht und liegt, kenne ich nicht. Machen Sie aber besser nichts kaputt!«

»Wir sind immer sehr vorsichtig«, knurrte Struller.

»Ja, genau. Das kleine Löchlein in der Decke fällt fast gar nicht auf«, murrte Schettels.

Struller zupfte das Stofftuch von der Holzkiste. Jensen schluckte. Sie hatten keine Kiste gefunden, sondern einen Sarg.

»Teures Teil, Mahagoni würde ich schätzen«, erklärte Jensen.

»Baumkunde in der Schule?«

»Oma hat im Garten eine Bank und die ...«

»Schon gut«, unterbrach ihn Struller hastig. Nicht wieder die Oma!

Der Sarg sah wirklich sehr edel aus. Intarsien, feine Griffe und Verzierungen glänzten golden. Struller packte den Sarg an.

»Was machen Sie da?«, schrie Dr. Schettels entsetzt.

»Den Sarg auf.«

»Um Himmels willen! Wer weiß, was das für ein Sarg ist!«

»Einer für Tote!«

»Aber ... das kann eine Kostbarkeit sein!«

»Ich bin auch eine Kostbarkeit, los, Jensen, du musst die Verschlussschrauben losdrehen, die Kappe umdrehen, dann können wir den Deckel abheben. Das Ding wird schweineschwer sein!«

Sie lösten die Verriegelung. Dr. Schettels trat näher.

»Das ist kein altes Modell, da kenne ich mich aus. Aber ein sehr schönes Stück.«

Struller hatte den letzten Riegel umgedreht, gemeinsam hoben sie den Deckel an.

»Um Himmels willen!«, schrie Schettels wieder.

»Da liegt einer drin«, knurrte Struller nach einem Blick ins Innere und leuchtete mit der Taschenlampe hinein, um das dämmrige Licht, das aus dem Nebenraum in die Krypta schien, zu verstärken.

Der Mann lag mit geschlossenen Augen gekrümmt auf dem Rücken. Den dunkelroten Stoff, mit dem der Sarg ausgelegt war, hatte der Mann an mehreren Stellen mit seinen Fingern vom Holz gekratzt. Wie Blutflecke lagen sie auf der ansonsten weißen Kleidung des Toten.

Irgendwas störte Struller ... Dann wusste er, was es war, und spürte eine Gänsehaut auf seinem Rücken. »Guck hier! Roter Samt, der Rest in strahlendem Weiß. Guck am Hals!«

Jensen beugte sich tiefer in den Sarg. »Ein bläuliches Halstuch. Und es liegt verdammt eng am Hals. Wurde der Gute hier jetzt erdrosselt oder ist er erstickt?«

Struller griff ans Halstuch.

Im gleichen Moment stieß die Person ein krächzendes Röcheln aus. Die blassen Augenlider flackerten.

»Verdammt, der lebt!« schrien alle drei gleichzeitig.

Jensen lockerte das Halstuch und fühlte den Puls.

»Der braucht einen Arzt«, stieß Schettels hervor.

Struller nickte und schlug schnarrend den Verschluss seiner Waffe vor und zurück, um sie wieder zu laden.

»Jensen, du holst einen Arzt, lass dir von Dr. Dings den Ausgang zeigen, und ich gehe in die andere Richtung weiter, denn da muss der Täter lang sein!«

Struller deutete in den Sarg. »Sie sind doch Doktor? Sie kümmern sich um den, dass er nicht stirbt!«

»Ich bin Doktor für Archäologie und Historie ...«

»Doktor ist Doktor!«

Schettels keuchte noch eine Bemerkung, aber da war Struller auf der anderen Seite des Raums schon im engen, staubigen Gang verschwunden. Er spürte es in den Kniegelenken: es ging kontinuierlich leicht schräg aufwärts. Das Licht aus der Krypta wurde mit jeder Biegung schwächer, die Taschenlampe schnitt einen hellen Kegel in die Dunkelheit.

Dann stockte er. Geräusche. Ein Summen. Gemurmel.

»Hoffentlich eine schwarze Messe! Ich leg sie alle um«, knurrte Struller und wischte mit seiner Pumpgun die zerfetzten Reste eines riesigen Spinnennetzes aus dem Weg.

Vor ihm teilte sich der Gang. Rechts war alles leise. Links das Gemurmel. Struller entschied sich wie so oft in seinem Leben gegen rechts. Aber auch dieser Gang war bald zu Ende.

»Metallhaken in der Wand. Das ist eine Leiter, die da oben zum Gully führt. Es geht aufwärts«, murmelte Struller.

Wenn der Typ schnell war, und das war er, hätte er es durch den Gully nach draußen schaffen können. Und das Gemurmel kam eindeutig von der anderen Seite. Normalerweise hat ein Gullydeckel Ritze, hier aber waren die Ritze abgedeckt. Mit rötlichem Stoff.

Wo führte das hin?

Vielleicht war er ja doch auf der richtigen Spur!

Struller schob den Lauf der Pumpgun in Richtung Schachtdeckel. Auf jeden Fall würde seine kleine, mit fiesen Kugeln geladene Freundin den ersten Blick nach draußen werfen. Nötigenfalls würden ihr die passenden Worte zur Begrüßung einfallen. Da war sich Struller sicher ...

Er stemmte sich von unten gegen den Gullydeckel und spürte einen leichten Widerstand. Ein paar Millimeter hatte er das Ding schon angehoben. Er nahm Anlauf und mit einem kräftigen Ruck schob er den Schachtdeckel nach oben. Direkt neben der Öffnung ging jemand zu Boden. Gleißendes Licht flutete in den Schacht und blendete Struller.

Die Pumpgun voran schob er seinen Kopf, der immer noch mit dem Pepitahut gekrönt war, durch die Öffnung ...

* * *

Ferdinand Hengstmann hatte es sich vor dem Fernseher bequem gemacht. Der eingegipste Fuß lag vor ihm auf einem Schemel. Mit der rechten Hand schaltete er den Fernseher ein, die linke Hand hielt er in einer Schüssel mit Knabbereien. Heute war die Bambi-Verleihung. Ein hiesiger Sender übertrug den Einzug der geladenen Ehrengäste in ein luxuriöses Spitzenhotel auf der Königsallee live.

»Hm«, knurrte Hengstmann, als er eine Hollywoodschönheit im roten Kleid erkannte, die über den roten Teppich stöckelte. »Granate!«, räumte er ein.

Hengstmann war zufrieden. Düsseldorfs Prunkmeile hatte sich fein herausgeputzt und zeigte der großen, weiten Welt ihr prächtigstes Gesicht. Die glanzvolle Show-Veranstaltung lief reibungslos. Das sah anfangs keineswegs danach aus. Die ganzen VIPs und ihre Manager hatten der Polizei und den anderen Sicherheitskräften mit immer neuen extravaganten Vorschlägen und überspannten Entwürfen eine Menge Probleme gemacht. Aber unter seiner fachkundigen Leitung hatten sie schließlich alles Machbare ermöglichen und alle erforderlichen Sicherheitsaspekte unter einen Hut bringen können. Eine organisatorische Glanzleistung! Er, Ferdinand Hengstmann, hatte seine Erfahrungen einbringen können, die er beim Ausrichten diverser internationaler Reitturniere hatte erlangen können. Sie waren auf alles vorbereitet.

»Wäre ja auch schade, wenn man diese Crux – oder wie die hieß – klauen würde.«

Der Innenstadtbereich war abgesperrt, der Verkehr umgeleitet. Mit so einer Veranstaltung, die weltweit im Fernsehen übertragen wurde, konnte sich die Landeshauptstadt, die man bei der Vergabe der Spielstätten im Rahmen der Fußballweltmeisterschaft in Deutschland schamlos übergangen hatte, richtig professionell darstellen.

Was lag näher, als eine Bambi-Verleihung auf der Königsallee zu präsentieren, dort, wo kostspielige Mode und atemberaubende Schönheit Hand in Hand flanierten. Wo osteuropäische Millionäre sich spendabel zeigten, sich makellose, mediterrane Frauen filigran bewegten, wo …

Er stutzte.

Was war das?

Die dunkelhaarige Schönheit auf dem roten Teppich mitten im Blitzlichtgewitter stockte, schwankte und schlug der Länge nach hin. Mehrere Männer vom Ordnungsdienst stürmten helfend los. Der rote Teppich neben ihnen verrutschte, ein Gullydeckel wurde sichtbar und schnellte aus der Versenkung, fiel zur Seite und es erschien … eine Pumpgun!

»Herr im Himmel!«, schrie Hengstmann entsetzt und sprang auf, seinen gegipsten Fuß ignorierend.

Dann ein Hut. Ein Kopf. Ein irrer Blick …

Hengstmann griff sich ans Herz. Ein Stich. Er erkannte den Mann, der alles kaputt machte: »Struller!«, schrie Hengstmann und ließ sich kraftlos in den Sessel fallen.

* * *

Eine halbe Stunde später wuchteten zwei Männer der Spurensicherung ächzend den teuren Sarg aus der Unterwelt nach oben ans Sonnenlicht. Sie sahen sich nach einem geeigneten Abstellplatz um und lehnten ihn dann vorsichtig gegen die grüne Eisenreling, die den berühmten Tritonenbrunnen schützte, der das nördliche Ende der Königsallee zierte.

Da stand der Sarg gut, fand Struller.

Den Meeresgott Triton, der dort im Wasser seit über hundert Jahren mit einem riesigen Fisch kämpfte, störte es nicht, und die mit alten Kastanienbäumen gesäumte Düssel gluckerte im Kö-Graben ohne Widerspruch dahin. Im Gegenlicht der untergehenden Sonne schon fast malerisch. Struller schniefte. Nach der ganzen Hektik musste man auch solche seltenen, besinnlichen Momente der friedlichen Ruhe genießen. Beeindruckt und zufrieden spuckte er seine Kippe über die Eisenreling in das kleine Flüsschen zu seinen Füßen.

Nun ja, besinnliche Ruhe ... Kollegen der Altstadtwache hatten den Tatort bereits weiträumig mit Flatterband abgesperrt. Zahlreiche Schaulustige drängelten von allen Seiten und beobachteten gespannt das Treiben der Polizei. Die Presse war wegen der Bambi-Verleihung sowieso schon vor Ort, knipste und filmte die ganze Szenerie. Ihnen wurde richtig was geboten.

Struller, der Jensen zum Ermitteln ins Präsidium geschickt hatte, erkannte Torsten Goerfer, einen Kollegen aus ihrer gemeinsamen Zeit im Objektschutz, der heute Dienstgruppenleiter der diensthabenden Schicht der Polizeiinspektion Mitte war und den alle nur TG nannten.

»Morgen, Struller, kleiner Schreck zur Abendstunde«, meinte Goerfer und gab Struller die Hand.

»Der Tag war vorher auch schon nicht viel besser.«

Gemeinsam schritten sie, die lüsternen Blicke der vielen Gaffer und das hohe Presseaufkommen einfach ignorierend, zum Sarg.

»Der Inhalt ist schon auf dem Weg in die Uni-Klinik. Der Notarzt meint, der Zustand sei kritisch, aber es bestehe die Chance, dass der Untote durchkommt.«

»Das wäre mal eine gute Nachricht. Dann hätten wir einen Zeugen, den wir in Ruhe mal fragen könnten, was diese ganze Scheiße mit Teufelshaken und so weiter bedeuten soll.«

»Teufelshaken? Du meinst, der gehört in eure Serie?« TG musterte den Sarg. »Ich sehe keinen Haken. Und beim Typen hab ich auch nichts gesehen. Haben eure Toten nicht üblicherweise eine eingeritzte Hand?«

»Üblicherweise ist gut. Nee, ich hab auch keinen Haken gesehen, aber ein blau gemustertes Halsband. Und das hatte genau die gleiche Farbe wie ein kleines Leinensäckchen, das wir bei dem Toten in der Mörsenbroicher Höhle gefunden haben.«

»Aha.«

»Der gehört in unsere Reihe, nur war seine Zeit noch nicht gekommen.«

»Stimmt. Er lebt ja auch noch.«

»Richtig. Er war zwischengelagert.« Struller tippte mit der Fußspitze an den Sarg. »Und sagt die finale Behausung dir irgendwas?«

TG runzelte die Stirn. »Sieht teuer aus.«

Struller verdrehte die Augen. »Mensch, Ihr DGL habt aber auch nur die Unfallstatistik und eure Knöllchenzahlen im Kopf. Ich verwette meinen Resturlaub von 2005, dass das der Sarg ist, den man neulich bei euch in der Altstadt geklaut hat!«

»Bei Salm? Ach so. Särge sind nicht mein Thema.«

»Das kommt noch, TG, wir werden alle nicht jünger.«

»Richtig. Und dir zum Beispiel sieht man das auch total an«, murmelte der Dienstgruppenleiter fröhlich und nickte zufrieden, als seine uniformierten Kollegen einen zu dreisten Kameramann routiniert zurück hinters Flatterband drückten.

Struller grinste. »Für den Typen aus dem Sarg brauche ich eine Rund-um-die-Uhr-Überwachung. Am liebsten wäre mir, wenn sich ein Kollege mit durchgeladener Knarre zu ihm ins Krankenbett legt. Der Typ ist unser einziger Zeuge und kennt vielleicht den Täter. Ich kann mir gut vorstellen, dass der Mörder sein Werk dringend zu Ende bringen will.«

Faserspuren-Harald gesellte sich jetzt zu ihnen. »Mensch, Struller, so langsam musst du aber mal einen ausgeben«, scherzte er aufgeräumt. »Ich verbringe mehr Zeit mit dir als mit meiner Frau. Nicht, dass sie noch eifersüchtig wird.«

Struller knurrte: »Ich würde ihr mit Sicherheit keinen Grund geben, auch wenn du der letzte Mensch auf Erden wärst, keine Sorge.«

Leicht irritiert musterte Harald das Objekt. »Mal was anderes, ein Sarg.«

»Der Täter hat nicht damit gerechnet, dass wir ihn in seinem Versteck unter der Erde besuchen. Also hat er wahrscheinlich noch nicht mit einem feuchten Lappen über das Holz gewischt, was bedeutet, dass *sogar du* ein paar Fingerabdrücke und sonstige Spuren sichern könntest.«

Harald nickte grimmig. »Irgendwann finde ich an einem Mordwerkzeug einfach mal *deine* Fingerabdrücke, Struller, und dann bin ich dich für die nächsten fünfundzwanzig Jahre los.«

Struller pulte sich gelangweilt mit einem Finger im Ohr. Sein Handy spielte das Lied vom Tod.

TG grinste.

Struller ging ran. »Ja? ... Aha, Jensen, ich erinnere mich, du bist ein Praktikant ... Ja, das haut hin, ich lass von Kollegen im Krankenhaus ein Foto machen, und dann gleichen wir es mit dem Bild in der Vermisstendatei ab.«

TG blickte ihn fragend an.

Struller erklärte: »Seit Montagabend wird eine männliche Person vermisst. Torsten Bach. Beschreibung passt. Das könnte unser Mann im Sarg sein.« Struller hörte Jensen noch eine Weile wortlos am Telefon zu. Sein Blick verfinsterte sich. »Okay, wenn's sein muss. Ich hab ne Visitenkarte mit ihrer Adresse und hol dich im Präsidium ab.« Er schnaufte und versenkte sein Handy im Hemd.

»Noch was?«, fragte TG.

»Die neue Staatsanwältin will Jensen und mich sofort zu Hause sprechen. Dringend.« Struller klopfte sich auf die staubige Hose. »Soll ich mir vorher was Frisches anziehen?«

TG grinste.

»Wenn sie dich wirklich liebt, nimmt sie dich auch in diesem Zustand.«

* * *

Yvette de Baron empfing Struller und Jensen nicht weit entfernt in einem Appartement auf der Fischerstraße. Jensen befürchtete wegen des angerichteten Chaos' das Schlimmste.

De Barons Bleibe war ein kleines, aber geschmackvoll eingerichtetes Loft in der obersten Etage des Hauses, mit einem großen, gläsernen Schiebeelement, das einen freien Blick über den gegenüberliegenden Hofgarten ermöglichte. Das Highlight der Wohnung war allerdings die Bewohnerin selbst, die in einer bunt bestickten Designerjeans und einem gelben, bauchfreien Sommertop steckte. Jensen blinzelte heimlich zweimal hin, aber ja, ein tätowiertes Tribal lugte ein kleines Stück weit vorne aus der Jeans heraus. Glücklicherweise lief eine Klimaanlage.

»Meine Herren, entschuldigen Sie bitte mein ungewöhnliches Outfit. Ich bin von einer Grillparty weggezerrt worden, nicht dazu gekommen, mich umzuziehen und muss dringend ein paar Kleinigkeiten ganz kurz, aber persönlich, mit Ihnen durchsprechen. Der Innenminister erwartet meinen Rückruf.«

»Überhaupt nicht schlimm«, stellte Struller fest. »Also, Ihr Outfit.«

De Baron errötete leicht und bot den beiden Kommissaren einen Sitzplatz an. Auf dem dazu gehörenden Tisch warteten schon mit Wasser gefüllte Gläser. »Erzählen Sie bitte kurz, wie es zu dieser außergewöhnlichen Verfolgungsfahrt gekommen ist.«

Struller fasste die spektakuläre Aktion in wenigen Sätzen zusammen. Auf Nachfrage fügte Jensen noch ein paar Adjektive hinzu. De Baron nickte schweigend und glättete einen Zettel, der vor ihr auf dem Tisch lag.

»Eine erste Bestandsaufnahme sieht so aus: Wir haben drei verletzte Angehörige der Black Mambas, die alle nach ambulanter Behandlung in unterschiedlichen Krankenhäusern auf eigenen Wunsch entlassen werden konnten. Zwei Autofahrer wurden bei einem Verkehrsunfall am Mörsenbroicher Ei, ein weiterer bei einem Zusammenstoß auf dem Wehrhahn leicht verletzt. Drei Streifenwagen wurden bei der Verfolgungsfahrt schwer beschädigt.«

»Die Kolleginnen können halt kein Auto fahren.«

»Die Unfallbeteiligten waren allesamt männlich, Kollege Struhlmann. Es wurden insgesamt vier illegale Schusswaffen sichergestellt. Die Ampelanlage am Mörsenbroicher Ei wurde nachhaltig beschädigt, der Verkehr kam zum Erliegen. Der Gesamtschaden an öffentlichen Einrichtungen und Privateigentum beläuft sich ersten Schätzungen zufolge auf circa 500.000 Euro.«

Jensen schnappte nach Luft, Struller griff nach einem der Wassergläser.

»Das ist schon beachtenswert hoch und zieht natürlich erhebliche Nachfragen und Untersuchungen nach sich.« Die Staatsanwältin schlug die Beine übereinander.

Das war kein Tribal, das waren asiatische Schriftzeichen, stellte Jensen aus den Augenwinkeln interessiert fest.

»Am Anfang einer ersten Bewertung dieser Vorkommnisse standen Befürchtungen, die sich auf die internationale Berichterstattung bezogen. Lässt sich das entstandene Chaos während der Bambi-Verleihung transparent darstellen? Welche Auswirkungen hat das auf die Sponsoren? Das hat sich relativiert. Laut Pressestelle, die sich auf meine Anregung hin unverzüglich mit den entsprechenden Stellen kurzgeschlossen hat, berichtet der übertragende TV-Sender von Rekordeinschaltquoten, wie sie ohne Ihren Auftritt, Herr Struhlmann, nicht zu erreichen gewesen wären. Sogar n-tv hat Bilder gekauft und gezeigt. Sie entsteigen also quasi weltweit der Kanalisation. Schade, dass Sie dieses hässliche Käppchen tragen.«

»Oh«, sagte Struller.

Das auf dem Tisch liegende Telefon unterbrach ihre Ausführungen. »Entschuldigen Sie bitte!« Sie stand auf und ging ein paar Schritte zur Seite.

Klasse Figur, dachte Jensen.

»Ja? ... Herr Hengstmann? Sie schon wieder? Ja ... Ja ... Sicher, es läuft ja permanent im Fernsehen ... Richtig, auf allen Kanälen ... Selbstverständlich hat mich der Minister kontaktiert. Ich bitte Sie ... Nein, auf keinen Fall! Daran ist überhaupt nicht gedacht, im Gegenteil ... Nein, die Pferdekontingente bleiben in Kleve ... Ausdrücklich ... Ja, natürlich. Der Mann im Sarg lebt ... Nein, es ist wirklich nicht erforderlich, persönlich bei mir zu erscheinen, ich bin im Moment nicht in der Lage, persönlich ... Genau! ... Ja, ich informiere Sie umfassend. Gleich morgen oder übermorgen. Ja. Ebenfalls.« De Baron drückte das Gespräch weg. »Okay. Den Kollateralschäden gegenüber steht, dass es Ihnen beiden gelungen ist, ohne Rücksicht auf das eigene, ein Menschenleben zu retten. Herr Bach ist zudem als weltweit bekannter Wirtschaftsanalytiker für die Medien von einem ganz besonderen Interesse. Insbesondere das wird in der ausländischen Berichterstattung schon jetzt, wenige Stunden nach dem Vorfall, äußerst positiv hervorgehoben. Unsere Pressestelle hat da wirklich sehr schnell und effektiv gearbeitet. Und zwar derartig positiv herausgehoben, dass man im Innenministerium die Vorgänge im Hinblick auf ihre Verhältnismäßigkeit mehr als wohlwollend prüfen möchte.«

Jensen, in dessen Kopf fiese Worte wie Regress, Suspendierung oder Polizeitrottel des Jahres herumgespukt hatten, unterdrückte mühsam ein erleichtertes Aufatmen.

»Wo gehobelt wird, da fallen Späne, hat mal jemand gesagt«, meinte Struller trocken.

»Nun ja. In diesem Fall waten die Beteiligten knietief im Holz. Wie auch immer. Es ist auf jeden Fall zur Zeit nicht an die Aufnahme einer disziplinarrechtlichen Überprüfung beziehungsweise Sanktion der Vorgänge gedacht.« Sie lächelte aufmunternd, wurde aber sofort wieder ernst. »Wie hat uns die Entwicklung aber in der Sache weitergebracht?«

»Wir haben einen Zeugen«, erklärte Jensen, der sich da schon was zurechtgelegt hatte. »Zurzeit ist Torsten Bach noch nicht vernehmungsfähig, er wird in einem künstlichen Koma gehalten, aber so bald wie möglich werden die Befragungen zeigen, ob er möglicherweise entscheidende Hinweise geben kann.«

»Oder nichts gesehen hat«, fügte Struller mit skeptischem Tonfall hinzu.

»Wir hoffen am Fundort auf ein umfassendes Spurenbild, da der Täter nicht mit der Entdeckung dieser geheimnisvollen Krypta rechnen konnte. Außerdem wissen wir, dass wir es mit zwei Tätern zu tun haben, da der Sarg nicht durch einen einzelnen Täter in der Altstadt hätte entwendet werden können.«

»Zwei Täter sind besser als einer«, nickte de Baron.

Struller seufzte. »Und dann habe ich noch eine Information, die wir zunächst für uns behalten sollten. Wir fahnden bundesweit nach einer zweiunddreißigjährigen Frau, deren Personalien wir haben und die dringend tatverdächtig ist. Sie heißt Katja Specht.«

Die Staatsanwältin nickte. »Den flüchtigen Täter konnten sie nicht erkennen?«

Struller schüttelte den Kopf.

»Der war immer zu weit weg. Er war ganz gut zu Fuß. Der Taxifahrer war zu aufgeregt, bekam keine Personenbeschreibung hin, meint aber, wenn wir ihm ein Foto unter die Nase halten, würde er ihn sofort wiedererkennen.«

»Und wo ist der Täter dann später geblieben? Er hat sich doch nicht in Luft aufgelöst?«

»Nein«, erklärte Struller. »Keine Zauberei, kein Voodoo! Ich bin ihm hinterher, der Gang teilt sich. Ich entscheide mich für links, er ist – wie wir jetzt wissen – rechts weitergerannt. Dieser Gang macht einen Bogen und endet an einer Tür, die wieder in die Räumlichkeiten der Kunstsammlung führt. Wir gehen davon aus, dass der Täter die an sich immer abgeschlossene Tür mit einer Art Nachschlüssel geöffnet hat und dann quer durch die Ausstellungsräume gelassenen Schrittes abgehauen ist.«

Jensen grinste. »Aber das Foyer der Kunstsammlung wird mit Video überwacht. Ich habe dem Leiter der Kunstsammlung, Dr. Schettels, meine Handynummer gegeben. Er ruft mich an, wenn die Bänder so weit gesichert sind, dass ich sie mir angucken kann. Vielleicht erkennen wir den Täter.«

De Baron stand zum Zeichen des Aufbruchs auf. »Es geht also mit Riesenschritten vorwärts. Ich sehe, die Ermittlungen sind bei Ihnen in den allerbesten Händen. Das habe ich dem Präsidenten so gesagt, und das werde ich auch dem Minister in dieser Form mitteilen. Weiter so, meine Herren!«

Sie geleitete Struller und Jensen an die Haustür. Im Flur fiel Strullers Blick auf ein Foto, das auf einer Anrichte stand. Es zeigte einen stolzen Vater, der, ein etwa zehn Jahre altes Kind mit Zahnspange im Arm haltend, breit in eine Kamera lächelte.

»Ihre Familie?«

De Baron grinste. »Nett gefragt. Nein, das sind mein Vater und ich. Ich bin auf dem Foto bedeutend jünger. Das mit den Zähnen hat sich gelegt. Ich bin nicht verheiratet und habe keine Kinder«, fügte sie hinzu.

»Aha«, sagte Struller, dem der Mann auf dem Foto bekannt vorkam. Das lag sicher an der Ähnlichkeit mit seiner hübschen Tochter. Zahnspange hin, Zahnspange her.

De Baron hatte die Tür zum Flur schon fast geschlossen, als sie eine Hand auf Jensens Schulter legte. »Es sind chinesische Schriftzeichen, Herr Jensen. Sie bedeuten *Selbstbestimmung*. Man kann nur die ersten beiden Schriftzeichen erkennen, aber insgesamt heißt es Selbstbestimmung. Hübsch mehrdeutig. Selbstbestimmung ist mir sehr wichtig.«

Jensen errötete bis über beide Ohren. »Ach so. Ich dachte nur ...«

»Schönen Abend noch!«

»Danke.«

Schweigend gingen die beiden nebeneinander die Treppe runter, bis Struller den Kopf schüttelte und fragte: »Wovon redet die? Selbstbestimmung?«

»Sie hat ein Tattoo vorne am Bauch.«

»Ach so. Ein Tattoo war das? Ich dachte, das seien Altersflecken.«

6. Tag

Jensen verpasste dem Radiowecker einen finalen Hieb. Mit einem letzten Klackern erstarb der Weckruf um 6.50 Uhr. Jensens Blick glitt nach links. Da sollte sich eigentlich Speedys blonde Lockenmähne übers Kissen ergießen. Tat sie aber nicht.

Jensen reckte sich. Na klar. Speedy stand um diese Zeit schon in der Kantine. Seine Gedanken wanderten zurück zum gestrigen Abend. Total aufgewühlt von den neuesten Ereignissen in der Mordserie war er nicht nach Hause in sein Loft auf der Stresemannstraße gefahren, sondern hatte sich nach Knittkuhl aufgemacht und Speedy überrascht. Sie hatte sich wirklich über seinen Besuch gefreut. Jensen wusste nicht, ob ihm das so recht sein sollte. Ging das alles zu schnell? War das zu tief? War das zu ernst? Erwartete sie zu viel? Andererseits freute er sich, dass Speedy sich gefreut hatte. Er fühlte sich in ihrer Gegenwart ... wohl. Da war was. Eindeutig.

Er stieg aus dem Bett und wankte ins Badezimmer. Tatsächlich, er wankte. Nun ja. Da die überraschte Freude gestern Abend alles andere als einseitig war, hatten sie sich heftig geliebt, und nun bestanden seine Beine hauptsächlich aus Pudding. Speedy war verdammt durchtrainiert und fit!

Er glitt unter die Dusche, entspannte sich bei kaltem Wasser und huschte mit einer Zahnbürste über die Zähne. Immer noch grübelnd, denn da war es wieder, dieses merkwürdige, ambivalente Gefühl, das er zum Verrecken nicht deuten konnte. Er wurde aus Speedy nicht richtig schlau. Er wurde den Eindruck nicht los, dass Speedy so etwas wie einen doppelten Boden hatte. Er bekam das nur nicht richtig zu fassen.

Nackt wie er war, sah er sich in ihrer Wohnung um. Alles war eine Spur zu grell, eine Spur zu schreiend. Eine Spur zu aufgesetzt. Alles passte zu gut zusammen: die Ringe an ihren Fingern, das schlampige Gehabe, ihre laute Art, die schrille Dekoration.

Er verglich dieses Zimmer mit seinem eigenen. In seiner Bude hatte sich der Kram über mehrere Phasen seines Lebens angesammelt. Da war die Fußballerzeit, an die Pokale, Urkunden und ein signiertes Trikot von Michael Ballack erinnerten.

Die Collagen und Schnappschüsse aus seiner Polizeizeit.

Das Poster der Blues Brothers.

Sein Zimmer war eine Art Rückblick auf sein bisheriges Leben.

Und hier? Hier gab es nur die schrille, überdrehte Speedy im Hier und Jetzt. Und sonst niemanden? Seit wann arbeitete Speedy in der Kantine? Das war eine der Fragen, die er ihr gestern fast beiläufig gestellt hatte und eine der Fragen, denen Speedy ausgewichen war. Und: Hatte sie ihn nicht gedrängt, gestern noch nach Hause zu fahren? Richtig. Darüber war er eingeschlafen. Kaputt wie ein Hund.

Ganz recht war es ihr nicht, dass er über Nacht geblieben war. Warum? Neulich ging es doch?

»Weil ich heute in ihrer Wohnung alleine bin«, beantwortete er sich die Frage selbst.

Er unterdrückte den Impuls, mal kurz in ihren Schränken und Schubladen nachzusehen. Das ging nicht! Sie hatte ihn hier in der Bude zurückgelassen, weil sie ihm vertraute, und er durfte das nicht missbrauchen, um jetzt in ihren Klamotten zu schnüffeln. Das würde er nie tun, keine Frage.

Bei Verdächtigen: klar, aber doch nicht bei … bei wem eigentlich? Seiner Freundin?

Er schlüpfte in die Klamotten.

Das beim Aufwachen angenehme Gefühl war einem Gefühl der Unsicherheit, des Zweifels gewichen. Wer war die Frau, die dort in der Kantine arbeitete, auf deren Hintern ein Tigerbaby schlummerte und die sich fünfundzwanzig Ringe über die Finger stülpte?

Er sah sich um. Und die bei der Einrichtung ihres Appartements wirklich kein geschmacksneutrales Vorurteil ausließ, um … wen oder was zu verbergen?

Nachdenklich strich er sich im Bad noch ein wenig Gel ins Haar und griff die Autoschlüssel von der Anrichte im Flur.

Es traf ihn wie ein Hammer!

Der Schlüssel verhakte sich in einem Schreibblock, dessen erste Seite verraschelte. Und den Blick frei gab auf eine Bleistiftskizze. Der Autoschlüssel entglitt seinen Fingern und schepperte zu Boden.

Die Skizze. Ein Teufelshaken.

* * *

Struller warf einen müden Blick auf die Uhr. Genau acht. Verdammt, er hatte nicht besonders gut geschlafen und sich entgegen seiner Angewohnheit schon früh aus dem Bett gequält. Neben einer Menge Arbeit hatte auch Jensen schon im Büro gewartet, dessen nachdenkliche Laune auch nicht viel besser war als seine eigene. Schweigend hockte der hinter seinem Schreibtisch und grübelte ein Loch in die Akten.

Mehrere blaue Flecken an Strullers Körper hatten angefangen zu schmerzen. Besonders der Hieb des senilen Alten von der Holztreppe in Oberrath schimmerte in allen möglichen Blautönen. Der Idiot!

Doc Stich hatte ihnen den Abschlussbericht gefaxt, und auch Harald hatte seine Feststellungen vom Königsallee-Tatort, wie immer in knappe Worte gekleidet, auf eine Seite gequetscht. Der Bericht war eine große Enttäuschung. Zwar hatte Harald einige Fingerabdrücke gefunden, aber ein Vergleich mit den Datensätzen im Computer verlief negativ. Kein Treffer. Entweder hatte der Täter Handschuhe getragen, oder er war noch nicht erkennungsdienstlich behandelt worden. Was auf das Gleiche rauskam: Sie standen ohne Namen da!

»Beim Sarg handelte sich tatsächlich um das teure Exemplar, das vor vier Tagen bei Salm in der Altstadt entwendet worden ist«, erklärte Jensen plötzlich in die Stille hinein. »Ich hab mir die Ermittlungsakte vom zuständigen Sachbearbeiter zumailen lassen. Mindestens zwei Personen müssen das schwere Teil getragen haben, vermutlich haben sie eine Art Sackkarre benutzt.«

Struller schnaufte. »Wieso fällt es eigentlich niemandem auf, wenn am helllichten Tag ein Sarg durch die Altstadt geschoben wird?«

»Vielleicht haben Passanten den Aufmarsch mit Sarg für die Vorbereitung zu einem Junggesellenabschied gehalten. Davon gibt es jedes Wochenende Dutzende«, antwortete Jensen und fügte vorsichtig hinzu: »Bei zwei Tätern könnten wir es vielleicht doch mit einer Sekte zu tun haben.«

Struller schnaufte noch eine Spur lauter. Mit einem Hauch von Unmut. Aber ihm war etwas aufgefallen. Sein linkes Augenlid zuckte heftig. Er bekam den Gedanken noch nicht richtig zu fassen. Sein Blick suchte den Düsseldorfer Stadtplan an der Wand.

Jensen klappte seine gerade gelesene Akte zu. »Fehlanzeige, was die Wohnung vom Bach angeht. Kein Hinweis auf Satan, kein Hinweis auf Rossbach, Kleinfeld, Rossi oder den Sado-Maso-Laden. Nichts. Der Börsentyp passt irgendwie überhaupt nicht in unsere Reihe. Torsten Bach, geboren in Ratingen, unverheiratet, wohnhaft in Oberkassel mit Blick auf den Rhein. An der Börse schwer reich geworden. Arroganter Typ, aber in der jungen Börsenszene eine Art Guru. Die hängen an seinen Lippen. Ein anerkannter Experte. Er ist zwar nicht in unseren Akten, aber sein Gesicht hab ich bei Börsen-TV und in einschlägigen Talk-Shows schon ein paar Mal gesehen. Wie sieht es bei dir aus?«

Struller schlug eine Kippe aus der Schachtel. »Das Halstuch gehört mit Sicherheit in die kleine Stofftasche, die wir in der Mörsenbroicher Höhle gefunden haben. Das Teil als Ganzes ist ein teures Unikat und stammt vermutlich aus Südafrika, sagen unsere Leute im Labor. Als wir Bach gefunden haben, hatte der nur noch ein paar gepresste Atemzüge zu leben, so eng lag das Ding am Hals. Sowieso wäre ihm im Holzkasten bald die Luft ausgegangen, ohnmächtig war er ja schon. Nimmt man das zusammen, haben wir es eindeutig mit dem vierten Opfer in unserer Serie zu tun.« Struller hämmerte eine Hand auf den Tisch. »Ha. Außerdem fällt mir gerade noch was auf!« Er sprang auf, und je mehr er sich dem Stadtplan näherte, desto klarer wurde der Gedanke, der ihm gerade gekommen war. Es sprang ihn geradezu an. Er strich über den Stadtplan.

Jensen verdrehte die Augen. Er liebte es, wenn sein Chef in Rätseln sprach.

»Ich bin auf was gestoßen. Gib mir einen schwarzen Edding!«

»Willst du Vokuhila einen Bart anmalen?«

»Wäre nicht verkehrt. Aber ich versuch mal was am Stadtplan, junger Kollege. Ich denke, du wohnst nun einer Sternstunde polizeilicher Ermittlungsarbeit bei.«

»Endlich mal. In Kleve hätte ich mehr gelernt«, murmelte Jensen bissig.

Struller setzte den Stift auf und malte einen Strich von oben nach unten. Dann einen quer durch von links nach rechts. Jensen stutzte, denn er ahnte schon, auf was das hinauslief. Dann fügte Struller unten ein spiegelverkehrtes S an.

»Der Teufelshaken«, bemerkte Jensen.

»Richtig.« Struller knurrte.

Jensen trat an die Pinnwand. Die im Stadtplan eingestochenen Nadelköpfe steckten alle an den Endstellen der Striche, die zusammengenommen jetzt einen Teufelshaken bildeten.

»Verdammt.«

»Das wäre der Zusammenhang und bedeutet, dass der Täter seine Opfer dort umbringt, wo die Striche des Teufelshakens enden. Hier oben im Garten in Mörsenbroich, hier rechts in der Spielhalle. Unten, wo das S beginnt, haben wir Sandro Rossi in Flehe am Rheinufer gefunden. In der Mitte, wo die beiden Striche sich treffen, ist der Sado-Maso-Club in der Karl-Anton-Straße.«

»Die Krypta unter der Kö?«, monierte Jensen.

»Ich nehme an, das war eine Art Basislager, außerhalb des Schemas. Den Bach sollten wir jetzt noch gar nicht finden. Das hat sich bei der Verfolgung zufällig ergeben. Ich glaube, dass für Torsten Bach schon irgendwo in Düsseldorf ein schickes Plätzchen vorbereitet war, wo wir ihn irgendwann gefunden hätten.«

»Fehlt noch der westliche Kreuzpunkt.«

»Ja, irgendwo in der Altstadt müsste das sein«, murmelte Struller.

Jensen ging an Strullers Schreibtisch.

»Moment, du hattest da doch diesen ganz normalen Unfall in der Brauerei. Der Köbes aus dem Uerige mit dem Fass.«

Jensen fischte die Akte von Althoff vom Stapel, klappte sie auf und tippte dann auf die Pinnwand. »Das ist genau hier. Rheinstraße.«

Struller pflückte die Jacke vom Haken und schraubte sich das Pepitahütchen über die Haare. »Da muss ich sofort hin!«

Jensen hielt Struller fest. »Das erklärt die Örtlichkeiten, Pit, aber nicht das Warum! Die Opfer gehören eigentlich alle nicht so richtig an die Fundorte, vom Köbes möglicherweise mal abgesehen! Der Gast im Studio war dort eben nur Gast, der Typ in der Höhle vermutlich zwischengelagert. Georg Rossbach in der Spielhalle? Rossi setzte sich seine Nadeln wahrscheinlich auch nicht immer an der gleichen Stelle mit entspanntem Blick auf den Rhein.«

Struller nickte. »Genau, Kollege. Tu mal was für dein Geld! Um das Warum kannst du dir ja jetzt ein paar Gedanken machen!«

* * *

Struller hastete die Treppen runter und entschied sich, aufs Auto zu verzichten. Der Vormittag war mild, die Luft draußen allemal besser als in der alten Karre. Er lief zu Fuß, ließ das rot-braun geklinkerte Präsidium hinter sich, grüßte im Vorbeigehen Landesvater Johannes Rau in Bronze, passierte das Apollo-Theater und flanierte über die Rheinpromenade mit dem wellenförmigen Pflaster. Am frühen Vormittag waren noch nicht viele Passanten unterwegs. Er ging zum alten Hafenbecken runter, bog nach links ab, und schon war er am Ziel. »Bei der Gelegenheit kann ich mir als Einstimmung sogar ein leckeres Alt die Kehle herunterlaufen lassen«, entschied Struller.

Manchmal waren die Ermittlungen klasse.

Er betrat das Uerige und stellte sich an einen Stehtisch, relativ nah am Gang. Es dauerte auch nicht lange, bis sich ihm ein breit gebauter Köbes mit gezwirbeltem Bart näherte, der ihm – ein großes, metallenes Tablett schwingend – wie selbstverständlich ein dunkles Alt auf den Deckel stellte.

»Entschuldigung, ich müsste mal kurz ...«, begann Struller, aber weiter kam er nicht.

»Nich hetzen, ich komm gleich!«

Struller beobachtete, wie der Köbes in die hintere Ecke dieses Raums lief.

In diesem Moment explodierte es. Es wurde taghell! Struller war geblendet. Für einen kurzen Moment konnte er nichts mehr erkennen. Er griff reflexartig an sein Schulterholster. Gerade noch rechtzeitig ebbte das Gewitter ab, das grelle Flackern ließ nach. Jetzt konnte er es erkennen: Am hinteren Tisch standen ungefähr fünfzehn Japaner als Gruppe zusammen. Alle hatten gleichzeitig den das Bier bringenden Köbes fotografiert, denn alle stellten in diesem Moment ihre Kameras wieder auf dem Tisch ab. Alle lächelten, ununterbrochen mit dem Kopf nickend, den Kellner freundlich an, der ihnen – wahrscheinlich halb blind – jeweils ein Kühles auf den Deckel knallte.

Das letzte Bier nahm er selbst und prostete den Japanern zu »Kampai! Kampai!« schallte es aus glücklichen Kehlen.

In einem Zug leerte der Köbes das Gläschen und kehrte zu Struller zurück. »So, der Herr! Was wolltest du mich fragen?«, begann er und lehnte sich an den Tisch. »Lass aber die Ernte bitte im Heuschober. Hier ist doch jetzt Rauchen verboten!«

»Was? Ach so, ja«, murmelte Struller, der in der grellen Hektik gar nicht bemerkt hatte, dass er sich eine Zigarette aus der Schachtel geklopft und zwischen die Lippen geschoben hatte. »So ein Scheiß, werde ich mich nie dran gewöhnen! Also, der Kollege Althoff ist doch hier gestorben. Ein Unfall. Ich muss da noch ein paar Sachen klären. Deshalb müsste ich mal Ihren Chef sprechen.«

»Presse-Fuzzi oder was? So einer, der dann nur Dreck über den Franz schreibt? So einem erzähl ich nichts. Nicht mal, dass er brennt. Und den Chef hole ich erst recht nicht«, baute sich der Köbes vor Struller auf.

»Nee, so einer bin ich nicht. Ich bin von der Kripo! Hier mein Ausweis«, drückte Struller dem Kellner die Polizeimarke unter die Nase. »Wie kommst du eigentlich auf das schmale Brett, mich mit einem von der Presse zu verwechseln?«

»Soll ich ehrlich sein?«, erwiderte dieser.

»Nur so kommt man in den Himmel.«

»Es ist früher Vormittag, du kommst rein und bestellst ein Alt. Wer kann das jetzt um diese Uhrzeit sein? Rentner: gerade nicht alt genug. Tourist: keine Kamera, zu wenig Japaner. Arbeitsloser? Die Uhr ist nichts Besonderes, aber zu teuer. Angestellte oder Beamte sitzen jetzt im Büro und kommen frühestens zur Mittagspause. Und jetzt gucke ich mir die Gesamterscheinung an …«, machte der Köbes eine kleine, aussagekräftige Pause und lächelte.

»Was ist denn damit nicht in Ordnung?«

»Ein hellgrünes Hemd, Rücken schon durchgeschwitzt. Die Schuhe wurden das letzte Mal vor vier Monaten geputzt und die Haare sehen aus, als ob du die letzte Nacht entweder gar nicht oder zu viel geschlafen hättest. Sogar mit diesem lächerlichen Pepitahut auf dem Kopf, den du zerknüddelt neben dir auf dem Hocker abgelegt hast, wäre der erste Eindruck ein besserer gewesen! Und bei welcher Berufsgruppe ist das Aussehen nun wirklich egal, weil sie hinter und nicht vor der Kamera stehen? Und weil trotzdem alle ihnen gegenüber freundlich und korrekt sind? Bei Presse-Fuzzis!«, beendete er seinen Vortrag.

»Gar nicht schlecht«, lobte Struller aufrichtig und nickte dabei anerkennend. Den Köbessen sagte man ja allgemein eine ungeheuere Menschenkenntnis nach. Die konnten nicht nur Bier schleppen! Die durfte man nie unterschätzen! »Okay, kann ich dann jetzt doch mal mit dem Chef sprechen? Bevor das hier losgeht.«

»Was losgeht?«, fragte der Köbes irritiert.

»Okay, ein bisschen beobachten kann ich auch«, wollte Struller jetzt auch ein bisschen angeben. »Polizist, weißt du. Einer eurer Japaner hat eben aufgeregt mit dem Handy telefoniert. Nichts Besonderes. Aber dann ist er auf die Straße gerannt. Und was kommt dort aus Richtung Rathaus auf uns zu? Richtig, eine Stadtführung mit ungefähr achtzig Personen. Was hat das jetzt mit unserem Japaner zu tun? Unser Japaner läuft wild winkend auf diese Gruppe zu und jetzt rate mal, wo die gleich alle einkehren werden!«

Der Köbes und Struller grinsten sich an.

»Gute Beobachtungsgabe! Nicht schlecht. Lernt man das jetzt auf der Polizeischule?«

»Ich trinke seit über dreißig Jahren Altbier.«

»Uerige?«

»Meistens. Und sehr gerne.«

Der Köbes deutete stumm schmunzelnd auf eine Seitentür mit der Aufschrift *privat* und setzte sich in Bewegung. Struller leerte das Glas und trat ein.

»Hallo?«, fragte der Mann, der ihn hinter einem Schreibtisch erwartete.

Struller zeigte diesmal direkt seine Marke und erklärte, was er wollte.

»Was anderes als ein Unfall? Ich kann mir das nicht vorstellen, Herr Struhlmann«, erklärte der Mann, der sich als Werner Herzberg vorgestellt hatte.

»Ja, dafür gibt es Anhaltspunkte. Gab es Probleme mit Franz Althoff?«

»Äh, nein.«

»Äh, nein? Also doch.«

»Nun ja«, zierte sich der Chef des Altbiers. »Franz hat ein bisschen mehr getrunken, als ihm gut tat.«

»Na, er saß ja an der Quelle«, zeigte Struller Verständnis.

»Altbier durfte er gar nicht trinken.«

»Das ist ja furchtbar.«

»Stimmt. Wir haben ihn mehrmals mit Weinbrand erwischt. Er konnte die Finger nicht davon lassen.«

»Alkoholiker?«

»Ich fürchte, ja. Aber das hatte nichts mit seinem Unfall zu tun. Da ist ein Fass weggerutscht.«

»Rutschen häufiger Fässer weg?«

»Nie.«

Struller wich seinem Blick nicht aus. »Nie? Außer einmal. Und da stand dann ausgerechnet Franz Althoff darunter? Hat er dort im Keller Nachschub besorgt?«

»Die Fragen hatte ich doch alle schon beantwortet!«

»Da war die Sachlage eine andere«, erklärte Struller.

»Er hatte dort eigentlich nichts zu suchen. Das heißt, Franz hatte dort schon mal seine Flaschen gebunkert. Weinbrand, verbotenerweise natürlich. Wahrscheinlich war er auf dem Weg dorthin. Ich habe das Ihren Kollegen natürlich nicht auf die Nase gebunden. Was hätte das bringen sollen?«

Struller kratzte sich am Kopf. Sein Finger rutschte aus Versehen ins Ohr. »Dann hätte jemand, der von seiner Sucht wusste, nur dort auf ihn zu warten brauchen.«

»Ich weiß nicht, was Sie damit andeuten wollen.«

»Irgendwann kommt Althoff und ein zuvor entsprechend manipuliertes Fass wird vom Regal gerissen. Es stürzt ihm auf den Kopf und er ist tot.«

»Sie meinen wirklich, der Franz wurde ermordet?«

»Hm«, knurrte Struller und holte einen Notizzettel raus.

»Genau weiß ich es, wenn Sie mir zu diesem Ding was sagen können?«

Er malte einen Teufelshaken aufs Blatt und zeigte es Herzberg, der augenblicklich die Farbe verlor.

»Kommen Sie mit!« Er führte ihn hastig nach hinten, dann die Treppen runter in den Keller. Im Gang vor einem Durchgang stoppte er. »Hinter der Tür ist der Unfall passiert«, flüsterte Herzberg, dessen Stimme flatterte. Er ging einen Schritt weiter und führte Struller an eine zweite Holztür. »Diese Tür führt in einen Innenhof. Sie ist normalerweise verschlossen.« Herzberg nestelte fahrig einen Bund aus seiner Hosentasche und stocherte einen der Schlüssel heftig zitternd in das Schlüsselloch. Endlich packte der Schlüssel und er konnte die Tür öffnen. Wortlos deutete Herzberg auf die Außenseite der Tür.

Der Täter hatte wieder keinen Filzschreiber benutzt. Er hatte ins Holz der Tür geritzt. Einen Teufelshaken.

Struller schniefte und schnippte sich einen Staubpuschel vom Jackett. »Damit ist klar: Franz Althoff wurde nicht versehentlich von einem Bierfass erschlagen. Er wurde ermordet.«

* * *

Obwohl Jensen spürte, dass sie mit dem Entdecken des Teufelshakens auf dem Düsseldorfer Stadtplan einen riesigen Schritt nach vorne gemacht hatten, konnte er sich nicht richtig konzentrieren. Immer wieder sah er den von Speedy auf dem Block gezeichneten Teufelshaken vor sich. Was hatte das zu bedeuten? Hatte sie … mit der Sache zu tun? Wusste sie mehr? Hatte sie heimlich in ihrem Büro geschnüffelt? War das der Grund für ihren überraschenden Emotionsumschwung seine Person betreffend, nachdem sie ihn wochenlang am Telefon und per Mail nur beschimpft hatte? Er erinnerte sich genau: *Sie* hatte sich mit *ihm* verabredet. Nur, um Infos zu bekommen? Seine Faust krachte auf den Schreibtisch. Er würde sie gleich zur Rede stellen. In der Kantine. Sofort. Und Klartext sprechen.

Jensen hastete die Treppen runter ins Rondell und bog in die Kantine ein. Er spürte einen dicken Kloß im Hals und einen genauso schweren Stein im Magen. An der Kasse saß … keine Speedy.

»Hallo«, grüßte ihn eine freundliche, dunkelhaarige Angestellte, von der Jensen wusste, dass sie meistens hinten in der Küche arbeitete.

»Hallo. Ich wollte mit Speedy sprechen.«

»Speedy hat heute frei. Morgen ist sie wieder da.«

»Frei?«

»Ja. Überstunden.«

Jensen wurde übel. »Steht das schon lange fest?«

»Was?«

»Dass sie frei hat. Sie hat mir gestern gar nichts davon gesagt.«

Deutlich war jetzt zu erkennen, dass das Gespräch der Angestellten unangenehm wurde. »Ja, schon seit über einer Woche, aber ich will mich da in nichts einmischen. Morgen ist sie wieder da.«

Jensen brachte ein unverfängliches Grinsen zustande und verabschiedete sich. Nachdenklich schlich er die Stufen hoch zurück in sein Büro. In Gedanken schloss er die Tür und ließ sich in den Stuhl fallen. Überstunden. Frei. Davon hatte sie ihm nichts gesagt. Musste sie natürlich auch nicht. Aber warum ging sie dann trotzdem so früh aus dem Haus, und was war so wichtig, ihn alleine in der Wohnung zurückzulassen, obwohl ihr das ganz offensichtlich nicht ganz recht war?

Jensen stöhnte laut auf. Das durfte doch alles nicht wahr sein! Was war mit Speedy los?

Dann glitten seine Gedanken wieder zu den beiden Nächten, die er mit ihr verbracht hatte. Die hatten ihn auch anderweitig überrascht. In vielerlei Hinsicht ...

Unwillkürlich drängten sich warm und heiß Szenen dieser Nächte in sein Gehirn, die dort selbstbewusst alles Bedenkliche zur Seite rammten. Laszive, bizarre, wilde Szenen, die ihn quer durch Speedys Wohnung hetzten. Die Speedy in immer wechselnden Positionen zeigten, die sie auf schier atemberaubende Weise eine Stellung wechseln ließen. Anschließend hatte er es mit einer anderen Speedy zu tun. Einer Speedy ...

Wechseln ließen ...

Moment. Wechseln. Danach hatte er es mit einer völlig anderen Speedy zu tun ...

In seinem Gehirn ploppte es plötzlich, und eine andere Frau nahm mit präsenter Dominanz Speedys Platz ein. Eine Frau, die eine Kapuze über dem Kopf trug und in deren rechter Hand eine Peitsche zischte. Plötzlich bekam er den Gedanken zu fassen, der ihm schon seit gestern Vormittag durch den Kopf kreiste.

Natürlich. Eine ... andere Speedy. Eine andere Frau.

Hastig fuhr er den PC hoch. Mit zitternden Fingern klickte er die Videosequenz aus dem Sado-Maso-Club hoch. Aufgeregt spulte er die Aufnahme vor bis an die richtige Stelle. Die Stelle, in der ...

»Genau!«

Die Tür wurde aufgerissen und Struller polterte herein.

»Ich war gerade in der Kantine. Schade, Speedy saß gar nicht an der Kasse. Mann, die war in den letzten Tagen in einer derart aufgewühlten Stimmung ... herrlich. Da kauft man die Brötchen gleich doppelt so gerne. Und mit Remoulade, hö hö. Wenn die einen neuen Stecher hat, besorgt der es ihr aber ganz prima ... Was guckst du so?«

»Nichts. Guck du hier!« Jensen spielte schweigend das Überwachungsvideo aus dem Club noch mal an die richtige Stelle.

Struller beugte sich über seine Schulter.

Jensen erschnüffelte eine prima Altbierfahne. »Hast du getrunken?«

»Ich war im Uerige! Natürlich. Althoff ist ermordet worden. Ein Teufelshaken wurde in eine Kellertür geritzt, die nach draußen führt.«

»Ich rieche noch was anderes.«

»Mettbrötchen mit Zwiebeln. Du sollst nicht an mir rumriechen, sondern mir ein Motiv für diese dämlichen Morde bringen.«

»Ich bringe dir was Besseres!« Jensen stoppte das Band und deutete auf den Monitor. Frank Hilgers hing nackt und mit dem Rücken zur Kamera auf dem schwarzen Brett. Die Kapuzenfrau, alias Katja Specht, schlug zwei Mal zu. Dann hielt sie inne, verließ den Raum und trat wieder ein. Heftig schlug die Kapuzenfrau erneut mit der Peitsche zu. Und wieder und wieder.

»Hast du das gesehen?«

Struller strich sich nervös über den Mund. »Ich bin mir nicht sicher.«

Jensen spulte zurück und spielte die Szene noch einmal ab.

»Ja, verdammt. Die Kapuzenfrau: Bevor sie den Raum verlässt und nachher, das ist nicht dieselbe Person!«

»Richtig. Angeschnallt wurde Frank Hilgers von Katja Specht. Sie schlägt ihm ein paar Mal doch eher recht harmlos mit ihrer Peitsche auf den Rücken. Dann geht sie aus dem Bild, und die Frau, die Sekunden später vor der Kamera erscheint, ist nicht mehr Katja Specht. Das kannst du an der ganzen Körperhaltung erkennen. Allein wie sie zuschlägt: Viel kraftvoller. Viel energischer!«

»Verdammt. Die Könnies hat gesagt, dass sie der Specht so eine Tat nie zutrauen würde, weil sie so eine stille Liebe ist.«

»Genau. Aber die zweite Frau, die weiß genau, was sie will, als sie auf Hilgers einpeitscht. Sie will ihn totpeitschen. Und das macht sie auch.«

»Hm«, brummte Struller. »Aber was macht die Specht? Guckt die jetzt zu oder was?«

»Vielleicht hatte sie ja keine Ahnung, was die zweite Frau plante. Vielleicht ist das ja auch eine Art Kick. Ich meine: Eine Frau bezahlt dafür, dass sie einen Menschen auspeitscht. Wo hat Frau schon mal so eine Gelegenheit, wenn der eigene Partner nicht auf Haue steht?«

»Jensen, sie peitscht ihn nicht aus, sie peitscht ihn tot!«

»Vielleicht hat Katja Specht das nicht gewusst. Oder die Sache ist eskaliert.«

»Dann hätte die Specht dazwischengehen müssen. Oder irgendwer hindert sie daran, Hilgers zu retten. Dann gäbe es einen weiteren Täter, der sich beim Peitschen im Nebenraum aufhält und auf dem Video nicht zu sehen ist. Das passt, denn seit dem Sargdiebstahl ist klar, dass wir es mindestens mit zwei Tätern zu tun haben. Das würde allerdings andererseits auch bedeuten, dass Katja Specht keine Täterin, sondern ein weiteres Opfer ist.«

»War die Specht eigentlich drogensüchtig? Alkoholsüchtig?«, brachte Jensen einen frischen Gedanken in eine Frage.

»Nein, drogensüchtig war der Rossi, alkoholsüchtig ist übrigens, wie ich seit eben weiß, der Althoff. Nein, die Specht soll magersüchtig gewesen sein ...«

Sie starrten sich an.

»Und der Rossbach?«

»War spielsüchtig ...«, murmelte Struller und wischte sich eine Schweißperle aus dem Ohr.

»Süchtig ...« Jensen nickte.

»Genau. Das ist das Motiv, das ist das Warum! Unser Mörder bringt Süchtige um. Alle unsere Toten waren süchtig!«

»Moment. Der Bach nicht«, erklärte Jensen.

»Das kriegen wir auch noch raus. Börsenguru? Klingt nach arbeitssüchtig oder geltungssüchtig. Nehmen die an der Börse nicht alle Kokain? Nein? Ich wette, das ist auch ein Treffer.« Struller klopfte auf die Tischplatte. »Wir sind einen großen Schritt weiter!«

»Ja, aber wo ist Katja Specht? Die müsste nach unseren Überlegungen ja auch noch ermordet werden.«

»Stimmt. Sie kennt die Täter. Mindestens die Frau, die Frank Hilgers zu Tode gepeitscht hat. Specht darf nicht plaudern. Sie weiß zu viel. Sie wird sterben müssen.«

»Verdammt. Und ich ahne auch wie.«

Jensen ging an die Pinnwand, schnappte sich einen Schreiber und malte: »Althoff – Alkoholiker, vom Fass erschlagen. Rossbach, Spielsüchtig, in einer Spielhalle erwürgt, Rossi – Junkie, Überdosis. Und die magersüchtige Specht?

»Na klar«, murmelte Struller. »Die wird totgehungert.«

»Wahrscheinlich. Wie lange braucht man, um zu verhungern oder zu verdursten? Allzu viele Reserven hat die Magersüchtige nicht. Drei Tage? Eher zwei. Seit vorgestern könnte Katja Specht entführt sein. Das heißt. Noch dürfte sie leben, aber wir müssen uns beeilen!«

Struller hielt inne und wechselte die Tonlage. »Äh, was ist eigentlich mit dir los, Sportsfreund? Du machst einen nachdenklichen Eindruck. Alles klar, bei dir?«

Jensen nickte und freute sich irgendwie, dass Struller seine düstere Stimmung aufgefallen war. »Ich habe da eine private Sache im Kopf. Ich komme klar.«

»Okay«, brummte Struller, dachte kurz an Vokuhila und erklärte: »Wir müssen zur Frau Althoff. Mal sehen, was sie sagt, wenn sie erfährt, dass ihr Mann nicht eines natürlichen Todes gestorben ist.«

* * *

»Ermordet? Das ist doch unmöglich. Wer tut so was?«

»Hatte Ihr Mann Feinde?«

Doris Althoff schnaufte und schüttelte den Kopf. »Mein Mann hatte keine Feinde. Der einzige Feind, den er hatte, war der Alkohol.«

»Alkohol?«, fragte Jensen der Form halber, obwohl er diese Information ja schon hatte. Er wollte einfach wissen, wie offen und ehrlich Doris Althoff ihnen gegenüber war.

»Mein Mann war Alkoholiker. Da kann ich nun mal nichts beschönigen. Franz wurde vor einigen Jahren krank. Er hatte Ärger mit dem Magen. Er ging zum Arzt, und dort stellte sich heraus, dass sein Körper zwischenzeitlich auf Hopfen höchst allergisch reagierte. Er hat seitdem keinen Tropfen Altbier mehr angerührt, auch nicht, wenn er im Uerige gearbeitet hat. Besser wurde es mit seinem Alkoholkonsum aber trotzdem nicht. Er hat Weinbrand oder Schnaps getrunken.«

»Deshalb wurde er auch abgemahnt. Hat mir sein Chef erzählt«, erklärte Struller.

»Er konnte die Finger nicht von dem Zeug lassen. Er hat drei Therapien erfolglos hinter sich gebracht. Da war nichts zu machen.« Sie seufzte und drückte sich ein weißes Stofftaschentuch mit Spitze unter die Nase. »Ich habe alles versucht. Ihn mit zur Entgiftung begleitet. Ich habe selbst an einer Therapie teilgenommen.«

Jensen und Struller schauten sich an. Das kam ihnen bekannt vor ...

»Was für eine Therapie?«, fragte Struller.

»Eine Selbsthilfegruppe für Co-Abhängige, wie sie das nennen.«

Jetzt waren einige Groschen gefallen.

»Wann war das?«

»Vor ungefähr einem halben Jahr. Ich habe eine Anzeige in der Zeitung gelesen. Das haben mehrere Betroffene selbst organisiert. In Flingern auf der Birkenstraße.«

Jensen zückte einen Block und schrieb mit. »Haben Sie noch Unterlagen darüber? Teilnehmerlisten und so was?«

»Ich habe noch Unterlagen, aber Teilnehmerlisten gab es nicht, weil alles anonym war. Wir haben uns mit Vornamen angeredet.« Sie stand auf und öffnete im Wohnzimmerschrank eine Schublade. »Hier müssten die Sachen noch sein. Ich werfe nämlich nichts weg. Deshalb sieht es hier auch ein wenig unordentlich aus, was ich zu entschuldigen bitte.«

Jensen und Struller warfen einen prüfenden Blick in die Runde. Es war alles picobello, wie in einem Prospekt. Wahrscheinlich hatte sie ein Kompliment nötig. »Es sieht hier toll aus«, erbarmte sich Jensen.

»Danke. Aha, hier habe ich was.«

Sie reichte Struller einen Bogen mit Klarsichtfolien und einigen Terminen, Flyern und Broschüren.

»Dürfen wir die Sachen mitnehmen?«

»Sicher. Mein Franz – ermordet? Das kann ich einfach nicht fassen!«

* * *

Struller und Jensen verließen das Haus.

»Selbsthilfegruppe. Co-Abhängigkeit. Das haben wir doch alles schon mal gehört«, quoll es aus Jensen aufgeregt heraus.

Struller nickte und öffnete das Auto. »Lass uns gleich die Freundin von unserem toten Italiener befragen, die wohnt doch hier um die Ecke.«

»Melanie Wiener.«

»Genau die meine ich.«

Sie bogen mit ihrem Fahrzeug an der nächsten großen Kreuzung nach rechts Richtung Gerresheim ab und parkten vor den bunten Häusern.

Melanie Wiener war zu Hause, ließ sie hinein und nickte auf ihre direkte Frage hin. »Ja. Da war ich. Was hat das zu bedeuten?«

»Das muss nichts bedeuten«, erklärte Struller hastig, aber mit ruhiger Stimme, um sich die Spur nicht kaputt machen zu lassen. »Ich möchte Sie auch bitten, über diesen Aspekt nicht zu sprechen. Das ist eine weitere Spur, mehr nicht, und ich möchte nicht, dass sie zertreten wird. Also bildlich gesprochen.«

»Okay. Ich kann mich an die Treffen noch erinnern. Außer mir waren da weitere sieben oder acht Personen. Manche kamen nur zwei oder drei Mal, andere regelmäßig. Ich kannte keinen davon, und alle hatten unterschiedliche Probleme.«

»Zum Beispiel?«, fragte Jensen und leckte sich gierig über die Lippen.

»Bei mir waren es die Probleme mit einem drogensüchtigen Partner. Einer hatte einen Partner, der spielsüchtig war. Eine ältere Dame hatte einen Alkoholiker als Mann. Noch ein Alkoholiker. Ach ja, und ich erinnere mich, dass eine Dame wegen ihres sexsüchtigen Ehemanns da war.«

Strullers Blick blieb ausdruckslos. Obwohl er ganz genau wusste, dass sie einen Volltreffer gelandet hatten. Diese Selbsthilfegruppe war der Schlüssel. Hier hatten sie jetzt die Verbindung zwischen all ihren Opfern. »Namen?«

»Wir haben uns nur mit Vornamen angeredet.«

»Und bekommen Sie die noch hin?«

Melanie Wiener zögerte einen Moment. In ihrem Blick flackerte es. Struller sah es genau.

»Ich kann mich an die Vornamen nicht mehr erinnern. Ich meine, eine Frau hieß Doris. Einer hat gehinkt.«

Sie hatte gelogen! Alles schrie in Strullers Schädel. Sie verschwieg irgendwas. Hochinteressant! »Haben Sie noch irgendwelche Unterlagen über die Sitzungen?«

»Nein. Ich habe alles weggeworfen. Ich bin ja zwischendurch umgezogen, und es hat ja eh nichts genutzt.«

»Okay. Nehmen Sie sich bitte ein wenig Zeit, und schreiben Sie über die Teilnehmer alles auf, was Sie wissen. Falls Ihnen noch ein Vorname einfällt oder wenn Sie die Personen beschreiben können. Wir melden uns, und bitte, informieren Sie niemanden über dieses Gespräch.«

»Ja.«

»Wo ist Kevin?«, fragte Struller.

»Im Hort«, antwortete Melanie Wiener überrascht, die wohl nicht damit gerechnet hatte, dass dieser Pepita-Hütchen tragende Bulle sich für irgendetwas anderes interessierte als für seine Leichen. Dass er sich überhaupt an den Namen des Kleinen erinnern konnte ...

»Grüßen Sie ihn schön!«

Struller und Jensen verließen die Wohnung. Jensen öffnete den Mund, aber Struller legte mit irrem Blick einen Finger auf seine Lippen.

Zügig bestiegen sie das Auto. Struller fuhr schnell geradeaus, wurde an einem Starenkasten, der wenige Meter weiter am rechten Fahrbahnrand stand, geblitzt und bog auf ein Tankstellengelände.

»Die Wiener hat keinen Festnetzanschluss. Hast du ihre Handynummer im Buch?«

»Ja.«

»Ruf sie an!«

»Was soll ich sagen, wenn sie abhebt?«

»Falsch verbunden!«

»Okay, das schaff ich.«

Jensen hackte Melanies Nummer ins Display. »Es ist besetzt.«

»Das dachte ich mir«, fluchte Struller grimmig.

Jensen knisterte Althoffs Faltblatt auseinander, in dem sich die Selbsthilfegruppe vorstellte. Ganz unten fand er den Namen des Seminarleiters: Kai-Uwe Solschewsky. Daneben stand eine Telefonnummer. Jensen rief an. Es meldete sich ein Band, Jensen legte auf. »Jetzt ist dort nichts, aber heute Nachmittag um 15 Uhr ist dort eine Sitzung mit dem gleichen Moderator, der unser besagtes Seminar geleitet hat.«

»Dann wirst du dich mal umfassend beraten lassen.«

»Die sind bei diesen Seminaren immer sehr verschlossen. Alles sehr privat und vertraulich. Der wird mir sicher nichts sagen wollen«, gab Jensen zu bedenken.

»Er wird auch nicht wollen, dass du ihm die Finger brichst«, knurrte Struller.

Das konnte Jensen nachvollziehen.

Struller kratzte sich im Ohr. »Man müsste bei irgendeinem Telefondings nachhalten können, wen unsere alleinerziehende Mutter gerade angerufen hat.«

»Äh, kann man, Pit. Über den Provider, den Anbieter.«

»Provider? Was immer das ist, benutz es!«

»Mach ich. Und was machst du in der Zwischenzeit?«

»Ich besuche die brave Frau Hilgers und rede mit ihr über klaffende Fleischwunden.«

Jensen lehnte sich im Beifahrersitz zurück.

»Das ist nett. Das wird sie freuen.«

* * *

Plötzlich strich ein Luftzug durch den Raum. Die Tür öffnete sich, und ein Lichtstrahl fiel hinein. Ihre Augen schmerzten und gewöhnten sich nur langsam ans Licht. Zu lange war es um sie herum dunkel gewesen.

Schwarz. Finster.

Sie hatte den Eindruck, endlos lange geschlafen zu haben. Sich zu orientieren, wo sie überhaupt war, gelang ihr nicht. Durch ihren immer noch getrübten Blick erkannte sie vor sich ein Paar Stiefel. Entsetzt stellte sie fest, dass sie auf dem Boden lag. Mehr als diese Stiefel konnte sie aus diesem Winkel nicht erkennen. Ihr wurde schwindelig. Ihr war schlecht. Sie war schlapp und merkte, dass nicht nur die Augen trübe schmerzend den Dienst verweigerten, sondern dass ihr ganzer Körper völlig kraftlos war. Sie hatte schon länger nichts gegessen und kannte solche Schwindelanfälle nur zu gut, aber ... heute war es anders.

Die Stiefel kamen noch näher. Mehr und mehr wurde ihr bewusst, in welcher Situation sie sich befand. Ganz langsam kam sie zu sich. Aber immer klarer zeichnete sich vor ihren Augen ein Bild ab, das sie nicht wirklich sehen wollte ...

Schutzlos? Ausgeliefert?

Panik. Panik stieg in ihr hoch. Und es war diese Panik, die ihre Lebensgeister für einen kurzen Moment erweckte und die wie in Watte gepackten Sinne wieder aufrüttelte. Sie musste etwas tun, sie durfte sich nicht aufgeben.

Was war hier los?

Sie schmeckte feuchten Staub, den sie mit jedem schmerzhaften Zug einatmete.

Die Stiefel entfernten sich wieder.

Nein!

Kurz bevor die Tür geschlossen wurde, gelang es ihr mit einer alle Kräfte erforderlichen Anstrengung, den Kopf zur Seite zu drehen und ihren Blick zu heben.

Wenigstens den Umriss einer Person konnte sie schemenhaft erkennen. Die Person hatte den Raum nicht verlassen. Nein. Deutlich hörte sie neben ihrem einen zweiten Atem.

Kraftvoll.

Die Person hatte lediglich die Tür geschlossen und den Raum wieder in eine fast perfekte Dunkelheit getaucht. Ein schmaler Lichtstrahl ließ sie einen geschwungenen Umhang, einen weiten Mantel oder so etwas Ähnliches erkennen. Sie versuchte, ihren Körper in eine andere Position zu bringen, sich aufzurichten.

Die Hände. Die Finger.

Es gelang ihr, einen Zeigefinger nach vorne zu schieben. Wenige Zentimeter. Er berührte Metall.

Da war ein ...

Weiter! Forderte sie sich auf. Weiter! Ihre Finger glitten wie in Zeitlupe vor und krallten sich in ein kaltes Drahtgeflecht. Der Erfolg, endlich etwas erreicht zu haben, gab ihr neue Kraft. Sie spürte, wie Leben in ihre Muskeln zurückkehrte. Sie schluckte schmerzhaft. Die Stiefel konnte sie nicht mehr sehen. Sie drückte sich hoch. Quälend langsam, Stück für Stück. Ihr Körper schmerzte. Sie richtete sich auf. Versuchte es. Aber es wollte nicht gelingen. Ihr Kopf stieß oben an eine Decke.

Sie hob eine Hand: Draht. Draht?

Sie schaffte es trotz ihrer geringen Größe gerade einmal, sich hinzuknien. Das nahm Druck aus dem Rücken, aber die Knie schmerzten sofort. Verdammt, was war hier los?

»Wo zum Teufel bin ich?«, stammelte sie.

Die Antwort bestand aus einem hässlichen Knirschen der Stiefel.

Ihre Hände strichen über ihren Körper. Sie bemerkte erst jetzt, dass sie vollkommen nackt war. Es machte ihr etwas aus. Das war ein gutes Zeichen, stellte sie für sich fest. Und es machte sie wütend. Warum war sie nackt? Wer hatte sie ausgezogen? Warum?

»Wo bin ich?«

Keine Antwort. Die Stiefel blieben stumm.

Sie griff vorsichtig um sich. Nach links. Nach rechts. Und nach oben. Ihre Finger strichen über den Boden.

Ihr wurde übel. Da war überall ... Draht.

Ihre Finger ertasteten kleine, sechseckige Maschen, und ihr wurde mit einem Mal klar, dass sie sich in einem Käfig befand. Sie war in einem Käfig eingesperrt. Oben, unten, alle Seiten, rundum Draht!

Die Stiefel. Die Person kam immer näher. Ihre Augen schmerzten immer noch, aber sie hatten sich ein bisschen an die Dunkelheit gewöhnt. Deutlich erkannte sie die eckigen Umrisse der Person vor sich. Wütend schrie sie ihr Gegenüber an: »Verdammt, wo bin ich?« Ihre Stimme rasselte knarrend. Krächzte. »Du mieses Dreckschwein, lass mich hier raus!«

Ein greller Lichtstrahl traf sie wie ein Faustschlag hart und unerwartet mitten ins Gesicht. Eine Explosion. Ihre Augen brannten, alles flimmerte. Sie schloss die Augen, legte eine Hand vors Gesicht, um sie zu schützen und wich zurück. Der Maschendraht drückte sich schmerzhaft in die Haut ihres nackten Rückens.

Dann geschah nichts. Oder hatte da jemand leise gelacht? Sie war sich nicht sicher. Vorsichtig nahm sie die Hand von den Augen und blinzelte. Sie erkannte nichts, nur ein helles, konturenloses Grau. Aber sie wusste, dass er noch da war. Vor ihr stand. Sie beobachtete ... Es war ein Mann, der in den Stiefeln vor ihr steckte. Sie spürte es. Es war ein Mann. »Hallo?« Fast flehte sie ihn an, *irgendetwas* zu sagen. Sprich mit mir!

Die Stiefel knirschten.

»Reden Sie! Sagen Sie was! Irgendwas!«

Es blieb still. Nur ihr Atem rasselte. Sie hörte ihren Pulsschlag. Aber der Mann blieb stumm. Eine Träne brannte über ihre Haut.

Dann knirschten die Stiefel wieder über den Boden. Weg. Sie bewegten sich weg!

»Halt! Warte!«, schrie sie. Ihre Stimme überschlug sich hysterisch. »Geh nicht! Bitte!« Sie schnellte nach vorne und drückte gegen den Draht, der leicht vibrierte, aber keinen Millimeter nachgab. Das war kein ... normaler Draht. Sie hämmerte ihre Fäuste gegen das Metall. Und schrie. Irgendwas! Nur keine Stille ...

Er hatte sich nicht wieder umgedreht. Die Tür öffnete sich wieder.

»Rede mit mir!«, flehte sie ihn schreiend an.

Aber der schmale Lichtspalt an der Tür fiel so schnell in sich zusammen, wie er sich aufgetan hatte, und ließ die gleiche, qualvolle Dunkelheit zurück, in die hinein sie aufgewacht war. Bevor ... Bevor sie wusste, dass sie in einem eisernen Maschendrahtkäfig eingesperrt einem Wahnsinnigen hilflos ausgeliefert war.

* * *

Stau. Struller quälte sich fluchend über das Mörsenbroicher Ei. Zu viele Autos, der Sprit war immer noch zu billig.

Endlich war er am Ziel. Ein Autofahrer versuchte umständlich seinen breiten BMW rückwärts in eine freie Parkbucht genau gegenüber von Sybille Hilgers' Wohnung einzuparken. Flink huschte Struller mit seinem Vectra vorwärts hinein. Der frühe Vogel fängt den Wurm!

»He, das war meine Parklücke«, beschwerte sich der andere Fahrzeugführer durchs geöffnete Fenster seines Autos. Businessmann, dunkler Zweireiher, Krawatte, seriöse Erscheinung. Reich.

»Stand kein Name dran«, knurrte Struller.

»Ich zeig dich an, du Prolet!«

Struller warf ihm ein Küsschen zu.

»Ich stech dir die Reifen platt, du Arsch!«, drohte der Managertyp.

Struller hielt im Gehen kurz inne, schob das Jackett auf und zeigte auf seine Knarre. »Dann müsste ich dich abknallen!«

Der BMW-Fahrer suchte sich einen neuen Parkplatz.

Sybille Hilgers öffnete Struller die Tür. »Herr Kommissar? Kommen Sie rein.«

»Danke. Ich habe nur ein paar schnelle Fragen.«

»Das ist gut. Ich bin auf dem Sprung.« Sie trug wieder Sportklamotten. Diesmal eine kurze Laufhose, die den Blick auf ein Paar prächtig modellierte Beine erlaubte, die viel, viel weiter unten in einem teuren Paar Joggingschuhe endeten. »Möchten Sie sich setzen?«, fragte Sybille Hilgers und streifte ihre langen, blonden Haare hinten zu einem Zopf zusammen.

»Das ist nicht nötig. Sie sagten, dass Sie Ihrem Partner beim Ausleben seiner Neigungen weit entgegengekommen sind.«

»Ach das. Ja, richtig.«

»Weil Sie Verständnis entwickeln wollten?«

»Ich sagte Ihnen ja schon: Wir haben ansonsten eine sehr glückliche Beziehung geführt.«

»Stimmt. Leichte finanzielle Probleme ausgeklammert.«

»Mein Mann hat sehr gut verdient. Er hat sich sein ... Hobby gerade so leisten können, ohne uns in finanzielle Schwierigkeiten zu bringen.«

Strullers Blick fiel wieder in den Hansapark. Die Dachgeschosswohnung der Hilgers war groß und erstreckte sich vermutlich bis rüber zur Brehmstraße. Dennoch lag die vielbefahrene Straße quasi fast außer Hörweite. Eine sehr schöne Lage. Und teuer. »Sie haben eine Selbsthilfegruppe aufgesucht.«

Sybille Hilgers wurde blass. Sie schwankte. Sie schwankte sehr gerne, fand Struller.

Aber sie fing sich. »Woher wissen Sie das? Diese Treffen sind anonym. Wer hat das ausgeplaudert?«

»Ausgeplaudert würde ich nicht sagen. Wir ermitteln in einem Mordfall.«

Sie schwankte wieder. »Gut. Ich habe wirklich versucht, etwas zu tun.«

»Um Ihrem Mann zu helfen?«

»Natürlich!«

»Oder um das Vermögen Ihres Mannes zusammenzuhalten und ihre Lebens- und Wohnqualität zu sichern?«

»Eine Unverschämtheit!«

»Ich suche ein Motiv«, visierte Struller sein Opfer scharf an.

»Bei mir? Wieso bei mir? Was hat diese Selbsthilfegruppe damit zu tun? Sie meinen, einer aus der Selbsthilfegruppe ist der Mörder?«

»Äh, nein ... dachte ich nicht. Also, bis jetzt nicht.«, murmelte Struller. »Aber diese Gruppe ist ganz offensichtlich die Verbindung zwischen allen Opfern.«

»Sie meinen, die Teilnehmer dieser Gruppe werden umgebracht?«

Sie schwankte schon wieder. Merkwürdig, bei so stabilen Beinchen.

»Nein. Ihr Mann wurde umgebracht. Es werden nicht die Teilnehmer der Gruppe umgebracht, sondern die – ich nenne sie mal – Anlass gebenden Subjekte dieser Gruppe. Ob der Täter *in* der Gruppe oder *im Dunstkreis* der Gruppe zu suchen ist, wissen wir nicht. Wir brauchen aber, und deshalb bin ich hier, alles an Informationen über diese Gruppe. Namen, Probleme, Stimmungen. Nehmen Sie sich Zeit und schreiben Sie alles auf!«

»Das ist nicht viel.«

»Ich hoffe doch. Ein Kollege kommt die Aufzeichnungen holen. Wenn wir es so machen, wird es nicht nötig sein, Sie ins Präsidium vorzuladen und Sie dort zu vernehmen.«

Schwank.

Jetzt konnte sie joggen gehen.

Unten auf der Straße stellte Struller fest, dass niemand die Reifen seines Fahrzeugs zerstochen hatte. Er klemmte sich hinters Steuer, summte die Seitenscheibe runter, steckte sich eine Kippe an und wartete lange, bis Sybille Hilgers auf dem Gehweg erschien und sich langsam in einen Trab fallen ließ.

Zwölf Minuten.

Sie hatte ihre Sportklamotten schon angehabt und hätte gleich losrennen können. War sie aber nicht. Zwölf Minuten. Viel Zeit. Genug Zeit, um ein dringendes Telefonat zu führen.

»Provider anrufen«, murmelte Struller und schnippte die Kippe auf den Gehweg.

* * *

Zufrieden reckte Jensen sich eine aufkommende Müdigkeit aus den Knochen. Die Mittagspause hatte er durchgeackert, aber ... es hatte sich gelohnt, wie er mit einem befriedigten Blick auf den Zettel vor sich auf dem Schreibtisch feststellen durfte. Er hatte ein paar Dinge zusammenführen und eine alte Spur in der Sache ausschließen können. Das Ergebnis würde Struller freuen, wenn er ihm ...

Das Telefon.

»Jensen? ... Oma? Was willst ... Nein, wir haben den Täter noch nicht überführen können ... Was? Den Kopf unter Wasser halten ... Wo hast du das denn her? N 24? ... Glaub nicht alles, was du im Fernsehen siehst! Heutzutage wird nicht mehr gefoltert ... Ja, aber das ist Afrika. Nein, ich bin nicht zu weich! Nein ... Nein, Oma, Foltern hat sich *nicht* bewährt. Machen wir nicht mehr ... Wieso willst du mit meinem Kollegen reden? ... Nein, der sieht vielleicht so aus, aber der foltert seine Verdächtigen auch nicht ... Oma, ich muss jetzt auflegen ... Die Durchwahl vom Polizeipräsidenten? ... Oma, bitte! Ich rufe dich heute Abend kurz an und bringe dich auf den aktuellen Stand der Ermittlungen, versprochen ... Nein! Du brauchst nicht vorbeizukommen! ... Ja, genau, tschüss, Oma.« Jensen wischte sich eine Schweißperle von der Schläfe. Foltern? Er schüttelte den Kopf.

Es klopfte.

»Hallo!« Zwei uniformierte Kollegen traten ein. Der Breitere von beiden wuchtete einen Computer auf Strullers Schreibtisch.

»Struller hat doch schon einen PC«, wunderte sich Jensen.

»Kann er denn damit umgehen?«, grinste der Dünnere.

»Keine Vorurteile gegen Ältere«, mahnte sein Partner. »Mit diskriminierenden Äußerungen begibst du dich sehr schnell auf gaaaanz dünnes Eis.«

Der Breitere rollte mit den Augen und erklärte: »Wir kommen von einem Seminar beim Landeskriminalamt, und da haben uns die Kollegen diesen PC in die Arme gedrückt. Ist ein Beweisstück, gehörte einem Jochen Kleinfeld, der jetzt tot ist, und sollen wir bei Kriminalhauptkommissar Struhlmann abgeben. Geht so schneller als mit der Dienstpost.«

Jensen ergriff den verschlossenen Umschlag, den ihm der Kollege entgegenstreckte.

»Da ist noch ein Bericht drin. So, mach es gut, wir müssen wieder.«

»Richtig, Kollege, denn die Täter kommen nämlich nicht zu uns auf die Wache. Die fängt man draußen auf der Straße«, erklärte der Sportliche mit einem breiten Grinsen im Gesicht und knipste ein Auge.

»Richtig!«, rief Jensen ihnen hinterher.

Die nächsten Minuten im Büro bis zum Feierabend nutzte Jensen, um die vernachlässigte Ermittlungsakte ein bisschen auf Vordermann zu bringen. Wobei ihm vollkommen klar war, dass er eigentlich auf Zeit spielte, denn heute Abend stand ein klärendes Gespräch mit Speedy an, und vor diesem Gespräch hatte er ...

Verdammt, das konnte alles werden.

Er lenkte sich erfolgreich ab und heftete als Letztes den Bericht der Computerkollegen vom LKA in den Ordner. Die hatten nichts feststellen können, was den toten Jochen Kleinfeld in die Nähe einer Sekte oder von okkulten Kreisen hätte rücken können. Auf verschiedenen Single-Plattformen im Internet hatte Kleinfeld sich unter verschiedenen Namen viermal als Frau und dreimal als Mann angemeldet. Auf *BumsBoy69* und *WilligWeiblich75c* würde man in den einschlägigen Chats zukünftig verzichten müssen.

Jensen hatte gerade den letzten Ordner ins Regal geschoben, als es zögerlich an der Tür klopfte.

»Herein!«, brüllte Jensen und fuhr zusammen.

Denn herein kam ... Dieses markante Gesicht, die dünnen, fein gekämmten Haare, der stechende Blick, das harte Kinn. Herein kam ... Tom Cruise.

Jensen zuckte zusammen, seine Hand fuhr instinktiv hinten an den Gürtel, wo sich seine Walther PPK langweilte.

»Herr Struhlmann?«, fragte der Hollywoodstar mit einem harmlosen Augenaufschlag.

Nun, dafür war er Schauspieler. Und außerdem alles andere als unverdächtig in ihrer Mordserie. Flink schnellte Jensen nach vorne und glitt Tom Cruise über die Wäsche.

»Was machen Sie da?«

»Reine Routine. Ich checke, ob Sie Waffen dabei haben.«

»Wieso sollte ich?«

»Ich habe Mission Impossible gesehen. Nehmen Sie Platz.«

Tom Cruise räusperte sich. »Ja, gerne.«

»Wir kennen uns ja schon«, erklärte Jensen.

»Wie bitte?«

»Gestern, Waldstraße, die Verfolgungsfahrt quer durch Düsseldorf.«

Tom schüttelte den Kopf. »Ich habe davon in der Zeitung gelesen. Sie glauben doch nicht ernsthaft, dass ich das war.«

»Oh, doch. Wer sonst sollte aus Ihrer gemeinsamen Wohnung mit Rossbach flüchten als Sie, der Sie gerade durch die Polizei vernommen werden sollten.«

»Ich weiß von keiner Vernehmung.«

»Wir hatten keine Gelegenheit, Sie entsprechend zu informieren.«

Er schüttelte den Kopf. »Es geht um Georg Rossbach?«

»Er ist tot. In welchem Verhältnis standen Sie zu Georg Rossbach? Der Hausmeister deutete an, dass Sie als Paar zusammen lebten.«

Cruise schnaufte. »Der Hausmeister ist ein Idiot. Georg und ich haben uns eine Wohnung geteilt. Wegen der Kosten. Georg war zurzeit ohne Arbeit und ich arbeite als Nightmanager im neuen Flughafenhotel. Eine perfekte Kombination, und wir sparen beide jeden Monat eine Menge Kohle.«

Jensen blinzelte irritiert. »Wie heißen Sie eigentlich richtig?«

»Wieso richtig? Ich heiße Ulf Reffeling«, behauptete Jensens Gegenüber und reichte ihm einen Personalausweis, der genau das belegte.

»Hm. Sie sehen aus wie Tom Cruise.«

»Haben mir schon mehrere Leute gesagt, ich weiß. Hören Sie! Ich habe von dieser Verfolgungsfahrt gelesen und kann eins und eins zusammenzählen. Das haben Sie auch gemacht und gehen davon aus, dass ich es war, der Ihnen in Oberrath davongerannt ist. Glauben Sie mir, ich renne der Polizei nicht davon!«

»Das versuchen viele.«

»Sie verstehen mich falsch.« Reffeling deutete auf seinen Fuß, den er unter dem Tisch nach vorne streckte.

Jensen schluckte.

»Ich renne *grundsätzlich* niemandem davon. Ich habe seit meiner Geburt einen Klumpfuß.«

»Äh ...«

»Deshalb finde ich auch nicht, dass ich aussehe wie Tom Cruise. Und deshalb melde ich mich hier bei Ihnen, damit Sie nicht nach mir fahnden, sondern nach dem richtigen Täter suchen.«

Jensen nickte. »Das ist ... sehr gut«, stammelte er.

Ulf Reffeling erhob sich. »Ich würde jetzt gerne wieder gehen.«

»Ich habe noch ein paar Fragen.«

»Okay.«

»Sie haben von Januar bis Februar dieses Jahres an insgesamt sieben Treffen einer Selbsthilfegruppe für Co-Abhängigkeit auf der Birkenstraße in Flingern teilgenommen. Wenn Sie lediglich der Mitbewohner von Rossbach sind: Warum besuchen Sie diese Gruppe?«

Reffeling senkte den Kopf. »Vielleicht wollte ich ja mehr sein, als nur einer, mit dem Georg sich die Wohnung teilt.«

Jensen nickte. Da hatte Hausmeister Huber doch tatsächlich das richtige Näschen gehabt.

* * *

»Nutzt ja alles nichts«, murmelte Jensen und strich sich durchs lange Haar. Er spürte seinen Pulsschlag, aber da musste er jetzt durch.

Speedy öffnete die Tür. Sie trug eine normale Jeans, ein unauffälliges, blaues Top und hatte sich abgeschminkt. Sie sah klasse aus. »Chrissie, komm schnell rein. Ich bin auch erst gerade hier.«

Stimmt, dachte Jensen. Er hatte draußen vor dem Haus auf sie gewartet, ihr fünf Minuten gegeben und war ihr nachgegangen.

Sie küsste ihn auf den Mund.

Jensen blieb starr.

Sie merkte sofort, dass etwas nicht stimmte. »Was ist los, Süßer?«

»Wir müssen sprechen«, erklärte Jensen.

Ihr linker Mundwinkel straffte sich skeptisch. »Schade. Jetzt schon?« Sie drehte sich um.

Jensen folgte ihr am Schlafzimmer vorbei ins Wohnzimmer. Sie setzten sich an einen Tisch, Jensen wählte den Stuhl ihr direkt gegenüber. »Wo warst du heute?«

»Ist das eine dienstliche Frage, Herr Kommissar?«

»Kann sein«, antwortete Jensen, ihren spöttischen Blick haltend.

»Was soll das?«

»Wo warst du? Eine einfache Frage. Ich war in der Kantine, deine Kollegin sagte, du hast frei.«

»Du weißt, dass ich dir keine Rechenschaft schuldig bin.«

»Klar weiß ich das. Ich möchte aber trotzdem gerne wissen, wo du warst?«

»Und wenn ich es dir nicht sage?«

»Dann stelle ich die nächste Frage.«

Sie legte trotzig den Kopf schief. »Dann stell mal die nächste Frage.«

»Was soll der Teufelshaken auf dem Schreibblock im Flur?«, reagierte Jensen kühler, als er es war, denn er wusste genau, dass diese Frage zwischen ihnen alles ändern würde.

Sie stand ganz langsam auf. In ihren Augen funkelte es. »Du hast in meinen Sachen gewühlt?«

»Nein. Ich habe die Autoschlüssel vom Block genommen, und die Seite hat sich aufgeschlagen. Ich bin, was Teufelshaken angeht, ein bisschen sensibel. Selektive Wahrnehmung.«

Sie ging ein paar Schritte in den Flur und fischte den Block von der Kommode.

»Diesen Block meinst du?«

»Genau.«

Sie musterte ihn lauernd. Dann streifte ihr Blick den Block. Jensen hielt das Schweigen aus. Sie brach es nach einigen, quälend stillen Sekunden. »Du hast nicht weitergeblättert?«

»Nein. Ich wühle nicht in deinen Sachen.« Den Blick, der sich jetzt in ihre Augen legte, konnte Jensen nicht deuten. Was ging in ihrem Kopf vor?

»Was ist schlimm an einem Teufelshaken?«, fragte sie leise.

»In unserem Fall ...«

»Wir haben nie über deine Arbeit und schon gar nicht über deinen aktuellen Fall geredet.«

»Da spielt ein Teufelshaken eine Rolle.«

»Und da dachtest du, ich hänge da irgendwie mit drin?«

»Teufelshaken sind selten.«

»Ich hätte dich nur angemacht, um Informationen über den Fall zu bekommen?«

»Äh ...«

»Ich war gestern nur mit dir im Bett, weil ich Informationen brauche?«

»Speedy ...«

»Ganz langsam, damit ich es verstehe: Das hast du gedacht?«

Jensen fühlte sich plötzlich in die Defensive gedrängt. Er stand auf. Gleiche Augenhöhe. Das war das Mindeste, was er jetzt brauchte. Solche Gespräche ließen sich nie planen, aber dieser Verlauf war eindeutig anders, als er ihn sich vorgestellt hatte. Er wollte sich nicht auf den Teufelshaken beschränken und gab der Aussprache eine neue Richtung. »Speedy, irgendetwas stimmt mit dir nicht.«

»Mit mir?«

»Ja, mit dir. Dieses Geklimper an deinen Fingern, das Schrille. Manchmal weichst du Fragen aus. Der Kegelclub aus Unterbach ... Da stimmt doch was nicht.«

Sie legte den Kopf schräg. »Du meinst, da stimmt was nicht. Was denn?«

Jensen drückte sein Kreuz durch. »Wer bist du wirklich?«

Sämtlicher Trotz wich aus ihrem Blick, die Augen schimmerten.

»Weinst du?«, fragte Jensen ehrlich erschreckt.

»Du bringst mich soweit, ja.«

»Ich will dich nicht beleidigen ...«

»Du beleidigst mich nicht.« Sie schüttelte den Kopf. »Es ist ganz anders.« Sie reichte ihm den Block. »Was sagen dir: Spinne, ein Teufelchen, ein vierblättriges Kleeblatt und eine Schlange?«

»Äh ...«

»Blättere!«

Das tat Jensen. Der Teufelshaken, eine schwarze Spinne. Das nächste Blatt zierte ein vierblättriges Kleeblatt. Ihm wurde warm.

Speedy änderte die Tonlage. »Ich habe mich als Motiv dann doch für ein schlafendes Tigerbaby entschieden, aber der Teufelshaken als Tattoo war auch in der engeren Wahl. Ich wollte was Besonderes, ein Tribal kam nicht in Frage, ein neckisches Teufelchen dann später auch nicht. In der Sauna gibt's davon Tausende.«

»Ich weiß nicht genau, was ich sagen soll. Der Teufelshaken ...«, stammelte Jensen. »So ein Zufall. Ich habe ihn sofort mit unserem Fall in Verbindung gebracht. Wie konnte ... Ich habe dich enttäuscht.«

»Du bist ein Idiot! Du hast mich nicht enttäuscht. Verstehst du nicht, was du gerade getan hast? Was du gesagt hast? Was das bedeutet?«

Jensen verstand es nicht.

»Du hast *nicht* im Block geblättert. Du hast mir gezeigt, dass ich dir trauen kann. Du hast gemerkt, dass mit *dieser Speedy* was nicht stimmt. Du hast mir gezeigt, dass du dich für mich interessierst. Dass du nicht nur mit mir ins Bett willst!« Sie stoppte. »Du bist ein verdammter Idiot!«

»Ich verstehe nicht ...«

Sie trat auf ihn zu, drückte ihn ins Sofa und setzte sich neben ihn. »Ich erkläre es dir. Du hast recht, bei mir stimmt was nicht. Ich bin jetzt sechsundzwanzig, habe mit zwanzig das beste Abitur Nordrhein-Westfalens gemacht. Ich habe drei Jahre Jura, Staatsrecht und Politik studiert. Ich habe funktioniert, wie es vorgesehen war. Aber an einem schönen Sommertag, den ich dabei war, über Büchern und Heftern zu verbringen, habe ich von einem Moment auf den andern eine Entscheidung getroffen. Ich wollte etwas anderes. Ich wollte runter von dieser Rolltreppe, die mich durchs Leben ziehen würde.« Sie ertastete Jensens Hand. »Ich habe mir in den nächsten zwanzig Minuten einen Fünfjahresplan erstellt. Ich werde ab sofort fünf Jahre lang nicht mehr die brave Katharina Speetmann, sondern Speedy, die Kantinenschlampe, sein und alles mitnehmen, was ich kriegen kann. Ich rühre kein Buch mehr an, stelle keine Sinnfragen und lebe. Verstehst du? Ich bin mit Schwung von der Rolltreppe in ein anderes Leben gesprungen.«

»Was?«

»Ohne diesen festen Plan, der mich immer gezwungen hat, Speedy zu sein, hätte ich es nicht geschafft. Dann säße ich heute nicht hier mit dir auf einem Sofa, sondern vermutlich im Hörsaal einer Abendschule, um einen Extraabschluss in was weiß ich für einem Nebenfach zu machen. Die fünf Jahre, sie sind in zwei Jahren um. Dann habe ich gehofft, jemanden wie dich zu finden.«

»Wie mich?«

»Na klar, du hast alles, was eine Frau wirklich braucht. Du bist ein Volltreffer.« Sie senkte die Stimme, legte seine Hand in seinen Schoß zurück und stand auf. »Aber du bist zwei Jahre zu früh!«

Jensen blinzelte. »Und was heißt das?«

»Du darfst dich nicht in mich verlieben.«

Jensen stand auf und wischte ihr eine Träne aus dem Gesicht. »Zu spät«, flüsterte er.

Sie nickte. »Du darfst heute nicht bleiben. Du musst gehen.«

»Klar.«

»Nur heute. Ich muss nachdenken.«

»Ich kann warten«, behauptete Jensen.

»Zwei Jahre lang?«

»Du weißt, dass Fünfjahrespläne sich in der Vergangenheit nicht bewährt haben?« Jensen nahm sie in den Arm. »Und ich bin froh«, wisperte er in ihr Ohr

»Worüber?«

»Dass du dich für das schlafende Tigerbaby entschieden hast.«

Sie lachte und boxte ihm in die Rippen.

Jensens Telefon plärrte.

»Geh ruhig ran!« Speedys tiefer Blick war weich, mild. »Fünfjahresplan, Christian! Du musst sowieso gleich gehen.«

* * *

»Fertig«, erklärte Struller zufrieden und presste den letzten Zipfel Abdeckplane in den gelben Sack für Plastikmüll.

Krake schlurfte mit einem gerade ausgespülten Eimer an seine Seite und stemmte seine Rechte in die Hüfte. »Das ist gut geworden. Ich wusste gar nicht, dass du mit Rauputz umgehen kannst.«

»Es gibt nichts, was ein deutscher Polizist nicht kann«, behauptete Struller und zupfte einen dunklen Fussel vom frischen Putz. »Du kannst dir ja immer noch überlegen, ob du den Putz weiß lässt oder ich ihn dir pink streichen soll. Sag einfach Bescheid.«

»Mach ich«, erklärte Krake giftig. »Hier kommt das Portrait von dir hin, das deine Kollegin malt. Ich warte ab, was farblich am besten zum Rahmen passt.«

Struller grinste schief. Ihm war klar, dass er da einen Fehler gemacht hatte. Wie sollte er aus der Nummer wieder rauskommen? Schon der Gedanke, dass er bei jedem Besuch seiner Stammkneipe mit seinem persönlichen Aktporträt konfrontiert werden würde, jagte ihm einen Schauer über den Rücken. Aber Krake hatte der Roitz das Bild schon vor dem ersten Pinselstrich abgeschwatzt. Ohne zu wissen, *wie* er gezeichnet werden würde ... Au Mann!

Krake zog die Nase hoch. »Danke, übrigens.«

»Nicht dafür«, erklärte Struller.

»Nee, nicht dafür. Dass du mir beim Renovieren hilfst, ist ja wohl selbstverständlich. Danke, dass du dich in die Vokuhila-Geschichte reingehängt hast.«

»Äh, ja. Auch wenn ich nach wie vor im Dunklen stochere.«

»Der Wille zählt.«

Nein, dachte Struller, tut er nicht. Aber er behielt das mal für sich.

»Bei der Vermisstenstelle wurde niemand gemeldet. Seinen Namen konntest du nicht ermitteln. Seltsam, dass er ihn nie erwähnt hat.« Struller strich sich durchs Haar und verteilte Putzreste darin.

Krake mahnte ihn: »Du musst dir die Hände waschen.«

»Ja. Ich bleibe dabei, du hättest ruhig mal seine Post sichten sollen, die er hierhin bekommen hat. Du hättest die Briefe ja nicht aufmachen müssen. Zumindest nicht jedes Mal.«

Krake schüttelte den Kopf. »Auf keinen Fall. Aber ich hätte besser hinhören sollen. Ich weiß nichts von einem Menschen, der hier tagein, tagaus an der Theke saß. Das macht mir Angst.«

Struller seufzte und deutete auf die Zapfanlage. »Ich glaube, du hast einfach respektiert, dass Vokuhila genau das wollte, nämlich in kompletter Anonymität sein Bier trinken und ab und zu mal eine von deinen grässlichen Frikadellen essen. Was sich unter dessen fürchterlicher Frisur im Köpfchen abgespielt hat, keine Ahnung. Er hat es uns nicht auf die Nase gebunden.«

Krake pflanzte Struller ein Bier vor die Nase. »Vielleicht hast du recht, aber ich glaube, dass wir von ihm noch mal hören«, sinnierte Krake und schob eine CD von Elvis Presley in den Player.

»Kann gut sein.« Struller stellte sich sein Gehirn immer als eine Kommode mit vielen kleinen und großen Schubladen vor. Manche öffnete er regelmäßig. Was in anderen vor sich hingammelte, wusste er gar nicht genau oder hatte es vergessen. In einem der kleineren Schubfächer ziemlich weit unten meinte er es gerade mächtig rumpeln zu hören.

7. Tag

Am nächsten Morgen riss Struller die Bürotür auf und erschreckte seinen Praktikanten, dessen blasse, fahle Haut eine prächtige Schlaffalte quer durchs Gesicht zierte, die auch nach einer halbstündigen Duscheinheit nicht weggegangen war.
»Guten Morgen. Hast du dich peitschen lassen?«
»Guten Morgen. Ist zurzeit modern, ich weiß. Aber nein, Dr. Schettels hat mich gestern Abend angerufen. Ich hab die Videobänder der Überwachungskamera abgeholt und zu Hause am PC gesichtet. Dabei bin ich eingeschlafen und hab mir die Schreibtischkante ins Gesicht gedrückt.«
»Hübsch. Und?«
»Komplett Fehlanzeige! Niemand war auch nur ansatzweise zu erkennen. So eine Überwachungsanlage können die sich eigentlich sparen.«
Struller schnappte sich einen Kaffeebecher und tippte auf den PC des toten Jochen Kleinfeld. »Apropos PC, ich werde dieses Teil seinem mutmaßlichen Erben vorbeibringen. Mit Peter Kleinfeld wollte ich mich sowieso noch mal unterhalten. Der ist mir ein bisschen zu sehr aus dem Blickfeld geraten. Du kümmerst dich um die Liste mit den Co-Abhängigen. Insbesondere versuch mal zu ermitteln, welcher der Teilnehmer zu Torsten Bach gehört hat. Der Mann oder die Frau müssen dringend befragt werden.«

»Wie soll ich das denn in Erfahrung bringen? Bach liegt im künstlichen Koma.«

»Vielleicht hat er eine Mutter, die ihn besucht hat. Vielleicht die Freundin. Kollege, etwas mehr Einsatzbereitschaft! Wir sind hier nicht in der Sowjetunion und arbeiten nach einem Fünfjahresplan.«

»Doch«, murmelte Jensen und schnappte sich die Liste.

»Wie dem auch sei: Wir treffen uns nachher um elf am Windigen Eck und machen ein richtig professionelles Brainstorming mit Frühstück«, schlug Struller begeistert vor.

* * *

Kurz drauf quälte sich Struller über den Vormittagsstau auf der Danziger Straße und brauchte bis zur Niederrheinstraße fast eine Dreiviertelstunde. Die gute Laune war dahin. Zu allem Überfluss waren ihm auch noch die Kippen ausgegangen. Seit den späten Achtzigern war es gar nicht mehr so einfach, ein orangefarbenes Schächtelchen Ernte 23 zu ordern.

Mutter Kleinfeld öffnete die Tür und ließ Struller ein.

»Ich habe noch ein paar Fragen und bringe Jochens Computer.«

»Hm. Das wäre was für Peter, aber er ist gar nicht da.«

Struller nickte. Brave Menschen arbeiten um diese Zeit. Okay, nicht nur die, aber die auch. Und im Gegensatz zum toten Bruder Jochen ging Peter ja einer geregelten Arbeit nach. Aber was war das noch mal? »Was macht Ihr Sohn noch mal beruflich?«

»Er arbeitet bei der Stadt Düsseldorf. Auf'm Hennekamp. Da können Sie ihn erreichen. Er geht jeden Morgen um sieben aus dem Haus.«

»Ordentlich. Wo soll ich das Ding hinstellen?«, fragte Struller, der den PC immer noch in den Armen trug. Und das Teil wurde immer schwerer. Dann korrigierte er sich aber geistesgegenwärtig. Das war ja eigentlich eine gute Gelegenheit, um ein bisschen zu schnüffeln. »Am besten bringe ich ihn wohl gleich in Peters Zimmer. Dann steht es nicht im Weg rum.«

Mutter Kleinfeld fand den Vorschlag gut und nickte, wobei eine schmale Lesebrille in ihrem Haar heftig wippte. Nicht Peters, sondern Jochens Zimmer wäre natürlich auch ein geeigneter Abstellplatz gewesen, und da war der PC ja schließlich her, aber Struller setzte sich schon in Bewegung.

»Links rum«, erklärte Mutter Kleinfeld.

Struller betrat ein kleines, ordentliches Zimmer mit Schräge und Dachgaube. Weiße Raufaser, dunkelgrauer Teppichboden, mehrere mit kleinen, gelben Zetteln voll geklebte Magnetwände. Alle hübsch ordentlich in Reihe angeordnet, fast schon pedantisch. Peter Kleinfeld war ein sehr gut organisierter Mensch, Struller entdeckte gleich drei Terminplaner.

Er selbst hatte nur einen, und der war leer. Die wichtigen Termine hatte er im Kopf. Meistens.

Struller wuchtete den PC auf einen aufgeräumten Tisch. »Anschließen will Peter den Computer vermutlich selbst, da hat jeder sein eigenes System. Ich möchte nichts durcheinander bringen«, erklärte Struller und blätterte durch die auf dem Schreibtisch akkurat ausgerichteten Zettel.

»Da werden Sie recht haben«, stimmte ihm dessen Mutter zu. »Peter ist bei so Sachen immer sehr eigen.«

»Ordnung ist das halbe Leben, sage ich immer. Und: So jung kommen wir nicht mehr zusammen. Das sag ich auch immer. Damit meine ich dann ...« Struller brabbelte eine Weile sinnloses Zeug, um Zeit zu schinden, aber Peter Kleinfelds offenliegende Unterlagen waren absolut nichtssagend. Auf jeden Fall fand er keinen Teufelshaken und keine ... »Ach so, wissen Sie, ob Ihr Sohn, also der Peter, mal eine Selbsthilfegruppe aufgesucht hat?«

»Warum sollte er das tun?«

»Um sich selbst zu helfen vielleicht.«

»Äh, nein, ich wüsste auch nicht, wobei er sich hätte helfen lassen sollen. Peter war immer der wesentlich Unkompliziertere von den beiden.«

»Hat er mal eine Bildungsstätte oder ein Seminar auf der Birkenstraße in Flingern erwähnt?«

Mutter Kleinfeld runzelte angestrengt die Stirn und schüttelte den Kopf. Weil die Brille im Haar gefährlich wackelte, schob sie die schmale Sehhilfe jetzt auf die Nase. »Nicht, dass ich mich jetzt erinnern könnte. Am besten fragen Sie ihn selbst.«

Struller folgte ihr ins Wohnzimmer. Er schnüffelte. Leider hing kein Kaffeeduft in der Luft. Schade. »Sie haben nicht zufällig gerade eine Tasse Kaffee fertig?«

Sie blinzelte irritiert hinter ihren Brillengläsern. »Nein. Wir trinken nur Tee. Oder Wasser. Möchten Sie ...?«

Struller schüttelte enttäuscht den Kopf. Er war eindeutig unterkoffeiniert ... Falls es so was gab. Und Tee war was für Engländer.

Er war hier fertig.

* * *

Unterbach mit seinem großen See war einer der schöneren Ortsteile Düsseldorfs, lag allerdings am anderen Ende der Stadt. Deshalb brauchte ein frisch geduschter Christian

Jensen auch eine gute halbe Stunde, bis er von der Rathelbeckstraße nach rechts in die Vennstraße einbog. Hausnummer 244, hatte die nette Krankenschwester der Uni-Klinik am Telefon gesagt. Vennstraße 244, hatte Torsten Bachs Ex-Freundin, die diesen im Krankenhaus besucht hatte, als Adresse angegeben.

Er warf einen Blick auf die Swatch. Zehn Uhr. Er hatte bei Speedy in der Kantine ein schnelles Brötchen eingeworfen. Speedy hatte den vollen Preis berechnet. Es schien also alles ganz normal zu sein.

Gut.

Tanja Rennings hieß die Exfreundin und war, als sie die Tür öffnete, absolut Jensens Kragenweite. Ein bisschen älter als er selbst, dunkelhaarig und der sportliche Typ. Bei geschickter Ausleuchtung konnte ein talentierter Fotograf sie bis in den Pirellikalender bringen.

»Natürlich bin ich sofort ins Krankenhaus gefahren, als ich das von Torsten gehört habe.«

»Obwohl Sie sich getrennt haben?«, hakte Jensen nach.

»Wir verstehen uns nach wie vor gut.«

»Wie lange waren Sie zusammen?«

»Fast zwei Jahre. Vorletztes Jahr im April haben wir uns kennen gelernt. Seit zwei Monaten sind wir auseinander.«

Sie stand auf und wechselte in die Küche, denn eine Espressomaschine hatte aufgehört zu plottern.

»Was fasziniert Sie immer noch an Torsten Bach?«

»Fasziniert? Nun gut. Torsten hat Charisma. Er ist nicht so ein Luschi. Leider hat er einen ganz, ganz großen Fehler, der es unmöglich gemacht hat, mit ihm zusammenzuleben. Mit Milch?«

»Ja, bitte.«

Sie stellte zwei Espressotässchen zwischen ihnen auf den Tisch. »Er braucht keinen Partner, sondern jemanden, der ihn ständig anhimmelt, verehrt oder anbetet. So eine Person bin ich definitiv nicht.«

»Verstehe ich noch nicht ganz.«

»Diese ganzen Börsenjünglinge hängen an seinen Lippen. Sie bewundern ihn. Torsten Bach, der Börsenguru. Er ist alles das, was sie sein wollen. Was sie aber nie sein werden. Das werden sie irgendwann begreifen, aber so weit sind die kleinen Kinder noch nicht.« Sie nippte am Getränk. »Und das schleppt er mit nach Hause. Er braucht auch zu Hause jemanden, der glaubt, er sei der Messias. Ich war das nicht. Aber er hat immer wieder versucht, mich davon zu überzeugen. Vergeblich. Am Ende gab es nur noch einen Torsten Bach: Börsenguru, der Dax-Messias!« Sie schnaufte. »Der Typ ist ein einziges Image. Und eine starke Frau passt einfach nicht an seine Seite. Aber so sind sie alle, die ich in meinem Leben kennen gelernt habe.«

»Alle Börsengurus?«, fragte Jensen irritiert. Wie viele gab es davon?

»Nein, alle Männer. Ohne Ausnahme. Entweder sind sie weiche Waschlappen oder selbstsüchtige Egomanen. Da gibt es kein Grau, nur schwarz oder weiß. Und da ich nicht auf monochrom stehe ...« Den Rest des Satzes ließ sie offen.

Jensen fragte deshalb sicherheitshalber nach. »Sie leben zurzeit also alleine?«

»Auch typisch männlich. Ohne Mann heißt alleine! Natürlich lebe ich nicht alleine, aber ich lebe nicht mit einem Mann zusammen. Männer ... Mit Männern bin ich durch. Ich habe eine Freundin. Sie wohnt nicht weit entfernt, wir sehen uns regelmäßig, und ich war noch nie so glücklich und ausgeglichen wie jetzt. Ihr muss ich nicht jeden Tag aufs Neue bestätigen, wie toll und einzigartig sie ist.«

»Ach so.«

»Genau.«

»Aber warum haben Sie Torsten Bach im Krankenhaus besucht? Charisma hin, Charisma her? Ich meine, es ist keine Selbstverständlichkeit, sich um den größten Idioten zu kümmern, der einem bisher über den Weg gelaufen ist.«

»Sie wollen mich verarschen?«

»Auf keinen Fall, würde ich nie tun. Ich gehöre eher zu den Waschlappen. Ich frage mich nur, was Sie bei ihm wollten.«

»Es ist ja nicht so, dass ich ihn hasse. Ich sehe das ganz pragmatisch. Ihn zu kennen hat seine Vorteile. Auch finanzielle. Die besonders. Wir sind nicht im Streit auseinandergegangen. Er besorgt mir regelmäßig Aufträge. Ich bin nämlich Modell.«

Aha, da lag er mit dem Pirellikalender ja gar nicht so falsch.

»Ich habe Ihren Namen auf der Teilnehmerliste eines Seminars zum Thema Co-Abhängigkeit gefunden.«

»Ich denke, das ist anonym?«, entrüstete sie sich.

»Wir ermitteln in einem Mordfall«, erklärte Jensen.

»Ja, ich war dort. Ich habe mich beraten lassen. Ich wollte mich nicht von Torsten trennen. Ich habe versucht ihn zu heilen.«

»Wovon?«, fragte Jensen. An der Börse erfolgreich zu sein, war ja schließlich keine Krankheit.

»Von seiner unendlichen Geltungssucht. Torsten hat praktisch nichts getan, ohne zu hinterfragen, wie es auf andere Menschen wirkt, wie es ihn weiterbringt, ob er sie beeindrucken kann. Das war krankhaft. Der war doch gar nicht mehr er selbst. Ich hatte gehofft, einen Weg zu finden, wie ich mit ihm leben kann.«

»Und?«

»Ich habe eine Frau kennen gelernt, die ein ähnliches Schicksal hat. Wir haben uns zusammengetan.«

Es klingelte in Jensens Kopf. Ganz hartnäckig. Aber er konnte noch keine Verbindung knüpfen. Deshalb stellte er routinemäßig die üblichen Fragen das Seminar betreffend, aber Tanja konnte sich auch nur an Allgemeinheiten erinnern. Am meisten, weil es der markanteste Fall war, erinnerte sie sich an Sybille Hilgers und ihren sich auspeitschen lassenden Ehemann. Das schien auch in den Seminarpausen ein Thema gewesen zu sein.

»Einige Männer hingen regelrecht an Sybilles Lippen, um sich aufzugeilen. Es war abstoßend. Die ganzen Pausen über lungerten sie um die Frau herum. Beute! Typisch Männer halt.«

Jensen leerte seinen Kaffeebecher. Er hatte keine weiteren Fragen.

* * *

Struller schob sich das Hütchen auf den Kopf und den linken Hemdsärmel hoch, um die Uhr lesen zu können. Zehn Uhr. Das morgendliche Chaos auf Düsseldorfs Straßen dauerte an. Zwar konnte der zerknitterte Praktikant ruhig ein bisschen auf ihn warten, aber Struller wollte zügig im Hafen sein, denn er hatte Lust auf eine Curryfrikadelle.

Er glitt in den Dienstwagen, startete und manövrierte sich auf dem städtischen Zubringer durch den Stau, geschickt von der ersten in die dritte Spur hin und her wechselnd oder clever den Standstreifen nutzend. Richtig zügig voran ging es aber trotzdem nicht. Ein Auffahrunfall, die üblichen Baustellen und das für Düsseldorf so typische Linksabbiegeverbot hielten ihn auf. Erschwerend kam hinzu, dass er immer noch keine neue Kippenpackung hatte und im Radio nur Schrott lief.

Auf der Fischerstraße ging dann gar nichts mehr. Struller dachte kurzzeitig über eine Amokfahrt nach, die er auf das heiße Wetter und den Stress schieben könnte, verwarf den Gedanken aber gleich wieder, als er an einer Straßenecke, rechts von ihm, hinter dem Grünstreifen, einen Kiosk entdeckte, in dem – so war anzunehmen – sämtliche Grundnahrungsmittel wie Zigaretten und Kaffee sofort beschafft werden konnten. »Schnelle Entschlüsse sind gute Entschlüsse«, murmelte er nicht ganz zitatsicher und zögerte nicht lange. Er lenkte den Wagen nach rechts auf den Grünstreifen, stieg aus und öffnete den Kofferraum.

»Hier muss doch … « Er kramte im Bodensatz. »Oh«, entfuhr es ihm. Er hatte das verschollene Beweisstück im Fall Schwarzenbeck gefunden. »Zu spät. Pech«, entschied Struller, da der Richter den Verdächtigen in zweiter Instanz zu acht Jahren ohne Bewährung verknackt hatte, was im Grunde genommen angemessen war. Beweismittel hin, Beweismittel her.

Dann kramte er das zerfledderte Warndreieck ans Tageslicht, klappte es auseinander und baute es, ein wenig windschief, einige Meter hinter seinem Wagen auf. Sein Knöllchenkontingent war voll, und beim Parken in Düsseldorf musste man vorsichtig sein, denn für Politessen hatte die Stadt immer Geld über.

Struller klatschte zufrieden in die Hände und betrat den kleinen Kiosk, ein Glöckchen bimmelte.

»Morgen, eine Schachtel Ernte, ein Feuerzeug und einen Kaffee, bitte.«

»Feuelzeug und Kaffee, klal. Solly, abel was ist bitte Elnte?«, fragte der Verkäufer mit unverkennbar asiatischem Akzent.

Struller verdrehte die Augen und entschied sich die Sache zu verkürzen: »Und eine Schachtel Mallbolo.«

Mit bereits reduziertem Pulsschlag verließ Struller eine Minute später den Kiosk, nippte am Pappbecher und steckte sich eine Zigarette an. Ein erster Zug und ... fast wäre ihm die Kippe runter auf den Gehweg geplumpst. Glücklicherweise klebte sie aber an der Unterlippe seines offenen Mundes. »Scheiß die Wand an!« Seine weit aufgerissenen Augen starrten über die Fahrbahn hinweg auf die gegenüber liegende Straßenseite. Die dort auf der Schaufensterscheibe eines Ladenlokals aufgeklebten Buchstaben brüllten ihn an.

SVS.

Die großen Buchstaben waren weiß umrandet. Auf schwarzem Untergrund, genau wie auf den Kerzen, die er neben dem blauen Leinensäckchen in der Mörsenbroicher Höhle gefunden hatte. Die Kerzen, mit denen man so gut jonglieren konnte.

Struller ignorierte hupende Fahranfänger und kreuzte die Fahrbahn. »Das ist ja ein Ding!«

Rechts und links der Eingangstür befanden sich große Schaufenster, in denen Hokuspokus- und Hexenzeugs ausgestellt war. Struller erkannte einen dekorativen Schrumpfkopf, einen kleinen, mit Samt ausgeschlagenen Holzsarg und diverse furchteinflößende Totenmasken. Im oberen Drittel der Schaufenster verriet ihm der Name des Ladens der Abkürzung Lösung. Susis Voodoo Shop. Mit einem Klopfen bis in den Hals trat Struller ein. Verdammt, hier war sie wieder, die fast vergessene, erfolgreich verdrängte Teufelssektenspur, die jetzt als Voodoospur daherkam.

Voodoo ... Verdammt, Voodoo war keinen Deut besser!

Der Laden war düster, schummrig, und auf der Theke stand ein Gefäß aus Ton, aus dem es dampfte und fies nach einer Art Weihrauch roch. Mehrere Traumfänger hingen dekorativ von der Decke runter. Kein Mensch war zu sehen. Was diverse andere Gegenstände darstellen sollten, die Struller beim schnellen Abchecken des Ladens entdeckte, wusste er nicht. Er war noch nie in Afrika gewesen. Oder in Südamerika.

Hieß die Katze von Keith Richards nicht Voodoo?

Da! In einem Regal auf der linken Seite, fast in Augenhöhe, entdeckte er einen grob geflochtenen Korb mit schwarzen Kerzen. Er spürte, dass er einen großen Schritt vorankam, als er einen der Wachsstängel herausnahm. Er drehte ihn um, gefasst, auf dem Kerzenboden die Buchstaben zu entdecken.

»Hä?« Keine Buchstaben. Kein SVS auf der Kerze, egal wie Struller sie drehte und wendete und von wo aus er die Kerze betrachtete. Er stellte den Pappbecher mit Kaffee ab und hielt die Kerze mit beiden Händen gegen einen durch die breite Abdunklung der Schaufensterscheibe hereinfallenden, dünnen Lichtstrahl. Nichts. Trotzdem: SVS und schwarze Kerzen. Das war kein Zufall!

Er checkte alle Exemplare. Als er beide Hände voll hatte, raschelte es hinter der Theke. Wie von Geisterhand bewegt knisterten sich zwei gelbe Vorhanghälften aus Bambus auseinander. Strullers Herz pochte. Er spürte seine Pistole unter der Achsel und die Nackenhaare, die sich aufrichteten.

Durch die geflochtenen Strohelemente schob sich eine schlanke, zierliche Blondine im schwarzen Umhang und mit einem schwarz-grünen Hexenhut auf dem Kopf in den Verkaufsraum. »Sie interessieren sich für die Kerzen?«

Struller nickte erleichtert. Mit so einer komischen Hexe würde er fertig, kein Thema.

»Welche Art von Geistern quält Sie denn?«, fragte sie mit interessierter Stimme.

»Geister?«

Sie deutete auf die schwarzen Kerzen in Strullers Fingern. »Helfende Kerzen. Ideal, um Geister aller Art zu vertreiben.«

Er legte die Kerzen hastig zurück in das Körbchen. »Struhlmann, ich bin von der Polizei«, erklärte Struller und friemelte seinen Ausweis hervor.

»Das ist ja interessant, dass sich die Polizei für ...«

»Wo sind bei diesen Exemplaren die Initialen?«

»Was für Initialen?«

»SVS. Los!«

Die kleine Hexe rümpfte missbilligend die kleine Nase. »Ihr Ton passt mir nicht. Was wollen Sie von mir?«

»Ich möchte wissen, wo die schwarzen Kerzen mit der Inschrift im Boden sind.«

Sie schüttelte den Kopf und murmelte etwas, das Struller nicht verstand. Möglicherweise einen Fluch. Wer konnte das schon wissen? Andererseits: Wen interessierte das? Struller kniff die Augen zusammen. Das ging ihm schon wieder mächtig auf den Sack. Er saß mitten im Nikotinloch.

»SVS steht für Susis Voodoo Shop, und die Kerzen sind schwarz. Ich ermittle in einer Mordsache und frage jetzt zum letzten Mal, wo die schwarzen Kerzen mit den SVS-Buchstaben sind!«

»Ich habe nichts mit einem Mord zu tun, und meine Kerzen haben auch keinen umgebracht, da bin ich mir sicher«, antwortete die Frau frech, was unter seinem Pepitahütchen Strullers Schlagader zum Pochen brachte.

»Wer weiß, vielleicht ist auch einer Ihrer Schrumpfköpfe in die Sache verwickelt, also, Sie komische Hokuspokustante, entweder ich kriege jetzt eine Liste mit Ihren Kunden und Sie verraten, wo diese Kerzen sind, oder ...«

»Was oder? Wollen Sie mich festnehmen?«

»Keine schlechte Idee, also die Kerzen, die Kundenliste oder Gefängnis«, brachte Struller die Angelegenheit auf den Punkt.

Auffallend ruhig, wie Struller feststellte, ohne es deuten zu können, griff die Blonde in einen Schnellhefter, der auf dem Tresen lag, und zog eine Liste hervor. »Ich habe tatsächlich eine Liste meiner Stammkunden, die Ihnen weiterhelfen könnte.«

»Hm«, knurrte Struller und überflog die Liste. Irgendwas stimmte hier nicht. Struller spürte es im Hals. Da kratzte es, und das kam nicht vom Rauchen, denn er hatte ja nur einmal kurz und heftig am Stängel gezogen. Struller verließ sich auf sein Gefühl. »Frau Susi, Sie kommen mal direkt mit auf das Präsidium. Da werden wir ein wenig über Ihre Kunden plaudern.«

»Wie stellen Sie sich das vor? Ich muss arbeiten!«

»Es dauert nicht lange, und in ein, zwei Stunden können Sie auch wieder Schrumpfköpfe basteln und Glückskekse falten.«

Die kleine Hexe kniff die Augen zusammen.

»Hu, böse. Los!«, quittierte Struller ihren stechenden Blick. Struller packte Susi an den Armen und führte sie aus dem Laden.

»Moment, ich muss noch abschließen.«

»Gibt's keinen Verriegelungszauber?«, grinste Struller.

»Wir sind nicht bei Harry Potter. Aber das werden Sie noch begreifen!«

Sie gingen rüber zum Auto.

»Privatparkplatz? Parkt die Polizei immer so?«

»Nur wenn es schnell gehen muss. Polizeiarbeit ist keine Hexerei.«

Susi verdrehte müde die Augen. Struller warf das Warndreieck auf den Rücksitz, startete und hinterließ auf dem augenscheinlich frisch eingesäten Grünstreifen eine schicke Reifenspur.

Zwanzig Minuten später saßen beide in Strullers Büro, sie mit vor der Brust verschränkten Armen und verächtlichem Blick. Struller gierte zufrieden eine Zigarette in die Lunge, die Kaffeemaschine bollerte.

Dann stolperte er auf der Liste über einen bekannten Namen. »Bertie Spurtmann?«

Ein leichtes Grinsen legte sich in die feinen Mundwinkel der Zauberin. »Sie kennen sich?«

»Hm«, knurrte Struller. Bertie Spurtmann, der geile Sack, arbeitete nach einem Pornofilmvorfall auf seinem dienstlichen Rechner seit gut zwei Monaten in der Waschstraße des Präsidiums. Strullers Finger rutschte in der Spalte nach rechts. »Getrocknete Affenhoden? Was macht man denn damit?«

»Getrocknete Affenhoden steigern die Potenz. Affen haben es noch drauf. Affenhoden werden stark nachgefragt.«

»Gut zu wissen«, knurrte Struller.

»Möchten Sie auch welche?«, fragte Susi unschuldig. »Viele meiner Kunden sind Polizisten.«

»Danke, ich bin mit meinen Hoden absolut zufrieden.«

»Hoffentlich bleibt das so«, erklärte Susi tonlos.

Struller fröstelte. Affenhoden-Spurtmann würde er auf jeden Fall demnächst was pfeifen, wenn der sich wieder bei Hengstmann beschwerte, weil er den Dienstwagen unnötig und über alle Maßen verdreckt hatte.

Herrlich. Getrocknete Affenhoden.

Die Tür ging auf, und ein frisch geduschter Jensen trat ein.
»Hallo! Besuch?«, grüßte Jensen. »Schicker Hexenhut. Verfolgst du doch wieder die Karnevalsspur, Kollege?«

Struller grinste. Susi verzog keine Mine.

»Das ist Susi, SVS-Susi.«

»SVS-Susi?«, fragte Jensen.

»Du erinnerst dich an die schwarzen Kerzen aus der Höhle. SVS. Susis Voodoo Shop.«

Jensen wurde blass. »Du meinst, SVS heißt ... Und hast die Dame deshalb hierher gebracht?«

»Immer die Augen auf im Dienst.«

Jensen schluckte und grinste dümmlich. »Äh, Pit, ich bin noch nicht dazu gekommen. Äh, gestern Vormittag hatte ich doch ein bisschen Zeit, also ...« Jensens Blick hechelte zwischen Struller und Susi hektisch hin und her. »Also habe ich mich an die SVS-Spur rangemacht, gegoogelt und festgestellt, dass SVS ... also: SVS heißt Slowenischer Versand Service.«

Jensen senkte den Blick, Susi grinste, Struller blieb gelassen.

»Na und? Es gibt noch einen Segelverein in Sachsen, und irgendwas mit Schalke fiele mir auch noch ein. Aber hier haben wir die Susi, ihren Shop und schwarze Kerzen. Zugegeben, ohne SVS-Initialen im Boden, aber immerhin hier in Düsseldorf und nicht in Slowenien. Slowenien, das ist ja noch weit hinter Pakistan.«

»Nicht ganz, Pit.«

»Weiß ich selbst, war ein Scherz.«

»Aber ich habe gleich telefoniert, und man hat mir dort in Ljubljana bestätigt, dass die schwarzen Kerzen vom Versand Service unten im Boden die Initialen eingestanzt haben. Das ist ein slowenisches Gütezeichen für Handarbeit. Außerdem liefern die im großen Stil nach Deutschland und insbesondere nach Düsseldorf. Die schwarzen Kerzen gibt es in der Schadowstraße in jedem größeren Kaufhaus.«

Struller blinzelte und kratzte sich im Ohr.

Susi stand auf. »Ich kann dann wohl wieder gehen?«

Struller knurrte, Jensen öffnete ihr die Tür und legte den Kopf schief: »Entschuldigung, ist irgendwie mein Fehler.«

»Schon gut. Kann passieren. Sie haben einen kleinen Fehler gemacht, Ihr Kollege aber, Ihr Kollege hat einen *großen* Fehler gemacht«, entgegnete sie mit ausdrucksloser Stimme und einem gefährlichen Funkeln in den Augen. »Er soll auf seine Eier aufpassen!«

Jensen blickte ihr hinterher, schloss die Tür und schüttelte sich.

»Mensch, Pit, Voodoo …«

»Firlefanz!«

»Ich weiß nicht«, unkte Jensen.

»Du glaubst diesen Quatsch?«

Jensen seufzte. »Mit Voodoo würde ich nicht spaßen.«

»Ich spaße grundsätzlich nicht, wenn ich Hunger habe. Ich brauche was Fieses. Was Ungesundes. Was Leckeres. Etwas, dass in braunroter Soße schwimmt.«

* * *

Das Windige Eck war ein kleiner Hafenimbiss am Fallhammer. In den frühen Morgenstunden standen hier die Streifenwagen des Nachtdienstes, und die Polizisten zogen sich hier ein erstes Frühstück rein. Die Spezialität des Hauses war das Hafenmenü, Frikadellen mit scharfer Currysoße an Kaffee und Express. Struller hatte sich die Spezialversion mit Mayonnaise und Zwiebeln bestellt. Was mildes Aufstoßen anging, wollte er auf

Nummer Sicher gehen. Aufstoßen gehörte zu einem köstlichen Hafenmenü dazu, wie das entspannende Pupsen zum Sauerkraut. Oder der Mundgeruch zum Tzatziki.

»Was guckst du so?«

»Ich frage mich, wie man das essen kann?«

»Wenn ich nicht mehr knutschen will ... lecker.«

In diesem Moment stoppte ein großer, grün-weißer Partybus, und sechs Polizisten enterten den überdachten Vorraum des Imbisses.

»ET PRIOS«, stellte Struller fest, der die Angehörigen einer Sondereinheit zur offenen Präsenz an Angsträumen erkannt hatte.

Zuletzt verließ eine schlanke, sportliche Schwarzhaarige den Wagen. Sie kam direkt auf Jensen zu und küsste ihn herzlich auf die Wange. »Hallo Christian.«

»Steffi, bist du immer noch bei den Prioten?«, fragte der erstaunte Jensen.

»Klar. Und du spielst immer noch Fußball?«

»So oft es geht. Gut siehst du aus!«

»Stimmt. Ruf mich doch mal an!«

»Mach ich!«

Struller unterbrach die beiden. »Okay, lass uns zusammenfassen. Was haben wir?«

Jensen sammelte sich und faltete eine Liste auseinander, die er über das Seminar auf der Birkenstraße zusammengestellt hatte. »Der Leiter des Seminars hat dir die Informationen widerspruchslos und ohne Theater übergeben?«, fragte Struller überrascht.

»Fast. Ich habe gedroht, ihm die Finger zu brechen. So wie du es angeregt hast. Steht auch so im Bericht. Ich hab die neun Teilnehmer aufgelistet.«

Er schob Struller die Liste vors Hafenmenü spezial.

> *Melanie Wiener wegen Sandro Rossi / Heroin*
> *Sybille Hilgers wegen Frank Hilgers / Sexsucht*
> *Peter Kleinfeld wegen Jochen Kleinfeld / Faul wie die Nacht*
> *Doris Althoff wegen Franz Althoff / Alkohol*
> *Ulf Reffeling wegen Georg Rossbach / Spielsucht*
> *Tanja Rennings wegen Torsten Bach / Geltungssucht*

»Die kennen wir alle.«

»Genau. Fehlen noch drei.«

Struller las weiter:

> *Simone Krämer wegen Hans-Dieter Kuschmann / Drogen*
> *Bärbel Hecker wegen Horst Hecker / Spielsucht*
> *Carmen Jäger wegen Sandra Winkler / Alkohol*

»Um die müssen wir uns kümmern«, erklärte Struller.

»Eigentlich nicht«, widersprach Jensen. »Hans-Dieter Kuschmann befindet sich zum Entzug stationär im Landeskrankenhaus Grafenberg. Da kommt keiner rein und raus, auch der Hans-Dieter nicht. Horst Hecker hat sich ob seiner finanziellen Sorgen vor einem Monat bei Wuppertal von einer Brücke gestürzt. Sandra Winkler hat Deutschland verlassen und lebt jetzt in Kanada.«

»Was macht sie in Kanada?«

»Bäume fällen, Lachse angeln, Bären jagen, was weiß ich? Auf jeden Fall ist sie weit weg. Carmen Jäger kannte ihre aktuelle Adresse nicht.

»Hm.« Struller jagte ein Stäbchen ins Schälchen. Einer der Jungs von PRIOS sah aus wie Elvis Presley. Ein anderer mit

Glatze war Meister Proper, den Jensen und er beim letzten, gemeinsamen Fall am Mörsenbroicher Ei kennen gelernt hatten. »Unsere Täter arbeiten sehr zielstrebig«, gab Struller zu Bedenken und versenkte ein Stück Fleisch in rotbrauner Soße. »Es würde mich nicht wundern, wenn sie sogar in Kanada tätig werden. Und der Klinik sollten wir auf jeden Fall Kenntnis geben.«

Jensen runzelte die Stirn. »Da sind wir genau bei einem Problem. Beziehungsweise: Mir ist was aufgefallen.«

»Ach.«

»Ja. Unsere Täter arbeiten nicht nur sehr konsequent und zielgerichtet. Sie haben ihre Opfer außerdem in einem derartig hohen Tempo umgebracht, das ist absolut auffallend. Dazu brauchen sie einen perfekten Plan. Hintergrundkenntnisse. Das ist allein vom Zeitansatz schon total aufwendig zu planen. Unsere Täter müssen schon im Vorfeld sehr viel Zeit investiert haben. Mit einem normalen Bürojob kriegst du das gar nicht gebacken.«

»Richtig. Da steckt eine schlüssige Logistik dahinter«, stimmte Struller mit vollem Mund zu.

»Der Sarg wurde gemeinsam geklaut, um später den Bach reinzulegen. Frank Hilgers wird zu Tode gepeitscht, und gleichzeitig wird Katja Specht entführt. Da steckt ein Plan dahinter!«

»Mit Sicherheit«, knurrte Struller. »Ein sehr guter.«

»Richtig. Und da möchte ich ansetzen.«

Struller schob die Augenbrauen unters Pepitahütchen.

Jensen beugte sich vor. »Es gibt da eine kriminologische Theorie ...«

»Um Himmels willen! Keine Theorie!«, wehrte sich Struller instinktiv.

»Wart's ab! Die Theorie wird dir gefallen, sie ist herrlich destruktiv. Die Theorie lautet: Es gibt keinen perfekten Plan!«

»Aha.«

»Ich habe mir den perfekten Plan unserer Mörder genau angeschaut und die Struktur untersucht. Wir haben als Motivträger die Co-Abhängigen aus dem Seminar, die unter den jeweils Abhängigen mehr oder weniger leiden. Dann haben wir den Teufelshaken an den Örtlichkeiten.«

»Das sind die Gemeinsamkeiten.«

»Ja, aber an einer Stelle brechen unsere Täter dieses Muster. Gleich zwei Mal.«

Struller wischte mit dem letzten Stück Friko die Soße vom Schälchen und bugsierte das tropfende Stückchen in den Mund, nicht ohne einen fetten Fleck auf seinem grünen Hemd zu hinterlassen.

»In allen Fällen wird der irgendwie geartete Partner eines Teilnehmers dieses Seminars umgebracht. Dem Tatort wird ein Teufelshaken zugeordnet. Das passiert entweder wie beim Tatort Spielhalle Dorotheenstraße vorher oder wie bei der Tür am Uerige beim Mord selbst oder, siehe Fleher Deich, vermutlich danach.«

Jensen machte eine kurze Pause, Struller konnte folgen und nickte.

Jensen fuhr fort: »Zu Torsten Bach haben wir keinen Teufelshaken, denn er wurde in der Krypta nur gelagert. Tot gefunden werden sollte er woanders, und dort hätten wir wieder einen Teufelshaken entdeckt.«

»Schwer anzunehmen«, stimmte Struller zu.

»Aber wir haben eine Ausnahme von der Regel. Und hier ist der Plan nicht perfekt! Frank Hilgers wird in einem Sado-Maso-Club ermordet. Dort befindet sich der Haken seit Langem auf der Innenseite der Tür zur *Devil's Lounge*. Schon zu einem Zeitpunkt, als sich die Teilnehmer im Seminar noch nicht über den Weg gelaufen sind. Dort wurde auch kein Haken vor, bei oder nach der Tat angebracht. Das ist der Unterschied.«

Struller nickte.

»Du meinst, wir sollten uns auf die Hilgers-Sache konzentrieren.«

»Ich meine, du hast recht gehabt: Wir haben es hier nicht mit einer Sektengeschichte zu tun, sondern es geht um diesen Sado-Maso-Club beziehungsweise um Frank Hilgers. Der ganze Sektenkram ist aufwendig inszeniert, soll aber vom eigentlichen Tathergang und vom Motiv ablenken.«

Struller nickte. »Nachvollziehbar. Du sprachst von einem zweiten Mal, an dem das Muster unterbrochen wird. Und das ist mir klar: Katja Specht.«

Jensen nickte. »Genau. Sie hat mit dem Seminar Co-Abhängigkeit nichts zu tun …«

»Soweit wir wissen!«

»Stimmt«, räumte Jensen die Schwachstelle seiner Theorie ein. »Es kann natürlich sein, dass es eine Verbindung gibt, die wir noch nicht kennen. Aber zum jetzigen Zeitpunkt ist Katja Specht eine Abweichung vom System. Meiner Meinung nach hat sie lediglich als Mittel zum Zweck gedient. Sie hat den Tätern die Möglichkeit gegeben, Frank Hilgers auf dem Brett peitschbereit serviert zu bekommen. Sie hatte Zugang zum Club, sie konnte Hilgers wahrscheinlich mit ein bisschen Überzeugungskunst, möglicherweise ein besonderes Peitschenerlebnis versprechend, nachts in den Club locken.«

»Dann musste sie aber verschwinden, weil sie wahrscheinlich mindestens einen der beiden Täter kannte. Sie ist magersüchtig, was den Tätern möglicherweise bekannt war. Sie soll verhungern. So haben die Täter schlicht ihr Schema flexibel ausgelegt.«

»Und wir haben einen weiteren Fehler im perfekten System, das es eben nicht gibt«, triumphierte Jensen.

Struller nickte nachdenklich. Einem gerade geparkten Streifenwagen entstiegen nicht ganz so malerisch und ächzend zwei Polizistinnen.

»Okay, sie legen ihr System flexibel aus, aber ... sie hangeln sich daran entlang. Und das ist unsere Chance«, knurrte Struller, in dessen Augen es plötzlich heftig blitzte, denn er hatte eine Idee.

»Jensen, du hakst noch mal bei diesem Telefon-Provider nach. Ich muss was anderes überprüfen. Dann werden wir uns dringend um Katja Specht kümmern, unserer Abweichung vom System. Dazu würde ich gerne zwei Männer zusammenführen.«

»Wen?«

Und Struller sagte es seinem Praktikanten, der *das* wirklich für eine beeindruckend gute Idee hielt. Fast perfekt ...

* * *

Der Abteilungsleiter, Herr Dr. B. Wolf, schüttelte den Kopf. »Nein, tut mir leid. Ich bin mir ganz sicher. Er hat seit zwei Wochen Urlaub.«

Struller raufte sich das karierte Hütchen. Die Täter waren gut organisiert, sie mussten unheimlich viel Zeit haben ... Urlaub! Mist. Das hätten sie als Erstes überprüfen müssen. »Was macht er hier genau?«

Der Mann blinzelte ihn durch die obere Hälfte seiner Gleitsichtbrille nervös an.

»Wir haben hier verschiedene Abteilungen. In seiner Abteilung wird überprüft, wie zu verlegende Rohre geführt werden können. Da gibt es spezielle Aspekte, die es zu beachten gilt.« Er holte tief Luft. »Bodenbeschaffenheiten, Gefälle, U-Bahn-Strecken, historische Gebäude, unterirdische Wasserläufe, Gesteinsvorkommen …«

Struller unterbrach den Abteilungsleiter, bevor dieser mit seiner abschließenden Aufzählung fertig war. Er hatte einen ausreichenden Eindruck bekommen. »Zeigen Sie mir sein Büro!«

»Es ist ein Einzelbüro. Er hat Urlaub. Das dürfte verschlossen sein.«

Strullers antwortender Blick stellte eine so deutliche Aufforderung dar, dass Abteilungsleiter Dr. B. Wolf sich augenblicklich in Bewegung setzte und erst vor einer Tür am Ende eines Gangs stoppte. Er rüttelte an der Klinke. »Zu.«

»Gibt es einen Generalschlüssel?«

»Ja, aber das wird dauern. Da muss zunächst ein verantwortlicher Schlüsselträger aus Mönchengladbach …«

Struller schob den Mann zur Seite, holte aus und trat die Tür auf, die scheppernd nach innen flog.

»Das können Sie …«

»… gut, ich weiß.« Struller sah sich um. Ein mittelgroßer Raum ohne Fenster. Ob er tapeziert war oder nicht, konnte Struller nicht erkennen, weil die Wände mit Karten voll hingen. Alte Karten, neue Karten. Er entdeckte Fotos und eingekreiste Zeitungsartikel.

Dr. Wolf räusperte sich. »Die vielen, historischen Karten … Ich sagte Ihnen ja, die Streckenführung. Also, seine Aufgabe genau war es, anhand alter, historischer Karten zu überprüfen, welche Objekte mit denkmalschutzwürdiger Substanz auf einer möglichen Strecke liegen oder zu erwarten sind.«

Struller nickte. »Unser Mann kennt sich unter der Erde sehr gut aus.«

»Genauso gut wie oben.«

»Und ein hervorragendes logistisches Verständnis hat er auch«, grollte Struller und zückte sein Handy. »Jensen? Hast du die beiden? ... Gut. Schnapp dir einen Streifenwagen, und bringe sie mit Blaulicht hier hin. Bauaufsichtsamt, Amt 63, Untere Denkmalbehörde, Auf'm Hennekamp, genau. Peter Kleinfelds Büro ist das mit der eingetretenen Tür am Ende des Gangs in der ersten Etage!«

* * *

Hanno von Wurzelen leckte begeistert über seine trockenen Lippen. »Das sind ja Karten ... Ein Traum. Ein Schatz. Dass es aus dieser Zeit so ein aufschlussreiches Material gibt!«

»Ich bin auch überrascht«, giftete Dr. Schettels. »Die gehören in ein Museum und nicht in die Ordner irgendeines normalen Angestellten im Bauaufsichtsamt.«

Dr. Wolf räusperte sich. »Herr Peter Kleinfeld ist nicht irgendein normaler Angestellter.«

Struller verdrehte die Augen. Kleinfeld war ganz eindeutig alles andere als normal. Struller war genervt. Die Zeit drängte! »Jetzt haben alle genug Boah gesagt.«

Er versuchte die Sache zu beschleunigen, ratschte eine große, augenscheinlich aktuelle Düsseldorfkarte von der Wand und breitete sie auf dem Fußboden aus. Jensen ahnte, was Struller vorhatte, und reichte ihm einen schwarzen Edding.

Dicke, fette Kreuze machend, murmelte Struller: »Uerige, Vogelsanger Weg, Dorotheenstraße. Runter zum Fleher Deich.« Er verband die Kreuze mit dem Stift und richtete sich auf. »Meine Herren. Hier ist das Kreuz des Teufelshakens. Sehr symmetrisch, prima in seiner Korrektheit. Die geschwungene Sichel ist dagegen in ihrer Gestaltung natürlich ein wenig freier, aber wenn wir bedenken, dass es dem Täter darum ging, den Teufelshaken auf dem Stadtplan nachzubilden, wird er sich an die Grundregeln der Symmetrie gehalten haben. Das bedeutet, er gleicht die Sichel größenmäßig dem Kreuz an.« Struller ging in die Hocke.

Dr. Schettels und von Wurzelen folgten seiner wischenden Handbewegung.

»Die Örtlichkeit, die wir suchen, Katja Spechts Versteck, müsste sich in diesem, südlichen Bereich Düsseldorfs befinden.«

Jensen drehte den Kopf und las ab. »Himmelgeist, Itter, Reisholz und Urdenbach.«

Die beiden Sachverständigen nickten.

Struller fuhr fort: »Vergleichen Sie jetzt bitte und wenn möglich, ganz, ganz zügig, das an den Wänden hängende Kartenmaterial mit dieser örtlichen Vorgabe. Bedenken Sie, dass der Täter die Krypta und die Wehranlage am Kleingartengelände Vogelsanger Weg kannte, und verraten Sie mir, wo sich dieses Versteck befindet.«

Dr. Schettels knetete hektisch seine Finger. »Diese Wehrstation ist 18. Jahrhundert, oder?«

»Ja«, erklärte von Wurzelen, ganz bei der Sache.

»Im Norden hat man ein ähnliches Bauwerk gefunden.«

»In Kaiserswerth.«

»Richtig. Urdenbach ist noch älter als Düsseldorf. Und liegt Richtung Köln.«

»Richtung Köln ist gut. Richtung Köln war früher immer sehr wichtig.«

»Dann könnte es sich hier um ...« Dr. Schettels knisterte eine alte Karte heran. »Daran habe ich auch schon gedacht. Was halten Sie von der Symbolkraft einer alten Hafenanlage?«
»Reisholz?«
»Direkt am Rhein. Gehört heute teilweise zu Holthausen.«
»Schloss Benrath dürfte zu weit weg sein. Aber was ist mit Schloss Mickeln in Himmelgeist? Ganz alter Stadtteil, schon 904 erstmals urkundlich erwähnt.«

Struller ließ die beiden gewähren. Was nämlich jetzt an Fachausdrücken und Fachsimpeleien folgte, konnte er nicht nachvollziehen. Nach der siebten übereinandergehaltenen Karte hatte er auch örtlich jede Orientierung verloren. Selbst den geschwungenen Rhein erkannte er nur noch auf Karten, in denen er blau eingezeichnet war.

Außerdem verspürte er plötzlich in regelmäßigen Abständen einen merkwürdigen, stechenden Schmerz in seinem linken Hoden. Was war das denn jetzt? Konnte er im Moment überhaupt nicht gebrauchen!

Er winkte Jensen auf den Flur. »Kleinfeld hat seit zwei Wochen Urlaub. Seine Mutter behauptet, er geht wie immer jeden Vormittag aus dem Haus.«
»Mütter wissen nicht alles.«
»Mütter wissen alles! Glaub mir. Wo verbringt Kleinfeld seinen Urlaub?«
»Zur Zeit vermutlich zusammen mit Katja Specht.«
Struller knurrte eine Antwort. »Kleinfeld kennt sich unter der Erde aus. Er hat die Verstecke ausgesucht. Seinen verfluchten Computer hat er mit einem Passwort gesichert. Den werden unsere Jungs beim Landeskriminalamt aber mit Sicherheit knacken. Ich verwette meine Pensionsansprüche, dass da irgendwas drauf ist, womit wir ihn nageln können,

aber das dauert jetzt zu lange! Was hat dein Provider gesagt?«

»Da hat sich jetzt was geklärt. Das Ergebnis von Melanie Wiener ist da. Sie hat Tanja Rennings angerufen. Wiener ist die neue Freundin der Ex von Torsten Bach. Die beiden haben sich in der Selbsthilfegruppe in Flingern kennen gelernt, hatten beide von ihren Männern die Schnauze voll und sind jetzt ein Paar. Klar ruft die Wiener sofort die Rennings an.«

Struller seufzte. »Dann ist so eine Selbsthilfegruppe ja eine prima Kontaktbörse. Und der kleine Kevin hat plötzlich zwei Mütter. Na, das kann ja was geben.«

Jensen wollte gerade politisch korrekt intervenieren, aber von Wurzelen schrie plötzlich: »Das ist die Karte!«

Dr. Schettels nickte bekräftigend so heftig mit dem Kopf, dass ihm die Brille fast von der Nase hüpfte.

»Hier«, erklärte von Wurzelen die Karte. »Das ist die Station am Vogelsanger Weg. Hier ist die Krypta unter der Königsallee eingezeichnet. Und hier sind die beiden Objekte, auf die wir uns geeinigt haben.«

»Zwei Objekte?«, fluchte Struller.

»Ja«, zuckte von Wurzelen ängstlich zusammen. »Es kommen doch einige Bauwerke und Ruinen infrage, und wir wissen natürlich nicht ganz genau, ob es nicht noch andere ...«

»Schon gut! Erzähl!«

»Einmal eine alte Wehrstation in der Urdenbacher Kämpe und einmal die Reste eines historischen Turms mit Lastenkran im alten Reisholzer Hafen.«

Struller sprang auf. »Los geht's!«

»Wohin zuerst?«, fragte Jensen.

»Reisholz, das ist näher dran!«

* * *

Struller ließ die Reifen quietschen.

»Ist es wirklich erforderlich, dass wir Sie begleiten?«, bibberte Dr. Schettels.

Jensen beugte sich nach hinten zum Rücksitz. Die beiden boten ein aschfahles Bild des Schreckens und dünsteten herb-bitteren Angstschweiß aus. Schettels Brille hing schief. Von Wurzelen war nur ... blass. Er knetete ein Asthmaspray. Seine Lippen bewegten sich tonlos. Vater unser im Himmel ...

»Falls das nicht die richtige Örtlichkeit ist, brauchen wir Sie beide sofort wieder. Aber wir sind gleich da.«

»Trippelsberg«, las Jensen im Vorbeifliegen. Sie hatten Reisholz und Holthausen hinter sich gelassen. Der Rhein lag jetzt fast direkt vor ihnen. Ohne die fette Dunstwolke vom Rücksitz hätte man ihn schon riechen können.

»Am Ende rechts«, kommandierte Jensen

Häuser gab es hier jetzt gar keine mehr. Nur weite Wiesen und Wald. Das passte. Höchstens am Wochenende verirrten sich Fußgänger in diese Ecke Düsseldorfs. Heute war Freitag. Am Samstag wäre Katja Specht tot. Dann schrie sie nicht mehr um Hilfe. Der Plan war wirklich teuflisch gut!

Struller passierte einen kleinen Waldweg.

»Hier muss es jetzt sein«, stöhnte Schettels und unterdrückte einen Würgereiz.

Von Wurzelen widersprach nicht und sprühte eine Ladung Asthmaspray in seinen Rachen.

Struller ging in die Bremsen, der Wagen schlidderte ein paar Meter, bis sich die Reifen im feuchten Grund festgekrallt hatten und der Wagen stoppte.

»Da!« Struller nickte rüber.

Links neben dem Weg im unbefestigten Grünstreifen stand ein dunkelblauer BMW, älteres Modell. Düsseldorfer Kennzeichen.

Jensen erkannte die Kombination. »Das ist Kleinfelds Wagen.«

»Dann sind wir hier richtig«, zischte Struller. »Ihr beide bleibt im Wagen!«

»Gerne«, stammelte von Wurzelen.

»Das alte Gebäude ist gleich auf der anderen Seite des kleinen Waldes, direkt am Rheinufer«, fügte Dr. Schettels hinzu.

Jensen und Struller sprangen aus dem Fahrzeug, verließen den halbwegs festen Waldweg und rannten durch den Wald. Obwohl es seit Wochen nicht geregnet hatte, war der Boden feucht und gab bei jedem Schritt federnd nach. Rheinnähe. In ein paar Wochen würde in diesem Teil Düsseldorfs das Rheinwasser Pfützen aus dem Erdreich an die Oberfläche drücken.

Das Ende des Waldes war schnell erreicht.

»Da ist das Gebäude«, zischte Struller und zog seine Dienstwaffe aus dem Holster.

Vor ihnen lag ein etwa drei Stockwerke hohes, mit alten, braunen Backsteinen verklinkertes Gebäude, einem schlichten, sich nach oben verjüngenden Turm nicht unähnlich. Rechts, direkt angebaut, ein einstöckiger Schuppen mit Flachdach. Gleich unter einer Art Aussichtsplattform ragte ein verrosteter, eiserner Ausleger fünf Meter lang über den träge dahinströmenden Rhein und machte deutlich, dass es sich um einen alten, historischen Lastenkran handelte, wie sie seinerzeit zum Be- und Entladen von Schiffen verwendet wurden.

»Du links rum, ich rechts rum. Und ziel nicht wieder auf mich«, kommandierte Struller. Schnell und leicht geduckt spurtete Struller los und presste wenig später seinen Rücken gegen das mit Moos bewachsene Gebäude. Er blickte sich um, die Waffe im Anschlag. Jensen war aus seinem Blickfeld verschwunden, und auch sonst hatte sich keine Menschenseele in diese abgelegene Einöde verirrt.

Er lauschte. Die üblichen Geräusche eines Waldes, Rauschen in den Baumwipfeln, Vogelgezwitscher, ein Motorboot tuckerte auf der anderen Seite des Turms träge über den Rhein, und der nah gelegene Autobahnzubringer brummte. Sonst nichts.

Auf jeden Fall schrie niemand um Hilfe.

Sie mussten rein ins Gebäude. Der Haupteingang vorne kam nicht infrage. Struller checkte das Mauerwerk über sich. Klobige, kantige, poröse Steine. In zwei Metern Höhe befand sich ein erstes Fenster. Er schob die Knarre in den Hosenbund, grub seinen Fuß in die erstbeste Nische, die das Mauerwerk zu bieten hatte, und hangelte sich hoch. Schnell hatte er eine Höhe erreicht, die es ihm ermöglichte, durchs Fenster zu gucken. Fehlanzeige. Das Fenster war von innen mit Brettern vernagelt. Vorsichtig ließ er sich wieder herab.

Vielleicht durch den Schuppen. Hastig drückte er sich am Mauerwerk entlang, bis er die Tür des Nebengebäudes erreicht hatte, die durch ein Bügelschloss gesichert wurde. Darauf war er vorbereitet! Struller fischte ein Schweizer Messer aus der Hosentasche und klappte den Schraubendreher raus. Damit war das Bügelschloss zwar nicht aufzuhebeln, aber die Scharniere des primitiven Schlosses ließen sich freischrauben.

Sekunden später sprang das Klappscharnier auf. Erde vom Boden schrubbend ließ sich das Holztürchen vorsichtig aufziehen. Durch den Spalt huschte Struller in einen dunklen Vorraum.

Er horchte.

Nichts. Es roch übel nach Katzenklo. Struller unterdrückte einen aufkommenden Niesreiz und drückte sicherheitshalber ein Taschentuch vor die Nase.

Was jetzt? Wie weiter?

Seine Augen gewöhnten sich an die Dunkelheit, die von Kohlrabenschwarz ins Gräuliche wechselte. Vorsichtig schob er einen Fuß vor den anderen. Struller erkannte ein helleres Grau und machte vor sich ein schmales Fenster aus. »Ha«, triumphierte er, denn dieses Loch war nicht von innen zugenagelt. Nein, nur eine verdreckte, staubige Glasscheibe dimmte von drinnen nach draußen fallendes Licht.

Licht ... Da war jemand anwesend. Keine Frage.

Allerdings war die schmale Öffnung nur eine Art Schießscharte und deutlich zu eng, um sich durchquetschen zu können.

Was war das? Hatte er da ein Scheppern gehört? Struller reckte sich knackend die Anspannung aus den Knochen. Sie waren hier goldrichtig. Das spürte Struller bis in die Eier. Ein untrügliches Zeichen! Auch, wenn es da vorhin wieder heftig gezwickt hatte, diesmal in beiden. Merkwürdig...

Sei es drum! Er linste durch die Scheibe, konnte aber nichts sehen. Vorsichtig wischte er am Rand der Scheibe einen Streifen sauber. Das Glas war auch von innen verdreckt, aber was er entdeckte, ließ sein Herz schneller schlagen.

Drinnen hatte sich jemand häuslich niedergelassen. Er erkannte einen Tisch, einen Stuhl, ein altes Sofa. Kisten, eine Lampe. Der runde Raum selbst war ungefähr in der Mitte durch eine Mauer geteilt. Der Teil, den er einsehen konnte, war menschenleer. In der Wand befand sich eine Tür, die geschlossen war.

Irgendwie musste er hier rein. Aber wie?

In diesem Moment öffnete sich die Tür in der Mauer, die den Raum teilte ...

* * *

Auf der anderen Seite des Gebäudes erreichte Jensen den Haupteingang. Das Schloss war neu, gerade frisch eingesetzt. Vielleicht war nicht mal abgeschlossen. Um das zu kontrollieren, brauchte er die Klinke einfach nur einmal langsam und vorsichtig runterzudrücken.

Nein. Zu riskant! Der Haupteingang kam nicht infrage.

Jensen blies Luft durch die Backen. Sein Blick fiel wieder auf die altersschwache Außentreppe, die sich von draußen den Turm hochschlängelte, um eineinhalb Meter unter der abschließenden Plattform des Gebäudes eine grüne Außentür zu erreichen. Holz. Altes Holz. Die morschen Treppenstufen sahen nicht so aus, als ob man ihnen trauen durfte. Allerdings: Alternativen hatte er keine. Und er musste ins Gebäude hinein!

Er lauschte. Nichts war zu hören.

Vorsichtig setzte er einen Fuß auf die erste Stufe, ganz nah an den Rand der verrosteten Metalleinfassung, um sein Gewicht optimal zu verteilen. Er hielt die Luft an, die erste Stufe trug ihn. Dann die zweite. Stufe für Stufe stieg er die baufällige Treppe hoch. Eine Stufe nach der anderen gab leicht nach, aber hielt sein Gewicht. Er erreichte ein Fenster.

»Mist«, fluchte er tonlos.

Das Fenster war von innen zugenagelt. Sieben moosige Stufen weiter erreichte er das nächste, schmale Fenster, das eher einem Schießschacht glich und vielleicht früher wirklich mal einer gewesen war. Er blickte hinein, konnte aber im dunklen Grau nichts erkennen. Er schaute nach unten. Die Hälfte des Turms hatte er hinter sich gebracht. Unter seinem nächsten Schritt knarrte die Stufe. Sie brach. Verdammt, zwei Holzteile lösten sich aus der Halterung und rutschten über die darunterliegende Stufe in die Tiefe. Mit einem feuchten Platsch klatschten die beiden Stücke auf den Waldboden, wo sie sofort in tausend Teile zerbröselten. Der mit dichtem Moos bewachsene Waldboden hatte die meisten Geräusche geschluckt.

Weiter!

Schnell war jetzt die grün gestrichene Holztür erreicht. Ein rostiger, runder Eisenknauf. Drehen? Jensen schnaufte leise. Nein. Das Teil würde mit Sicherheit quietschen. Er wollte von ganz oben, von der Plattform aus versuchen, ins Innere des Turms zu gelangen. Da musste es einen Eingang geben.

Vorsichtig rüttelte er am eisernen Handlauf, der im Mauerwerk eingelassen war. Es bröselte verdächtig, aber das Ding schien stabil zu sein. Wenn es ihm gelänge, sich auf den Handlauf zu stellen, könnte er einen Steinvorsprung erreichen, den er in Kopfhöhe ausgemacht hatte. Dann ein Ruck und er wäre oben auf der Plattform.

Jensen blickte nach unten. Das waren inzwischen sechs bis sieben Meter, die es abwärts ging. »Ein Leben für den Staat«, murmelte er tonlos, um sich Mut zu machen, und verlagerte vorsichtig sein Gewicht auf die Eisenstange. Sie hielt. Ein Schwung, und er glitt hoch. Die Stange hielt immer noch und trug jetzt sein ganzes Gewicht. Mit einem großen Spreizschritt erreichte er den Steinvorsprung. Das musste jetzt alles in einem Zug gehen, denn ohne Schwung würde er den oberen Mauerrand der Plattform nicht erreichen.

Jensen blinzelte nach oben in den Septemberhimmel, visierte die Mauerkante an und guckte sich einen besonders breit und stabil aussehenden Stein in der Umrandung aus.

»Und los.«

Er holte Schwung, spürte, wie unter ihm die Reling nachgab und aus dem Mauerwerk brach. Gleichzeitig verlagerte er das Gewicht auf den Steinvorsprung. Mit ganzer Muskelkraft, und sich an der Mauer irgendwie hochschiebend, erreichte er mit einer Hand den Mauervorsprung. Der Stein … hielt. Aber er spürte, wie der Steinvorsprung langsam unter seinem Schuh zerbröckelte. Hastig glitt er hoch und drückte sich wie ein Spinnenmann die Steine hoch. Unten brach das Gestein komplett weg und die Brocken krachten nach unten. Einer schlug scheppernd ein paar Meter tiefer gegen die Eisenreling. Das war laut. Jetzt musste es schnell gehen!

Er zog sich über die Reling, stürzte auf die andere Seite und erst in diesem Moment fiel ihm ein, dass er einfach angenommen hatte, dass auf der anderen Seite ein Boden sein würde. Was, wenn dort ein fransiges Loch im Holzboden gähnte und er acht Meter in die Tiefe rauschen würde? Aber er rauschte nicht, sondern plumpste auf einen massiven Steinboden.

Geschafft. Er war oben. So weit, so gut.

Dann drückte ihm jemand von hinten eine Pistolenmündung in den Nacken.

»Keinen Laut!«, zischte Kleinfeld.

Jensen nickte vorsichtig. Kleinfeld hatte das Wort. Und die Waffe.

Peter Kleinfeld schob Jensen durch eine Tür ins Innere des Turms. Drinnen vorbei an einem riesigen Gegengewicht aus Beton, das vermutlich den Ausleger des Krans ausbalancierte.

Kleinfeld stupste Jensen fluchend eine ausgetretene Holztreppe runter. »Scheiße! Ihr Schweine!« Kleinfeld atmete heftig. Ganze Sätze brachte er offensichtlich nicht mehr zustande. Der wahnsinnige Typ stand kurz vor dem Kollaps.

Jensen stellte überrascht fest, dass er selbst auffällig ruhig war. Warum? Weil es gleich vorbei war? Weil es sowieso zu spät war?

Sie mussten jetzt unten im Erdgeschoss sein.

»Mach die Tür auf!«, kommandierte Kleinfeld.

Jensen öffnete eine Holztür, die in komplette Dunkelheit führte.

»Hallo?«, meldete sich sofort eine dünne Stimme, vorsichtig und schwach.

Kleinfeld betätigte einen Kippschalter und tauchte alles in grelles Licht.

Die Stimme stöhnte.

Jensen brauchte einen Moment, um sich ans Licht zu gewöhnen. Dann entdeckte er in der Mitte des Raums einen Eisenkäfig. Darin eine nackte Frau. Weil sie sich die Hände vor die Augen drückte, konnte er ihr Gesicht nicht sehen, aber er wusste natürlich, dass er Katja Specht gefunden hatte. »Was …?«

»Halt die Schnauze!«, zischte Kleinfeld und stieß Jensen durch den Raum.

Aus den Augenwinkeln erkannte Jensen, dass die Frau sich mit blutverschmierten Fingern an den Gitterstäben hochzog. Er erkannte blutige Knie und blickte in ein vom Grauen entstelltes, verzerrtes Gesicht. Jensen wollte weggucken, konnte es aber nicht.

»Lass mich raus! Bitte! Lass mich raus. Ich sage nichts!«

»Schnauze!«, herrschte Kleinfeld sie an ... und schwenkte kurz die Pistole zur Seite.

Jensen spürte den fehlenden Druck am Hinterkopf, sah im Augenwinkel die Mündung der Waffe und reagierte sofort. Er wirbelte herum. Doch damit hatte Kleinfeld gerechnet und schlug ihm die Knarre gegen die Stirn. Jensen taumelte, Blut spritzte.

»Weiter, du Idiot!«

Jensen stieß benommen gegen eine Tür, die Kleinfeld aufstieß. Wieder spürte Jensen die Pistole an seinem Hinterkopf. Ein weiterer, leerer Raum.

»Stehen bleiben!«, kommandierte Kleinfeld. »Und hinknien!«

»Machen Sie keinen Quatsch. Das Spiel ist aus.«

»Halt's Maul! Hinknien, sag ich!«

»Meine Kollegen treffen jeden Moment hier ein. Wir wissen alles. Wir ...«

Jensen hielt inne. Er hatte das Vorspannen eines Revolvers gehört. Sicherheitshalber ließ er sich hastig auf die Knie fallen.

Kleinfeld schnaubte. »Es war perfekt. Es war absolut perfekt! Dieser Versager! Ich habe der Menschheit einen Dienst erwiesen. Ich habe sie von einem nutzlosen Parasiten befreit. Ich habe das für Mutter getan.« Seine Stimme kippte in eine höhere Tonlage.

Jensen jagte es einen Schauer über den Rücken. Das ging hier nicht gut ...

»Sie war blind! Sie war so ...«

Ein Schuss.

Jensen spürte Blut, das ihm die Stirn runterlief. Sonst spürte er nichts. Auch keinen Schmerz. Er spürte nichts und ließ sich nach vorne fallen. Es wurde schwarz ...

Nein, wurde es nicht.

Stattdessen stöhnte Kleinfeld.

Ein zweiter Schuss fiel. Wieder mischte sich in das Knallen des Schusses das Klirren von Glas. Jensen blickte nach vorne und bemerkte ein drittes Mal Mündungsfeuer an einem schmalen Fenster. Zwischen der gesplitterten Scheibe erkannte er Strullers Pepitahütchen.

Jensen drehte sich um. Kleinfeld taumelte zurück in das Zimmer. Zur Specht.

Jensen schüttelte sich. »Is gut, Pit. Ich kauf ihn mir!«

Struller rief ihm durchs geöffnete Fenster etwas zu, aber das hörte Jensen nicht mehr. Er stieß die Tür auf. Er sah Katja Specht, die ihm irgendwas zurief.

Später!

Er konzentrierte sich auf Kleinfeld, der vor ihm die Treppen hochtaumelte, sich plötzlich umdrehte und einen Arm hob. Die Pistole. Jensen griff hinten in seinen Gürtel. Da steckte seine Waffe. Kleinfeld hatte sich zu sicher gefühlt und sie ihm gelassen. Aber Jensen brauchte nicht zu schießen. Kleinfeld bekam den Arm nicht gehoben. Kraftlos entglitt ihm die Waffe und polterte die Stufen runter. Struller hatte Kleinfeld in den Arm geschossen und dort vermutlich alles kaputtgemacht, was man braucht, um einen Arm zu heben und einen Abzug zu betätigen. Kleinfeld wirbelte herum und rannte die nächsten Stufen hoch, riss ein Fenster auf.

Jensen fluchte. »Der Ausleger!«

Kleinfeld versuchte über den Ausleger abzuhauen. Hastig schnellte Jensen hinterher. Kleinfeld schob sich durchs Fenster nach draußen. Jensen erreichte es wenige Sekunden später. Mit ausgebreiteten Armen balancierte Kleinfeld über den Ausleger.

Jensen schreckte zurück. Unter ihnen toste der Rhein.

»Kleinfeld, mach keinen Quatsch, komm da runter!«, schrie Jensen.

Kleinfeld schob unbeirrt einen Fuß vor den anderen.

»Verdammt!«, fluchte Jensen. War der lebensmüde? Wenn der runterfiel? Gar in den ... Dann entdeckte Jensen das Seil am Ende des Auslegers. »Mist!«

Kleinfeld hatte sich einen Notausgang gebastelt. Er hatte ein Seil um das Ende des Auslegers gebunden. Das wollte er erreichen, daran wollte er sich jetzt an seinen Verfolgern vorbei herunterhangeln. Nur noch zwei verrostete Meter trennten ihn vom Seil. Vorsichtig schob er einen Fuß vor den anderen, schlurfte Zentimeter für Zentimeter nach vorne.

Jensen hibbelte von einem Fuß auf den anderen. Sollte er ihm folgen? Aber ... das war lebensgefährlich. Das war ...

»Tödlich!«, entfuhr es Jensen, denn in diesem Moment schwankte Kleinfeld nach links. Er warf die Hände nach rechts, geriet ins Trudeln. Und kippte nach links sieben Meter tief in die grauen Fluten des Rheins, wo er sofort untertauchte und fürs Erste verschwunden blieb.

8. Tag

Ferdinand Hengstmann lächelte zufrieden. Yvette de Baron hatte auf der vorangegangenen Pressekonferenz einen hervorragenden Eindruck gemacht. Auch die hartnäckigen Fragen eines hageren Journalisten des Rheinkuriers hatte sie charmant pariert. Sehr schön!

Alle im Besprechungsraum des KK 11 waren richtig gut drauf.

Die Kollegen der SOKO *Black Jack* waren zwar in ihrer Sache keinen Schritt weitergekommen, aber das hatten sie auch nicht wirklich angenommen. Das war schon okay so. Seit Menschengedenken wurde auf der Corneliusstraße illegal mit Würfeln und gezinkten Karten rumhantiert, und wenn jetzt mal einige der Zockerrunden stark ausgedünnt daherkamen, interessierte das im engeren Zirkel eigentlich wenig. Es würden sich bestimmt zügig neue, talentierte Glücksspieler einfinden.

Struller qualmte in der Ecke am Fenster entspannt eine Ernte, Jensens Kopf zierte ein breiter, weißer Verband. Auch ihnen beiden ging es gut, die Presse war voll des Lobes.

»Der Teufelsmörder ist gefasst!«, hatte Hengstmann mehrmals, eine größere Tageszeitung zitierend, in die Runde gerufen.

»Wie geht's Torsten Bach?«, fragte Jensen.

»Ist aus dem Koma erwacht und auf dem Weg der Besserung. Eine attraktive, junge Dame mit Vornamen Tanja kümmert sich recht liebevoll um ihn. Wie wir befürchtet haben, kann Torsten Bach sich an die letzten Stunden vor der Tat nicht erinnern. Wenn sich da nichts ändert, können wir ihn als Zeugen vergessen«, erklärte die Staatsanwältin.

»Auch Katja Spechts körperlicher Zustand hat sich stabilisiert. Es besteht keine Lebensgefahr. Allerdings hielten es die Mediziner für dringend erforderlich, sie zur Vermeidung von psychischen Schäden mit Beruhigungsmitteln derartig abzuschießen, dass sie in den nächsten Tagen nicht vernehmungsfähig sein wird. Hoffen wir für sie – und für uns – das Beste, denn eine genaue Rekonstruktion der Geschehnisse im Sado-Maso-Club wäre enorm wichtig. Es sind noch einige Fragen offen.«

Jensen ergänzte: »Bei der Durchsuchung von Kleinfelds Wohnung und seines Büros wurden allerlei Beweismittel gefunden, insbesondere in einer Kommode unterm Dach die braune Ku-Klux-Klan-Kutte. Außerdem ein paar Skizzen zu den Tatorten. Sein Computer wird beim Landeskriminalamt ausgewertet. Ganz hinten im Schrank fanden wir sogar Jochen Kleinfelds Klamotten, einschließlich seiner Schuhe. Er hat wirklich nicht angenommen, dass wir ihm draufkommen.«

»Was waren das für braune Kutten?«, fragte einer aus der SOKO interessiert.

»Vom Düsseldorfer Schauspielhaus ausgemusterte Bühnengarderobe, die im vergangenen Herbst vor Renovierungsarbeiten, als man dort Platz brauchte, an Liebhaber verkauft worden ist. Peter Kleinfeld hatte gleich mehrere dieser Roben erstanden«, erklärte Jensen.

Um sie herum löste sich die Runde langsam auf.

»Männer, Frau Staatsanwältin, das haben wir prima hingekriegt«, formulierte Kriminaloberrat Hengstmann abschließend ein Schlusswort, leckte sich über die Lippen und humpelte auf Krücken aus dem Zimmer.

Struller, Jensen und die Staatsanwältin blieben schweigend zurück. Schließlich räusperte sich die Staatsanwältin: »So, jetzt, wo wir unter uns sind: Herr Jensen, hatten Sie mir nicht was von zwei Tätern erzählt?«

Jensen tauschte einen Blick mit Struller, der kaum merklich nickte.

Jensen beugte sich vor. »Wir sind uns *absolut sicher*, dass wir es mit zwei Tätern zu tun haben. Kleinfeld hat die Serie in dieser Form unmöglich alleine durchziehen können.«

De Baron grinste. »Dann haben Sie Geheimnisse.«

Jensen grinste zurück. Struller pustete einen Rauchkringel durchs Zimmer.

»Jetzt, wo Peter Kleinfeld in Duisburg tot aus dem Rhein gefischt worden ist, wird der zweite Täter hoffen, dass wir alles dem Mann vom Amt 63 in die Schuhe schieben. Deshalb unser ausführlicher, aber noch nicht ganz abschließender Bericht zum Fall.«

De Baron deutete auf einen dicken Stapel Papier, der nun augenscheinlich das Papier nicht wert war, auf dem er gedruckt wurde. »Viel Arbeit für nichts?«

»Jensen tippt ganz gut und schnell.«

Der räusperte sich. »Wir hielten es für ratsam, den zweiten Täter im Glauben zu lassen, dass wir von einem Einzeltäter ausgehen, den Fall zu den Akten legen wollen und ihn so in Sicherheit wiegen.«

»Das heißt aber auch mit anderen Worten, dass Sie keinen zweiten Täter haben.«

»Wir können ihn noch nicht festnageln«, antwortete Jensen.

»Aber wir haben uns da was einfallen lassen«, frohlockte Struller mit breitem Grinsen.

* * *

Struller heizte über die Dorotheenstraße. Wenn man es geschickt anstellte, schaffte man auch mit Tempo 85 plus prima die grüne Welle. Im Vorbeifahren nickte er rüber zur Spielhalle auf der rechten Seite.

»Eine von Jakobiaks Klimpergeldklitschen!« Jensen grinste.

Struller grollte: »Ob der Chef persönlich da ist und das verdammte Geld zählt?«

»Möglich.«

»Ich wünschte, der arrogante Jakobiak wäre unser Mann. Den hätte ich von allen am liebsten eingebuchtet.«

Jensen schniefte zustimmend. »Ich hatte mich ja auf Rudolf Peter festgelegt. Mit seinem Zirkusdirektorbärtchen wäre der im Knast ganz weit vorne gewesen.«

Struller griente. »Auch daneben getippt, Kollege.« Struller bog ein paar Mal links und rechts ab und stoppte auf der Torfbruchstraße vor den bunten Häusern.

»Melanie Wiener«, seufzte Jensen.

Struller genoss einen Moment lang die vermutlich künstlerisch und städtebaulich wertvolle Aussicht auf die bunten Häuser. Dann brannte es in den Augen. Er fuhr zurück auf die Straße. »Die kleine Familie werde ich im Blick behalten. Der Ex-Freundin vom Bach traue ich nicht. Die war mit diesem Börsenheinz zusammen, die kann ja eigentlich nichts taugen. Ich habe gehört, die hat ihren Ex-Lover, der ihr ja beim Modeln ab und zu mal einen Job besorgt, mehrere Male im

Krankenhaus besucht. Na, wenn die dem zur Abwechslung jetzt nicht auch ab und zu mal was besorgt.«

Jensen lachte. »Du und deine fiesen Altersfantasien. Du bist übrigens falsch abgebogen. Zur Ostendorfstraße hättest du von der Dreherstraße nach links in die Torfbruchstraße abbiegen müssen.«

Struller hauchte ihm ein Schimpfwort entgegen. Viele Wege führten nach Rom. Auf der Ostendorfstraße fand Struller diesmal einen freien Parkplatz, ohne jemanden bedrohen zu müssen.

»Frau Hilgers, die Gefahr ist gebannt, aber Sie wären wahrscheinlich Kleinfelds nächstes Opfer gewesen.«

»Warum ich?«, fragte sie entsetzt.

»Das möchte ich Ihnen gerne zeigen. Kommen Sie mit?«

Die Fahrt führte diesmal fast bis nach Monheim ins ferne Urdenbach, in die Urdenbacher Kämpe. Struller bremste neben einem Streifenwagen, der auf einer kleinen Anhöhe zum Rhein hin stand. Im Hügel hatte irgendwer einen Eingang freigelegt. Vor einem Eisengitter standen zwei Polizisten.

»Da soll ich rein?«, fragte Sybille Hilgers unbehaglich.

»Kollegen haben den Gang bereits freigeräumt. Er ist nicht lang.«

Eine knappe Minute später standen sie in einem hohen, fensterlosen Raum, der an den Wänden halbhoch mit goldfarbenem Samt ausgelegt war. Mehrere noch nicht bestückte Kerzenhalter standen in kleinen Nischen, und mit ein wenig Fantasie konnte man sich mühelos vorstellen, wie sich flackerndes Kerzenlicht im goldfarbenen Stoff gespiegelt hätte.

»Was ist das denn?«, fragte Sybille Hilgers, halb beeindruckt, halb beängstigt.

»Hier sollte ein Mensch sterben«, erklärte Struller und nickte ihr zu.

»Ich? Wieso ich? Das passt doch gar nicht«, flüsterte Hilgers kopfschüttelnd.

»Ja, warum nicht? Weil Sie nicht ins Schema passen?«, fragte wiederum Jensen mit einem fiesen Grinsen.

Sybille Hilgers biss sich auf die Unterlippe, blieb stumm, kniff allerdings die Augen zusammen und wechselte für die nächste Frage in eine tiefere Tonlage. »Was ist hier los? Hier stimmt doch was nicht!«

Struller räusperte sich: »Sie, Frau Sybille Hilgers, waren die Partnerin von Peter Kleinfeld. Sie wollten Ihren Mann loswerden, weil der bei den Prostituierten auf der Karl-Anton-Straße im Club sein ganzes Geld verpeitschen ließ.«

»Das ist doch Quatsch.«

»Auf keinen Fall. Ihr Mann ließ bis zu tausend Euro pro Woche im Club. Das war selbst Ihnen ein bisschen zu viel. Den Club kannten Sie, denn Sie haben uns ja erzählt, mal dort gewesen zu sein und sich die *Devil's Lounge* angesehen zu haben. Dort haben Sie Katja Specht getroffen und gleich gemerkt, dass Sie die Frau für ihre Zwecke einspannen können. Und Sie haben in der *Devil's Lounge* das Zeichen des Teufelshakens gesehen.«

Sie blieb stumm.

Jensen fuhr fort. »Sie haben im Seminar Peter Kleinfeld kennen gelernt, der sich mit Ihnen zusammentat. Auch Kleinfeld hatte ein Problem zu lösen, beziehungsweise einen Bruder, der aus dem Weg geräumt werden musste. Sie entschlossen sich, Ihre Partner umzubringen. So weit, so gut. Aber wer hatte dann die glorreiche Idee, gleich einen stattlichen Serienmord hinzulegen?«

Sybille Hilgers verzog keine Miene.

»Ich nehme an, es war Peter Kleinfeld, der pedantische Planer, der im ganzen logistischen Aufwand eine Herausforderung sah. Begeistert nahm er die Idee mit dem Teufelshaken auf. Er fertigte eine Art Schablone für Düsseldorf an und legte die richtigen Fundorte fest. Er orientierte sich an alten, historischen Karten, die wir inzwischen in seinem Büro gefunden haben.«

Ihr Blick blieb ausdruckslos.

»Wahrscheinlich war auch er es, der auf die Idee kam, die Informationen aus dem Seminar zu nutzen. So legte er eine Menge Rauchbomben. Die Sache sollte hübsch unübersichtlich werden. Für den Fall, dass die Polizei Verdacht schöpfen würde, gäbe es eine Vielzahl von Spuren, die aber im Ergebnis – so nahm Kleinfeld an – niemals zu den wirklichen Mördern, niemals zu den echten Motiven führen würden. Das war natürlich ein Irrtum!«

»Je komplizierter ein Plan ist, desto mehr kann schiefgehen«, stellte Struller fest.

»Schließlich entführten Sie beide Torsten Bach, um ihn später zu ermorden. Finden sollte man den geltungsbedürftigen, geldgeilen Menschen übrigens in einem teuren Nobelsarg, und zwar genau hier, in diesem mit goldfarbenem Stoff ausgelegten Raum. Wo hätte denn diesmal der Teufelshaken hingeritzt werden sollen?«

»Sagen Sie es mir«, zischte die Hilgers

Struller zuckte die Achseln. »Keine Ahnung. Ist ja auch nicht wichtig. Denn der Teufelshaken war nicht nur eine weitere, dämliche Schnapsidee vom Kleinfeld, er spielt überhaupt keine Rolle, sondern brachte Sie letztendlich nur ins Stolpern.«

Gleich haben wir dich, dachte Jensen.

Das wird noch eine harte Nuss, dachte Struller.

Hilgers verdrehte genervt die Augen. »So, meine Herren, und jetzt? Wen wollen Sie denn mit dieser Räuberpistole beeindrucken? Gibt es irgendeinen Beweis? Den Richter möchte ich sehen, der mich daraufhin verurteilt.«

Jensen friemelte eine Notiz aus seiner Jacke. »Ich habe Ihre Telefonverbindungen checken lassen. Sie haben nie mit Kleinfeld telefoniert. Sehr, sehr vorsichtig. Äh, außer einmal, nämlich als Kollege Struller Ihnen gestern in Ihrer Wohnung hart zusetzte. Da wurde es eng und Sie unvorsichtig.«

Sybille Hilgers zeigte sich unbeeindruckt. »Gestern? Kann sein, genau. Ich hatte eine Frage an Peter Kleinfeld. Es ging um einen Weichholzschrank, von dem er mir erzählt hatte. Ich habe ihm gesagt, dass ich das Möbelstück nicht kaufen werde.«

Jensen spürte, wie ihm eine plötzliche Hitze durch den Körper kletterte. Die Alte dagegen war kalt wie eine Hundeschnauze. Und bisher hatten Struller und er nur Indizien zu bieten.

Struller war es, der jetzt die weiße Tragetasche hinter einem Tisch hervorzog, sie öffnete und ein Handtuch herauszog. Er breitete es auf einem Tisch aus. Es war ein weißes Saunatuch. Sehr gut, sehr weiß und kuschelig sah es aus. »Sie erkennen das Tuch?«

»Es ist ein Saunatuch.«

»Richtig. Es ist eins der Tücher, die in einem exklusiven Club in der Innenstadt nur an Mitglieder verkauft werden. Das machen die dort ganz schön. Sie sticken sogar die jeweiligen Initialen in die Innenseite. Sehen Sie hier: gleich unterm Emblem.« Struller stülpte eine Ecke des Tuchs nach vorne.

Jensen runzelte die Stirn. »Habe ich Sie nicht schon mal mit einem Bademantel samt Emblem dieses Sportclubs gesehen?«

»Schon möglich. Ich bin dort angemeldet. Sie sind ja ein richtig guter Beobachter.«

Struller deutete auf die Initialen. »SH. Das sind Sie?«

»Haben Sie eine Ahnung, wie viele Angemeldete es in diesem Club mit den Initialen SH gibt?«

»Drei«, antwortete Struller. »Stefan Hensel, Sammy Hagenberger und Sie.«

»Aha. Drei sind doch schon eine Menge.«

»Aus verschiedenen Gründen scheiden die beiden Männer als Verdächtige aus«, behauptete Struller und fragte mit einem bösen Grinsen: »Aber was würden Sie sagen, wenn ich Ihnen sage, dass ich dieses Handtuch bei Peter Kleinfeld ganz hinten im Schlafzimmerschrank gefunden habe?«

Endlich.

Sie senkte den Blick. Es vergingen einige Minuten, in denen niemand etwas sagte. Struller und Jensen schauten Sybille Hilgers eindringlich an, der man ansehen konnte, wie irgendetwas in ihr wie ein Kartenhaus in sich zusammenfiel. Ihr Widerstand brach.

»Das Geld war nicht das Schlimmste. Es waren diese ständigen Demütigungen. Er brachte das Geld zu den Nutten und ließ sich dafür auspeitschen. Das ist doch krank.«

»Krank ist es, fünf unschuldige Menschen zu töten.«

»Das war Peters Idee«, ätzte Sybille Hilgers mit harter Stimme. »Mir hätte es vollkommen gereicht, wenn er Frank um die Ecke gebracht hätte. Aber selbst das musste ich schließlich selbst machen, dieser dumme, aufgeblasene Schwätzer! Aber wenigstens hat es Spaß gemacht, Frank bis aufs Blut zu töten. Ich habe ihn nämlich selbst und persönlich zu Tode gepeitscht.«

»Wissen wir«, zischte Struller, der ihr auch diesen Triumph nicht gönnte. Er räusperte sich und zog Handschellen hervor.

»Dann werte ich Ihre Äußerungen mal als umfassendes Geständnis.«

»Na, als was wollen Sie es denn sonst werten?«, entgegnete Hilgers trotzig.

»Schon gut.«

»Und das Handtuch ist der Gipfel. Das muss der Idiot mitgenommen haben, als ich ihn einmal, ein einziges Mal rangelassen habe, weil er so rumgejammert hat. Da klaut der sofort als Souvenir eines meiner Handtücher, der Schwachkopf.«

Jensen grinste. Struller auch.

»Liebe Frau Hilgers. Nur der korrekten Form halber. Ich habe Sie gefragt, was Sie sagen würden, wenn ich Ihnen sage, dass ich das Handtuch bei Peter Kleinfeld gefunden hätte. Hätte! Habe ich aber nicht. Dieses Handtuch hat Kollege Jensen sich heute Vormittag im Sportclub besorgt.«

»Der freundliche Herr Sammy Hagenberger war so nett und hat mir eines seiner Saunatücher überlassen.«

* * *

»Schöner Laden«, lobte Struller.

»Hä?«

»Ein schöner Laden ist das hier«, brüllte Struller. »Nur die Musik ist ein bisschen laut.«

Jensen beugte sich nach vorne. »Zum Tanzen muss die Musik schön laut sein.« Jensen wandte sich an Krake. »Du bist nicht sauer, dass ich die Fallabschlussparty diesmal nicht in deine Kneipe, sondern ins Z verlegt habe?«

Krake schüttelte den Kopf. »Auf keinen Fall! Ich sitze viel zu selten auf dieser Seite der Theke. Den Ferry kenne ich schon seit Ewigkeiten, als der noch seine Kneipe in Unterrath hatte, der ist in Ordnung. Außerdem werde ich gleich einfach mal ein bisschen meckern. Ich behaupte, dass es auf der Toilette stinkt, und dass das Bier zu warm ist. Herrlich!« Krake lachte, und sein Teufelskäppchen wackelte.

Struller meldete sich zu Wort. »Wieso hast du mir nicht gesagt, dass die Party eine Mottoparty ist? *Devil's Lounge*. Dann hätte ich mich auch gruselig verkleidet.«

Jensen grinste böse. »Du brauchst dich nicht zu verkleiden. Du mit Pepitahütchen, grünem Hemd zu brauner Cordhose, das ist gruselig genug.«

Das klirrende Gitarrensolo von *Hell Ain't A Bad Place To Be* verschluckte Strullers nicht jugendfreie Bemerkung.

Zwei neue Gäste kamen rein. Die beiden Cops, die den PC aus dem Landeskriminalamt vorbeigebracht hatten. Der eine kam in blauer Latzhose, der andere als Henker mit Ledermaske.

»Hi!«, grüßten sie gleichzeitig und gesellten sich zu einem Club Vampire, die an der Theke standen und roten Schnaps tranken.

»Wen hast du denn alles eingeladen?«

»Du wirst dich wundern!«

»Ich wundere mich bei dir über gar nichts mehr, sag schon!«

»Steffi, Meister Proper und die Kollegen vom ET PRIOS. Dann die Schicht aus dem Präsidium, die Oma nach ihrem Irrlauf durchs Gebäude zum Bahnhof gebracht haben.«

Struller brummte. »Hauptsache, du hast deine Oma nicht eingeladen.«

»Habe ich, aber die konnte nicht. Sie hatte Karten für die Texas Dream Boys. Die letzte Hülle fällt! Apropos Oma. Sie hat mir dieses Döschen für dich mitgegeben. Da ist Creme drin, weil du dir doch immer so fies durchs Ohr kratzt.«

»Tu ich gar nicht«, maulte Struller und versenkte das kleine Döschen in der Cordhose.

Zwei Zombies betraten die Kneipe.

»Ach, und ich hab noch was für dich«, fiel es Jensen plötzlich ein, und er zog eine Tragetasche unterm Barhocker hervor.

»Ein Geschenk?«

»So in der Art«, orakelte Jensen, entnahm der Tasche ein unförmiges Paket und übergab es Struller.

»Was ist denn da drin?«

»Ich war bei Susi, du weißt schon. Die Susi vom Voodoo Shop. Ich hab ein bisschen schönes Wetter gemacht, weil du sie doch zu Unrecht ins Präsidium gezerrt hast.«

»Das wäre wirklich nicht nötig gewesen«, protestierte Struller.

»Na ja. Sie hat sich über dein abfälliges Verhalten sehr geärgert. Du hast bei ihr einen Becher halbvoll mit Kaffee stehen gelassen. Sie hat ein bisschen gebastelt und ein bisschen gehext.«

Struller hatte das Paket ausgepackt. »Eine Puppe?« Er hielt eine Voodoopuppe in den Händen. Das Exemplar zierte ein Pepitahütchen und hatte zwischen den Beinen eine leuchtend rote Stelle. »Wer soll das denn sein?«

»Kylie Minogue«, schlug Krake vor.

»Das bist natürlich du, Pit. Und in die rote Stelle an den ... du weißt schon, da hat sie die Nadel halt immer reingepiekst. Woraufhin es dir dann wieder mal in den Hoden gezwickt hat.« Jensen nippte grinsend am Glas. »Aber das ist ja jetzt vorbei.«

Struller schüttelte den Kopf. »So ein Blödsinn«, knurrte er, versenkte aber sicherheitshalber auch die Puppe in seiner Jacke.

Zwei Kollegen trugen einen Sarg in die Kneipe, stellten ihn an die Theke. Dann öffnete sich der Deckel, und unter lautem Gejohle entsprang dem Sarg eine Kollegin im Skelettkostüm.

»Ach, sieh an!«, entfuhr es Struller, als ein weiteres Teufelchen die Tür hereinkam. »Die Frau Staatsanwältin.«

Jensen schnappte vorsichtig nach Luft. Yvette de Baron. Und wie! War das ein Latexrock? Puh, den hatte sie sich bestimmt bei ihrer Freundin mit dem Sado-Maso-Club geliehen. Rattenscharf. Jensen fand es nur schade, dass sie nicht ihn, sondern Struller mit verwegenem Augenaufschlag begrüßte.

»Hallo, Kollege Struhlmann, Sie sind am besten verkleidet!«, hauchte sie ihn an.

Struller wollte gerade etwas erwidern, als Krake zwischen ihnen hindurch zur Tür schrie: »Scheiße!«

Die drei drehten sich um.

De Baron fragte: »Sie kennen meinen Vater?«

»Vokuhila!«, brüllten Jensen und Struller gleichzeitig.

Der zuckte zusammen, drehte sich rum, wollte die Kneipe gleich wieder verlassen, wurde aber von einer Truppe Zauberer Jensen und Struller direkt in die Arme geschoben. Und in den Arm von Krake.

»Äh ... ich kann das erklären.«

»Papa de Baron?«, knurrte Struller.

»Hinrich. Ich heiße Josef Hinrich.«

»Wo warst du denn? Ich hab mir Sorgen gemacht«, knurrte Krake.

Ein ... Monster drängte sich zwischen sie und forderte die Staatsanwältin zum Tanzen auf.

»Bis gleich, und bevor ich es vergesse: Ich soll Sie beide von Rudolf Peter grüßen. Er hat mir zwei Freikarten für eine Kappensitzung der Bösen Jungs mitgegeben«, rief sie im Davongezogenwerden.

»Na, prima«, knurrte Struller und exte sein Bierglas.

Krake nickte seinem ehemaligen Stammgast zu. »Los! Erzähl jetzt!«

»Äh, das ist schnell erklärt. Ich arbeite als Professor an der Universität. Soziologie. Alle paar Jahre gönne ich mir den Luxus und steige aus. Also, nicht richtig. Dann mache ich Feldversuche ... Hups, ich sollte vielleicht ein anderes Wort wählen. Auf jeden Fall schlüpfe ich in eine Rolle und beobachte soziologische Zusammenhänge in ganz bestimmten Verknüpfungen.«

»Du hast im Aquarium stumm an der Theke rumgelungert und Bier getrunken«, brummte Struller.

»Ich schlüpfe wie seinerzeit Günter Wallraff in eine komplett andere Person. Das war eben der Mann, den ihr sehr schnell Vokuhila genannt habt.«

»Dann war das halbe Jahr rum, und du machst dich einfach so aus dem Staub.«

»Ich weiß doch nicht, ob euch das unangenehm ist, wenn ich demnächst Vorträge über soziologische Zusammenhänge in deutschen Eckkneipen referiere.«

Jensen nickte. »Kommt drauf an. Zwei, drei Gespräche könntest du ruhig weglassen.«

»Mach ich, mach ich, keine Sorge!«

»Keine Sorge? Ich habe mir Sorgen gemacht!« Krake war jetzt echt sauer. »Kommt jeden Tag und bleibt dann plötzlich weg. Da hätte wer weiß was vorgefallen sein können. Dass dich ein Bus zermanscht hätte, war eine der harmloseren Sachen, die ich mir vorgestellt habe.«

Papa de Baron war jetzt sichtbar verlegen. »Ich konnte ja nicht ahnen, heute auf euch zu stoßen. Kann, kann ich das denn irgendwie wieder gut machen?«

»Ja«, erwiderten Struller, Jensen und Krake gleichzeitig.

Struller nickte zur Theke und dann auf sein leeres Glas. Grinsend setzte sich Vokuhila in Bewegung.

Jensen schaute auf die Uhr. Proppenvoll war der Laden, und zu Amy Winehouse wurde mächtig abgefetzt.

Fehlte nur noch Speedy.

Er fragte sich, wie sie wohl erscheinen würde. Und mit einem Mal wurde ihm klar, dass diese Party heute die Gelegenheit für Speedy war, ihr wahres Gesicht zu zeigen.

Klar, heute, gerade heute, wenn es von scharfen Engelchen und halbnackten Teufelchen nur so wimmelte, war es die Gelegenheit, ein Zeichen zu setzen, die seriöse, ernste Seite zu präsentieren. Als Katharina aufzutauchen und nicht als Speedy.

Jensen fühlte es im Magen.

Und dann kam sie die Tür rein.

Ihr schwarzer Rock war der knappste von allen, oben trug sie nur eine Art BH, schwarz, der nicht teuer gewesen sein dürfte, denn er bestand aus ... wenig. Sie war greller geschminkt denn je und trug mehr Ringe an den Fingern, als sich bei René Kern in der Auslage sonnten. Auf ihrem Kopf leuchteten zwei rote Teufelshörner.

»Heiß«, stellte Struller fest.

In kniehohen Stiefeln schritt sie auf Jensen zu, legte einen Arm um ihn und die Hand auf seinen Po.

»Hallo, Süßer. Das Tigerbaby will einfach nicht einschlafen!«

Jensen lachte.

»Dann werden wir das Baby mal müde tanzen!«

Schlussakt

Struller und Jensen seufzten sich durch die Ermittlungsakten. Sie schichteten, ordneten, und das Meiste warfen sie in den Papierkorb, weil es Richter und Staatsanwaltschaft doch nur verwirrt hätte.

»Kein Wunder, dass die Roitz nackte Männer malt, wenn sie einen Fall abverfügt. Für diese Arbeit muss man sich ja ausgiebig belohnen«, brummte Jensen und strich sich durchs Haar. »Mich würde allerdings schon interessieren, wen sie als Nächstes verewigt.«

Struller knurrte eine Antwort.

Jensen hakte nach. »Bestimmt bleibt es nicht nur beim Malen.«

Struller zerbrach aus Versehen einen Bleistift.

Es klopfte, und die Tür wurde zaghaft geöffnet. Kollege Böller aus dem Keller im Blaumann schob vorsichtig eine große Handwerkertasche mit Rohrzange ins Büro.

»Böller, was willst du denn hier?«, rief Struller.

»Hallo, ich komme wegen der Heizung.«

»Wegen der Heizung?«

»Ja, die soll kaputt sein.«

Struller runzelte die Stirn.

»Sie tut es doch.«

»Ja, aber sie ist ja eigentlich abgeschaltet.«

»Dann täte sie es ja nicht.«

»Das ist ja der Fehler«, erklärte Böller vorsichtig.

Jensen grinste.

Struller schüttelte den Kopf und fragte misstrauisch: »Die Heizung ist seit drei Jahren kaputt. Wieso kommt denn jetzt plötzlich einer darauf, sie zu reparieren?«

Böller beugte sich tief über Strullers Schreibtisch. »Wundert mich auch. Ist aber eine Anordnung von gaaaaanz oben. Die Heizung im Büro Struhlmann muss sofort gemacht werden. Absolute Priorität.«

»Aha. Und wer genau hat das veranlasst?«, fragte Struller, jetzt doch neugierig geworden.

Böller senkte die Stimme und flüsterte: »Eine Frau Lieselotte Jensen …«

Danksagung

Zunächst bedanken wir uns bei allen aktuellen und ehemaligen Mitgliedern der Dienstgruppe *Anton*, die uns wie bei *Stückwerk* wieder mit Rat, Tat sowie vielen schrägen Ideen und Anekdoten unterstützt haben. Schon das Zusammentragen hat riesig Spaß gemacht!

Dann bei Ferry Weber, der uns sein Z auf der Weseler Straße für diverse konspirative Treffen zur Verfügung gestellt hat. Ohne dich wäre Torsten Bach niemals im Nobelsarg gelandet! Daumen hoch!

Ein dickes Dankeschön geht an Dirk Settels nach Krefeld, der Martin die Krypta gezeigt hat.

Carsten Vollmer dankt Tante Walburga für ihren Sauerkrautauflauf, Onkel Walter für die Fummeleien an seinem Auto (damit Casi pünktlich zu den Lesungen erscheinen konnte), Onkel Ludwig für die Rinderwurst und Koh Samui für seine Strände. Chrissi-Baby für den besten Käsekuchen der Welt.

Carsten Rösler bedankt sich bei Corinna und Clara-Maria für die tolle Unterstützung, bei der 2. Mannschaft von Tus Gerresheim für den Aufstieg in die Kreisliga B und bei der

Fortuna aus Düsseldorf, die ihn immer wieder die komplette Bandbreite der Emotionen erleben lässt.

Ingo Hoffmann dankt seiner Frau Ronja. Und Horton.
Zum Schluss danken wir Udo Lindenberg für sein Comeback und Naddel für alles!

Alle andern kommen später dran. Im nächsten Buch.

Die Krimi-Cops

ZAHLTAG

Taschenbuch, 328 Seiten
ISBN 978-3-95441-679-0
15,00 EURO

Ein Kassensturz der mörderischen Art

Im beschaulichen Bilk ist ein harmloser Rentner bei einem Einbruch in seiner Wohnung zu Tode gekommen. Sehr unschön, aber übersichtlich, findet Kriminalhauptkommissar Pit »Struller« Struhlmann auf den ersten Blick. Aber sein feines Ermittlernäschen fängt schon bald an zu kribbeln. Irgendwas stimmt da nicht ...

War der simple Einbruch doch eher das Werk ausgebuffter Profis? Welche Rolle spielt Gini Girelli, die zweimal in der Woche die Wohnung geputzt hat? Warum heißt der Tote Günter Netzer und konnte nicht Fußball spielen?

Die turbulenten Ermittlungen führen Struller und seinen Kollegen Jensen in die exklusiven Dessous-Shops der Düsseldorfer Altstadt, in angesagte Sushi-Läden auf der Immermannstraße, in die gediegene Piano-Bar eines Flusskreuzfahrtschiffs und ins niederrheinische Herongen zu Oma Jensen. Sie treffen auf rabiate Angehörige, listige Lehrerinnen und Junkies, die gar keine sind. Mehr und mehr wird klar: Es ist Zahltag. Und da wird abgerechnet!

»Insgesamt ist das (...) literarisches Fastfood vom Allerfeinsten. Action, knifflige Rätsel, musikalische und kulinarische Sidesteps und vor allem jede Menge Witz lösen sich in einem furiosen Feuerwerk ab.« (Express Düsseldorf zu »Böse Falle«)

Die Krimi-Cops

BÖSE FALLE

Taschenbuch, 288 Seiten
ISBN 978-3-95441-564-9
13,00 EURO

**Die Krimi-Cops schlagen wieder zu!
Mieses Spiel in Düsseldorf**

Kriminalhauptkommissar »Struller« Struhlmann genießt im Aquarium bei seinem einarmigen Kumpel Krake das wohlverdiente Feierabendbierchen, als ihn der merkwürdige Anruf von Karel Skupa, einem Kollegen von der Kripo Prag, erreicht. Der Mann, den Struller bei einem früheren Fall kennengelernt hat, bittet ihn um ein Treffen. Aber auf dem Parkplatz nahe der A 3 erwartet ihn nicht Skupa, sondern eine tote Frau in einem tschechischen Fahrzeug.

Vom Täter fehlt jede Spur, ebenso von der roten Sporttasche, die kurz zuvor bei einer zivilen Routinekontrolle noch auf dem Rücksitz lag. Als Struller wenig später diese Tasche in seinem Büro findet, ahnt er, dass ihm jemand eine Falle stellen will!

Struller taucht ab. Und es ist jetzt nicht nur Oma Jensen, die ihm energisch unter die Arme greifen muss. Im Aquarium formiert sich um Krake, Bertie Spurtmann und seinen Ex-Praktikanten Jensen eine zu allem entschlossene Task-Force der schrägen Art, die sogar auf den smarten Ex-Fußballer und Privatdetektiv Hartmann zurückgreifen muss.

»Nun sind die Krimi-Cops auf dem besten Weg, zu Kultautoren zu werden.« (Westfalenpost)

Klaus Stickelbroeck

KICKSTART

Taschenbuch, 288 Seiten
ISBN 978-3-95441-649-3
15,00 EURO

Hartmann gibt Vollgas!

Matze Kusch ist sauer. Dem Präsidenten der Black Mambas wurde die Harley geklaut. Peinlich! Den Diebstahl bei den Bullen anzuzeigen ist keine Option, und deshalb drängt er den Düsseldorfer Ex-Fußballprofi und jetzigen Privatdetektiv Hartmann, das Motorrad zu suchen, bevor es sich in Einzelteile zerflext auf den Weg ins Ausland macht. Hartmann hat kein Interesse, zumal ihm gerade ein Trainerjob bei der Fortuna angeboten wurde, aber Kusch hat eine ziemlich überzeugende Knarre.

Seine Ermittlungen führen Hartmann in düstere Hinterhöfe und derangierte Schrauberklitschen. Er trifft auf tätowierte Männer mit beeindruckenden Oberarmen und eigentumskreativen Geschäftsideen. Es riecht nach Gras, Rottweiler bellen dumpf, Pfützen schimmern ölig, Blaulicht flackert ...

Als es einen Toten gibt, der Motorradstiefel trägt, wird Hartmann schlagartig klar, dass es nicht nur um ein aufgemotztes Motorrad geht. Höchste Zeit, selbst am Gas zu reißen. Aber so richtig. Kickstart! Vollgas! Da bleibt nicht nur Reifengummi auf der Strecke.

»*Bei so viel Spaß und Spannung bleibt nichts anderes übrig, als diesen Krimitrick mit einem ›ausgezeichnet‹ zu empfehlen.*«
(buchtips.net zu »Fesseltrick«)

Kai Magnus Sting

MORD IM WÜSTENEXPRESS

Taschenbuch, 376 Seiten
ISBN 978-3-95441-683-7
15,00 EURO

Mumien, Mord und mörderische Mücken

Als Rentner Alfons Friedrichsberg von einem alten Freund an den Nil gerufen wird, lässt er sich nicht zweimal bitten und besteigt zusammen mit Jupp Straaten und Willi Dahl den legendären Wüstenexpress, der von Oer-Erkenschwick nach Ägypten fährt.

Aber die Fahrt im Luxuszug verläuft nicht so gemütlich wie erhofft. Ein Mord an zwölf Fahrgästen, ein blassblauer Bademantel, der durch die Waggons geistert, sieben abgetrennte dicke Zehen und eine Schallplatte mit dem Hit »Schatz, ich grüß Dich aus der Ferne« spielen eine wesentliche Rolle. Zudem heizen eine mordende Mumie und diverse antike Sagengestalten den drei Freunden ordentlich ein. Und dann wäre da ja auch noch der hochgiftige Stechrüssel der libyschen Dressurmücke ...

Die drei Hobbydetektive erleben ihr bisher größtes Abenteuer. Atemberaubend, spannend, skurril, kurios und überaus witzig.

»Das nächste dolle Ding von Sting.
Agatha Christie dreht sich im Grab um?
Nein, sie schlägt Purzelbäume!
Sting macht's möglich. Wie eine Kanne Espresso auf Ex.
Die Wüste bebt!«

CHRISTOPH MARIA HERBST

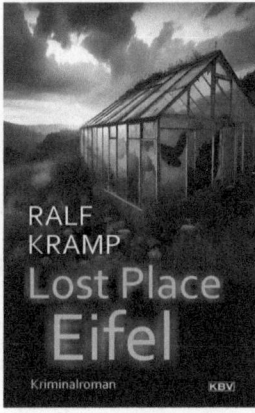

Ralf Kramp

LOST PLACE EIFEL

Taschenbuch, ca. 320 Seiten
ISBN 978-3-95441-686-8
15,00 EURO

**Ein Männlein stirbt im Walde ...
Herbie Feldmanns 12. Fall**

Das sieht nach einem leichten Job aus, den ihm seine Tante Hettie da aufs Auge gedrückt hat: Herbie soll die Beschilderungen der Wanderwege überprüfen. Aber sehr schnell bewahrheiten sich die düsteren Prophezeiungen seines ständigen Begleiters Julius, und Herbie irrt mit völlig falschem Schuhwerk reichlich orientierungslos durch den Eifelwald. Ein Glück für den schwer verletzten Mann, den er angeschossen auf einer Lichtung findet. Herbie rettet ihm das Leben, und von diesem Moment an ist nichts mehr wie es war.

Der Mann ist nämlich Bernd »Bermuda« Muckendahl, der vor fünfzig Jahren aus der Eifel abgehauen ist und in Hamburg eine beispiellose Karriere als Kiez-König hingelegt hat. Für ein Interview zu seinem 70. Geburtstag ist er noch einmal in die Heimat zurückgekehrt. Zum Dank für seine Rettung überschüttet er Herbie mit Geschenken: Handy, Auto, teure Klamotten ...selbst leicht bekleidete Damen klingeln plötzlich an Herbies Tür.

Vor allen Dingen aber spannt Bermuda ihn bei der Suche nach dem Schützen ein, der ihm das Lebenslicht ausblasen wollte. Im Handumdrehen haben sich Herbie und Julius hoffnungslos in eine wilde Geschichte um eine alte Gärtnerei, eine selbsternannte Wander-Päpstin und um eine Truppe nachtaktiver »Lost Place«-Sucher verstrickt. Vor allem aber lauert hinter all dem eine böse alte Geschichte, die noch nicht zu Ende erzählt ist ...

Die Krimi-Cops

SCHNELLSCHUSS

Taschenbuch, ca. 320 Seiten
ISBN 978-3-95441-739-1
15,00 EURO

Schnell geschossen, sauber getroffen ...

Die Kriminalromane der Krimi-Cops sind längst Kult, ihre beiden Ermittler Pit »Struller« Struhlmann und Christian Jensen legendär. In ihren brandneuen, witzig-spannenden Kurzkrimis zeigen die vier waschechten Polizisten aus Düsseldorf, dass ihre beiden Ermittler des Düsseldorfer Dezernats für Todesermittlungen in der Lage sind, üblen Schurken und gemeinen Gaunern auch auf der kurzen Strecke das Handwerk zu legen. Manchmal muss es einfach zackig und schnell gehen.

Neben den turbulenten Struller-und-Jensen-Fällen sind die schreibenden Cops in ihren herrlich schrägen Stories auch dem Verbrechen außerhalb Düsseldorfs auf der Spur: Ganz besonders heiß geht es in einer Sauna in Bönen zu, wir lernen das Chamäleon von Fröndenberg kennen, und ein italienischer Tifoso wird nach einem Fußballspiel seiner Squadra Azzura ganz übel von den Beinen gegrätscht.

Ach ja, und der umfassende Abschlussvermerk einer Mordermittlung kann schon mal aus nur 26 Worten bestehen. Und in Reimform daherkommen. Zumindest bei den Krimi-Cops.

»*Action, kniffelige Rätsel, musikalische und kulinarische Sidesteps und vor allem jede Menge Witz lösen sich in einem furiosen Feuerwerk ab.*«
(*Express Düsseldorf zu »Zahltag«*)